rowohlt
BERLIN

Einmalige Sonderauflage
für die Deutsche Bank AG

Akos Doma

DER WEG DER WÜNSCHE

Roman

Rowohlt · Berlin

Der Autor dankt der Robert Bosch Stiftung für die Förderung im Rahmen des Grenzgänger-Stipendiums. Sein Dank gilt außerdem dem Freistaat Bayern für das Literaturstipendium 2014, dem Deutschen Studienzentrum in Venedig, der Stadt Dresden für das Stadtschreiber-Stipendium, dem Stuttgarter Schriftstellerhaus, dem Heinrich-Heine-Haus Lüneburg, dem Prager Literaturhaus sowie der Spreewälder Kulturstiftung von Christine und Heinrich Michael Clausing.

Satz aus der Janson PostScript, InDesign
Gesamtherstellung CPI books GmbH,
Leck, Germany
ISBN 978 3 87134 839 6

DER WEG DER WÜNSCHE

Teil eins

EIN SONNTAG

1.

An jenem dösigen Sonntagnachmittag, während die Sonne hinter der efeugrünen Mauer der benachbarten Villa verschwand und die Torten auf dem Tisch Stück um Stück kleiner wurden und ihre Mutter Arm in Arm mit der Tante Runden auf dem Sandsteinpfad durch den Garten drehte, warteten Misi und Bori ungeduldig auf die Rückkehr ihres Vaters, wegen der Überraschung, die er ihnen versprochen hatte.

Es sollte Misis Geburtstagsgeschenk werden, aber beiden zugleich gehören, hatte ihr Vater gesagt. Bori konnte sich das nicht vorstellen, sie war schon vierzehn und Misi gerade sieben geworden, noch ein richtiges Kind, sie interessierte sich schon für ganz andere Dinge als er.

Es war warm an diesem Geburtstagssonntag. Bori hatte am Mittag ihrer Mutter geholfen, den Tisch unter dem alten Kirschbaum zu decken. Dann waren sie gekommen, Großpapa Béla und Großmama Róza, die Eltern ihrer Mutter, deren Schwester Tante Jolán mit Onkel Géza, der, obwohl Sonntag, von einem Geschäftsessen kam, selbst Onkel Barnabás, Großpapa Bélas Bruder, war da, der seine Wohnung im Budaer Burgviertel sonst kaum verließ. Allesamt Verwandte ihrer Mutter, ihr Vater hatte schon lange niemanden mehr.

Man erkundigte sich nach Károly. Er werde gleich da sein, erwiderte ihre Mutter jedes Mal und flüsterte etwas und zwinkerte. Bori lauschte, beobachtete alles genau, sie spürte, dass ein Geheimnis in der Luft lag. Die Gäste spazierten durch den Garten und unterhielten sich, anfangs ein wenig höflich, fast steif, wie Menschen, die ihre Eltern siezen, und atmeten die gute Budaer Luft, die vom Pilisgebirge herwehte, aber nach einer Weile beschlossen sie, nicht länger auf Károly zu warten, sondern anzufangen. Misi durfte am Kopfende des Tisches sitzen. Er wusste nicht, wen er anschauen sollte, dann blieb sein Blick an seiner Mutter hängen, die ihn anlächelte, wie immer, wenn sie ihn unbemerkt betrachtete, fast andächtig, als wäre es ein Wunder, dass es ihn gab.

Sie ließen Misi hochleben, und als das Geburtstagslied zu Ende war, bestaunte man den schön gedeckten Tisch, die Kristallgläser und das Silberbesteck, die Obstschalen und Tortenplatten, die auf der zerfransten alten, früher einmal tiefblauen Tischdecke standen. Dann schob jemand die Torte mit den sieben Kerzen näher zu Misi, er solle sie ausblasen, riefen sie, alle sieben auf einmal, als hätte er das nicht gewusst. Misi holte Luft und schaffte drei Kerzen, blies noch einmal, schaffte die anderen vier, aber eine Kerze erholte sich, und er musste ein drittes Mal blasen. Onkel Géza fand, dass das noch steigerungswürdig sei, und Misi gab ihm im Stillen recht. Rauchfäden stiegen hoch, hingen zwischen ihnen und dem Himmel, und endlich durfte Misi die Geschenke öffnen. An Misis Geburtstag war es immer warm, dachte Bori, an ihrem im November gab es meist Regen, ihr war das nur recht.

Als Misi mit dem Auspacken fertig war, schenkte ihre Mutter Kaffee ein, und Tante Jolán schnitt die Torten an. Seite an Seite servierten die Schwestern auf dem Herender Porzellan und redeten gleichzeitig, sahen einander auf den ersten Blick gar nicht ähnlich, fand Bori, erst auf den zweiten, und auf den dritten sogar sehr. Tante Jolán trug einen braunen Wildlederminirock und passende Stiefel mit langem Schaft, in ihrem schwarzen, lockigen Haar steckte eine italienische Sonnenbrille, die ihr Onkel Géza auf der Hochzeitsreise in Moskau gekauft hatte. Ihre Mutter trug einen knielangen, dunkelgrünen Faltenrock, eine Strickweste mit grün-rotem «Tirolermuster», wie sie es nannte, und schlichte Sommerschuhe. Ihr Haar war so schwarz wie Joláns, aber länger, und sie trug es hochgesteckt wie die Großmama, nur war deren Knoten viel größer, «der Turm von Babel», wie ihr Vater zu sagen pflegte. Tante Jolán war sechsunddreißig, fünf Jahre jünger als ihre Schwester und einen halben Kopf kleiner. Alles an ihr war klein und flott und fesch, und ihr Zastava war das winzigste Auto, das Bori je gesehen hatte. Ihre Mutter war auch fesch, aber irgendwie anders. Sie sei klassisch, sagte sie selbst, Jolán modisch.

Endlich nahmen auch die Mutter und Tante Jolán Platz, worum Großmama Róza sie schon inständig bat, und Boris Blick schweifte von Gesicht zu Gesicht. Rechts von Misi saß ihre Mutter, dann Tante Jolán und Onkel Géza, am anderen Tischende stand der leere Stuhl ihres Vaters, auf der anderen Längsseite saßen die Großeltern, Onkel Barnabás und sie selbst links neben Misi. Es war aufregend, die ganze Familie versammelt zu sehen, sie konnte sich nicht erinnern, das schon einmal erlebt zu haben, immer hatte jemand gefehlt, und auch jetzt fehlte ihr Vater, aber er würde bald da sein, und dann wären sie alle vereint, zum ersten Mal.

2.

Teréz hatte in der Nacht schlecht geschlafen.

Es gab so viel zu bedenken, damit alles klappte und es ein schönes Fest wurde. Am Morgen trug sie mit Károly den aufklappbaren Tisch vom Dachboden in den Garten, dann liefen sie alle wie jeden Sonntag, wenn sie nicht verschliefen, den Berg hinunter zur Stadtteilkirche von Városmajor. Károly ging jedoch nicht mit in die Messe, sondern eilte weiter zum Moszkva-Platz, um in der Konditorei Auguszt die bestellten Geburtstagstorten abzuholen.

Die Messe war noch nicht zu Ende, als er zurückkam. Er wartete unter den Kastanien vor dem Portal. Er hatte dem Alten Bärtigen schon lange den Rücken gekehrt, wie es der auch ihm gegenüber getan hatte, eines Juninachmittags 51, als sein Leben für immer entgleiste und ihm klarwurde, dass der Himmel leer und er mutterseelenallein in der Welt war. Genau zwanzig Jahre war das her. Aber er behielt sein Wissen über den leeren Himmel für sich, um die Kinder nicht zu verunsichern, Teréz wollte sie so lange wie möglich im Glauben an eine heile Welt aufwachsen lassen, und das war ihr bisher auch gelungen.

Am Heimweg sah Károly immer wieder nach den Torten, ob die Schokolade nicht zu schmelzen begonnen hatte. Sie waren unversehrt, die Bäume in der Csabastraße schirmten die ärgste Hitze ab. Károly war schweigsam, Teréz wusste, dass er etwas verheimlichte. Sie hatte schon am Freitag nach der Arbeit einen merkwürdigen Ausdruck in seinem Gesicht bemerkt, aber da er nichts gesagt hatte, hatte sie es auch nicht getan.

Auch sie verschwieg ihre Neuigkeiten, um die Stimmung vor dem Geburtstag nicht zu verderben.

Zu Hause stellte Károly die Torten auf den Kühlschrank in der Kochnische hinter der Tür und brach wieder in die Stadt auf. Misi lief zum schmiedeeisernen Zaun und sah ihm hinterher, bis er am Ende der Straße verschwunden war. Ein ganz besonderes Geschenk hatte er versprochen, sie sollten schon einmal überlegen, was es sein könnte.

Sie hatten auf schönes Wetter gehofft, damit sie draußen sein konnten, im Zimmer war es zu eng für so viele Gäste, schon für sie vier war es zu eng, viel zu eng. Sie warf die Decke über den Tisch, deckte den Schatten auf dem Tisch zu, doch schon war der Schatten wieder obenauf, Teréz musste unwillkürlich an all die Opportunisten in Politik und Gesellschaft denken, die es auch so machten, auf unerklärliche Weise immer nach oben kamen.

Sie schnitt Tulpen und Flieder und ordnete sie in zwei Vasen, rot und gelb die eine, violett und weiß die andere, stellte Kirschen, Erdbeeren und Johannisbeeren, Milch und Zucker und geschlagene Sahne hin. Das Service war nur für sechs Personen und dazu unvollständig, sie musste es mit anderem Geschirr ergänzen. Sie rückte alles hin und her, um die Löcher im Tischtuch zu verdecken. Ihre Eltern, die in der Innenstadt wohnten und vielleicht auch wegen der Enge der Einzimmerwohnung nur selten zu Besuch kamen, sollten sich wohl fühlen. Unter dem Kirschbaum war es angenehm mild und luftig.

Teréz besah den Tisch und war zufrieden. Ihr Vater würde es auch sein, das hoffte sie jedenfalls. Er legte Wert auf Ordnung und hatte Jolán und ihr bei allem, was sie unternahmen, stets Sorgfalt und Hingabe ans Herz gelegt und es ihnen auch vorgelebt, und danach zu handeln, war mit der Zeit auch ihnen zur Selbstverständlichkeit geworden.

Teréz setzte sich. Es war Mittag und still, so still war es sogar hier in den Hügeln vor der lärmenden Innenstadt nur selten. Der Schatten der Kirschzweige spielte auf der Tischdecke, dem Gedeck. Der Baum trug schon seit Jahren keine Früchte mehr, aber er konnte an heißen Tagen Kühle spenden, auch er hatte seinen Sinn und Zweck.

Teréz lehnte sich zurück und zündete sich eine Zigarette an. Sie überließ sich der dösigen Stimmung, dem Säuseln der Blätter, dem Fliederduft, ihre innere Anspannung legte sich allmählich, für einen Moment vergaß sie sogar, dass sie am Freitag entlassen worden war und nicht die geringste Ahnung hatte, wie es weitergehen sollte.

3.

Misi kniete im Sandkasten, die Arme bis zu den Ellbogen voll Sand, und baute eine Burg. Oder einen Turm, er war sich noch nicht sicher, das würde sich zeigen, wenn es fertig war. Er schleppte in einem löchrigen Blecheimer Wasser vom Planschbecken heran, goss es behutsam über die runde Außenwand seines Baus, festigte und glättete sie.

Auf einmal hielt er inne. Auf der breiten, steinernen Einfassung des Sandkastens sonnte sich eine Eidechse. Misi näherte sich ihr vorsichtig. Seit ihm einmal ein abgeworfener Eidechsenschwanz zwischen den Fingern geblieben war, wollte er die Tiere lieber nicht mehr fangen, nur noch anschauen. Ihr Rücken und Schwanz waren goldbraun, die Flanken hellgrün, ihre Füße sahen wie winzige Zweige aus. Sie reckte den Kopf starr empor, starr auch die Augen, die vielleicht alles sahen, vielleicht nichts. Der kleine Körper glänzte in der Sonne, das Herz pochte, aber dann machte er wohl eine zu rasche Bewegung, und sie huschte davon, und Teréz, die ihn schon eine Weile beobachtete, stand auf und ging zum Haus, aber ein paar Meter vor der Eingangstür traf ihr Blick ein anderes Augenpaar, und der Zauber des Nachmittags zerriss mit einem Schlag.

Teréz gab sich immer Mühe, das vergitterte Fenster über dem Beet, das Gesicht Frau Galambérs darin zu ignorieren, aber es fiel ihr schwer. Den ganzen Tag saß die gelähmte alte Frau dort und bewachte das Beet. Wenn Bori und Misi ihm zu nahe kamen, spritzte sie sie durch das Fenster aus einem Schlauch mit kaltem Wasser ab.

Bori lachte sie aus und drehte ihr eine lange Nase, aber Misi hatte Angst vor ihr, weil sie böse war.

Teréz tat die einsame Frau leid. Sie behandelte sie genauso freundlich wie alle anderen, sie wollte keinen Streit, keine Missstimmung im Haus, schon aus Trotz. Ihre Augen mieden das dunkle Fenster, aber aus ihrem Kopf konnte sie es nicht verbannen, das graue Gesicht hinter den Gittern, den unglücklichen, finsteren Blick, die bittere Einsicht, dass es in jedem Garten Eden eine Schlange gab.

Sie ging wortlos am Fenster vorbei und die Treppe hinauf, und plötzlich fiel ihr wieder ein, wie sie zwei Tage zuvor, am Freitagvormittag, die Treppe zum Institutsleiter hinaufgestiegen war. Er hatte sie einbestellt und ihr knapp, wenn auch ohne erkennbare Schadenfreude, vielleicht sogar mit leichtem Bedauern mitgeteilt, dass sie ab September aufs Land nach Gödöllő versetzt und ihre Stelle im Institut von einem jüngeren, in Moskau diplomierten Kollegen eingenommen würde.

Teréz hatte ihm mit durchgedrücktem Rücken und regungsloser Miene zugehört und dann nur gefragt, ob sie nun gehen dürfe. Falls er sich insgeheim auf eine kleine

Szene, einen Wutausbruch oder tränenreiches Flehen gefreut hatte, musste sie ihn enttäuschen.

Sie durfte.

Erhobenen Hauptes verließ sie das Zimmer.

Er war nicht einmal aufgestanden, nicht als sie gekommen war, nicht als sie ging.

Das Ende von dreizehn Jahren Zusammenarbeit.

Auf der Heimfahrt am Abend wurde ihr in der U-Bahn schwindelig. Sie stieg aus und irrte ziellos am Donauufer entlang. Die frische Luft brachte sie wieder zu sich. Sie wollte es sich nicht eingestehen, aber sie war verletzt, tief enttäuscht. Noch im Winter hatte die Institutsleitung die «allergrößte Zufriedenheit» mit ihrer Arbeit bekundet, in Form einer lobenden Erwähnung vor der versammelten Kollegenschar sowie eines Bonbons auf ihrem Tisch am Tag nach den Weihnachtsferien, eine Gabe, die Teréz in ihrer schieren Mickrigkeit erstaunt, aber eben auch erfreut hatte, war es doch ein Zeichen der Anerkennung und somit genauso viel wert, als wenn man ihr einen Nerz in die Garderobe gehängt hätte.

Jetzt war mit einem Schlag alles vorbei.

Sie war entlassen. Denn nichts anderes war diese Versetzung, eine Entlassung mit anschließender Wiedereinstellung in einem Provinzableger des Instituts. Eine Degradierung. Einfach so, mir nichts, dir nichts, ohne jede Begründung. Ein Ausdruck fehlender Wertschätzung. Sie war erschüttert. Sie konnte keinen anderen Grund für ihre Entlassung finden als ihre politische Einstellung, ihre Weigerung, der Partei beizutreten, ihre in religiösen Fragen «unentschiedene» Haltung, wie es in ihrer internen Beurteilung zweideutig hieß.

Als sie das Zimmer betrat, hörte Teréz Boris Stimme

durch den Garten, die Gäste seien da. Schnell zog sie sich um, damit es nicht wieder hieß, sie würde nie fertig.

Sie verspätete sich dann doch, wie immer, aber Bori fand, dass sie sehr hübsch aussah.

4.

Sie saßen im Schatten der alten Kirsche, aßen Torte und Obst, tranken Kaffee und Wein und genossen den blauen Nachmittag. Großmama Róza erkundigte sich noch einmal nach Károly. Er werde gleich kommen, sagte Teréz wieder und flüsterte ihr etwas ins Ohr. Man hatte sich viel zu erzählen und redete durcheinander, Bori hörte ruhig zu. Schon länger fühlte sie sich unter Erwachsenen wohler als mit ihren Altersgenossen.

In einem Augenblick zufälliger Stille blickte Großpapa Béla in die Runde.

«Ein Ungar spricht beim Essen nicht, hieß es einst», bemerkte er mit leichtem Kopfschütteln.

«Man hört ja, was die Ungarn beim Essen tun, Bélus», sagte Onkel Barnabás, der bis dahin als Einziger geschwiegen hatte. «Sie reden sich die Köpfe heiß.»

«Wir sind eben keine richtigen Ungarn mehr.»

«Ich bitte dich!»

Onkel Barnabás leerte sein Glas.

«Man müsste nur endlich diese elenden Sprüche aus der Welt schaffen», murmelte er.

Onkel Géza, der eine Grundsatzdebatte befürchtete, nahm Misi schnell bei der Hand und führte ihn zu seinem neuen Auto. Er liebte die Harmonie und suchte das Weite, sobald Streit drohte. Er war nicht leicht aus der Fassung zu bringen, Konflikte und Diskussionen waren in seinen Augen überflüssig wie ein Kropf und alle Probleme lösbar, wenn man sie nur ruhig und sachlich anging. Immerhin war es ihm mit dieser Einstellung im Frühjahr gelungen, zu außerordentlich günstigen Konditionen einen fast fabrikneuen Schiguli zu ergattern, obwohl man in der Regel Jahre auf einen Neuwagen warten musste.

Misi kniete auf dem Fahrersitz, ergriff das Lenkrad und machte Fahrgeräusche. Er brummte lauter, wenn er Gas gab, stockte kurz, wenn er die Gangschaltung betätigte.

«Wohin soll's gehen?», fragte Onkel Géza.

«An den Plattensee.»

«Da bin ich dabei!»

Géza liebte den See, das flache, warme Wasser im Sommer, die sanfte Landschaft im Norden, die Weinhänge, die Hügel des Bakony, nicht zu hoch und nicht zu wild, nicht zu kalt und nicht zu heiß, gerade richtig, dort wollte er später einmal Wein anbauen, bloß ein Joch Land, davon träumte er.

Nach Misis Rückfahrt vom See nahm Géza eine große Schachtel aus dem Kofferraum.

«Wenn du errätst, was drin ist, gehört es dir!»

Misi lief ihm hinterher. Am Tisch wog er die Schachtel in den Armen, auch Bori hob sie an. Sie war schwer, schwer wie ihr Inhalt zu erraten war. Sie hatten keine Ahnung.

Die Erwachsenen versuchten es gar nicht erst.

Schließlich durfte Misi hineingreifen und das Etwas im Innern betasten.

Es war glatt, rund, groß. Misi runzelte die Stirn, dann wusste er es.

«Ich hab's! Eine Wassermelone!»

Onkel Géza öffnete den Deckel, hob die Melone auf den

Tisch, schlitzte die dunkelgrüne Schale an, und die Melone platzte, ging auf wie ein roter Blumenkelch. Er schnitt sie auf, stellte die Stücke auf einen Teller und reichte sie herum. Misi stürzte sich auf seine Scheibe und tropfte schon beim ersten Bissen die Tischdecke voll. Tante Jolán half ihm, halbierte seine Scheibe, damit er die Tischdecke nicht weiter befleckte, und ermahnte ihn, sich über seinen Teller zu beugen.

«Ach, die blöde Tischdecke», winkte Teréz ab. «Soll er doch seine Melone genießen.»

«Ja, ja, aber irgendwann hat man dann keine ordentlichen Tischdecken mehr, Teréz.»

«Mein Gott, dann hat man eben keine mehr!»

Teréz hatte den Vorwurf gehört, aber ihr fehlte einfach der Sinn für Dinge, die sie für Äußerlichkeiten hielt, und sie wischte sie rigoros vom Tisch. Sie liebte es, wenn Misi oder Bori sich selbstvergessen einer Sache hingaben, und wenn es nur ein tiefer Schlaf war. Das waren für sie Momente heiligen Ernstes, Momente der Unschuld, die sie um nichts in der Welt gestört hätte.

«Wo ist Barnabás?», fragte Géza, der ihm ein Stück Melone geben wollte.

Onkel Barnabás' Stuhl war leer. Niemand hatte ihn gehen sehen.

«Trinkt er noch immer keinen Wein?»

«Er verträgt doch keinen Wein», sagte Béla.

«Er will immer extravagant sein.»

«Rózsika, wie kannst du so was sagen? Seine Migräne, du weißt doch …»

«Seine Migräne, seine Migräne, seit vierzig Jahren höre ich nichts anderes!»

«Ich suche ihn», rief Bori aus und sprang auf.

5.

Der Garten war nicht groß, aber er hatte verborgene Winkel. Bori entdeckte Onkel Barnabás hinter dem ausladenden Holunderstrauch am Zaun. Dort stand ein Gartenstuhl, der sonst nicht hier war, an der Rückenlehne hing eine leere Einkaufstasche. Onkel Barnabás ging langsam um den Strauch herum und schnitt mit einer Nagelschere Blüten ab. Das Gras war schon übersät mit cremefarbenen Dolden, den letzten des Jahres. Viele Blüten waren bereits dabei, sich in kleine, grüne Beeren zu verwandeln.

Bori begann, die Dolden aufzuklauben und in die Tasche zu werfen.

«Das ist lieb von dir, Teri ...» Onkel Barnabás ließ die Arme sinken und starrte Bori an. «Ach, Bori ... jetzt habe ich dich doch tatsächlich mit deiner Mutter verwechselt. Du siehst ihr aber auch heruntergerissen ähnlich. Also, verglichen mit damals, als sie in deinem Alter war.»

Bori nickte.

Ihre Mutter hatte die ersten Jahre nach dem Krieg, kurz nachdem Onkel Barnabás' Frau bei einem Luftangriff umgekommen war, bei ihm in der Várfokstraße gelebt. Bori wusste nicht viel darüber, nur dass ihre Mutter sehr krank gewesen war. Die Eltern sprachen nie darüber.

Onkel Barnabás schnippte die nächste Dolde ab.

Bori hob sie auf, warf sie in die Tasche.

«Was hatte Mama eigentlich, als sie bei dir gewohnt hat?»

«Ach, es war einfach der Krieg, Bori, der verdammte Krieg, er hat uns alle kaputt gemacht, alle, die Verlierer wie die Sieger. Wir hatten nichts mehr, alles war zerstört, die Häuser, die Brücken, Teile der Stadt in Trümmern und auch wir. Aber es half nichts, das Leben musste weitergehen. Und das Leben ist geheimnisvoll, Bori, der Sieg trägt die Saat der Niederlage in sich, er korrumpiert die Sieger, macht sie träge und überheblich, nimmt ihnen die Kraft und gibt sie heimlich den Besiegten, damit sie wiederauferstehen … verstehst du?»

«Hm.»

«Und wenn man einmal in der Hölle war, wie deine Mutter und ich, hat man plötzlich keine Angst mehr vor dem, was da noch kommen mag, man hat einfach keine Angst mehr. Man leckt noch seine Wunden, aber tief drinnen weiß man, dass das Schlimmste schon überstanden ist. Deine Mutter und ich, wir beschlossen, das Beste daraus zu machen, die Trümmer, die wir geworden waren, wieder zusammenzusetzen, behutsam, Brocken für Brocken. Wir mussten nichts tun, nur da sein, und alles geschah von selbst. Weil wir uns so gut verstanden, einander trösteten. Na ja, das nahm unsere ganze Kraft in Anspruch, zum Nachdenken blieb keine Zeit. Das ist wohl der Grund, weshalb wir überlebt haben …»

Bori lauschte mit offenem Mund, nickte ab und zu, als hätte sie verstanden. Sie ging hinter Onkel Barnabás her, warf Dolde um Dolde in die Tasche, als würde sie verlorene Münzen auflesen.

«Aber warum wohnte Mama nicht zu Hause, bei Großpapa und Großmama?»

«Sie wollte lieber bei mir bleiben. Sie war einmal bei mir auf der Couch eingeschlafen, und als sie aufwachte, das war zwei Tage später, wollte sie nicht mehr nach Hause zurück. Erst als sie genesen war, kehrte sie heim. Zwei Jahre blieb sie bei mir. Wir hatten es lustig miteinander, sie und ich … So, ich glaube, das sollte reichen. Das wird einen guten Saft geben, Bori. Die ersten Flaschen bekommt ihr, weil du mir so lieb geholfen hast.»

Onkel Barnabás sank auf den Stuhl, als hätte ihn das bisschen Arbeit oder das Sprechen erschöpft, schenkte sich aus einem Fläschchen in ein kleines Glas und kippte es hinunter. Bori wusste, dass es Pálinka war, er brannte ihn selbst und trug immer eine Flasche bei sich. Er trank gern, und doch hatte ihn noch nie jemand betrunken oder auch nur beschwipst gesehen, im Gegenteil, er trinke, um auszunüchtern, sagte er immer, aber das verstand Bori nicht.

Onkel Barnabás wandte sich zum Haus.

«Siehst du, Bori, früher lebte eine einzige Familie in einer solchen Villa, heute lebt in jedem Zimmer eine. Die Welt ist gerechter geworden ... nur ein wenig enger. Die vielen Hauseingänge, da und da und da, wie in einem Ameisenbau, nicht wahr? Und was wohnt in einem Ameisenbau?»

«Ameisen!»

Onkel Barnabás nickte, drehte sich wieder zur Straße, schenkte sich noch ein Glas ein. Ein Motorrad fuhr knatternd die Ráth-György-Straße hinunter, dann war es wieder ruhig. Dort im Osten, am Fuß des Hügels, hinter den Bäumen und Villen vor ihnen, lag die Stadt.

«Und doch kann ich mir nicht vorstellen, irgendwo anders zu leben als in diesem riesigen Ameisenbau», sagte er leise. «Allerdings kann ich mir in letzter Zeit nicht einmal das mehr vorstellen.»

«Wo denn dann?»

«Wenn ich das wüsste, Bori. Ich kenne so wenig von der Welt. Mit meinen sechsundsechzig Jahren bin ich noch nie aus dieser Stadt herausgekommen.»

«Warst du nicht im Krieg? Wie Großpapa?»

«Ich war nicht wehrdiensttauglich, so hieß das. Nicht einmal zum Sterben war ich ihnen gut genug, stell dir das vor! Eines Tages werde ich sie eines Besseren belehren ...»

«Wegen deiner Migräne, nicht wahr?»

Onkel Barnabás sah sie an. Ein kleines und schmächtiges Mädchen, mit dünnen, hellen Haaren, das da zu seinen Füßen hockte.

«Wie alt bist du jetzt, Bori?»

«Vierzehn.»

«Und was glaubst du, was ist das Wichtigste im Leben?»

«Geld!»

Onkel Barnabás riss die Augen auf.

«Hast du das von deinen Eltern?»

«Das habe ich mir selbst ausgedacht. Mama sagt immer, Geld ist unwichtig. Aber das glaube ich nicht, denn wenn man kein Geld hat, verhungert man. Oder bekommt keine größere Wohnung, wie wir.»

«Na gut, dann das Zweitwichtigste, was ist das Zweitwichtigste im Leben?»

Bori überlegte, zuckte mit den Schultern.

Onkel Barnabás lehnte sich vor.

«Das Wichtigste, ich meine das Zweitwichtigste», flüsterte er, «ist normal zu bleiben.»

«Wie normal?»

«Normal. Gesund. Hier im Kopf ...»

Er deutete mit dem Finger auf seine Stirn.

«... und hier in der Seele ...»

Er deutete auf sein Herz.

«... und hier unten, im Körper.»

Er zeigte auf seine Hose.

Bori errötete.

«Wenn du gesund bist, bist du stark, bist du mutig, frei, dann bist du ein schlechter Untertan. Und du hast die Chance, ab und zu im Leben glücklich zu sein. Aber da ist er ja endlich!»

Bori sprang auf. Ihr Vater kam die Straße herauf, schlank und schlaksig, trotz der Steigung mit ausholenden Schritten, in dem abgetragenen Anzug, den er fast immer trug. Er hatte eine Kiste unter dem Arm. Bori winkte. Onkel Barnabás raffte sich auf und winkte auch, kurz und kräftig, als salutiere er.

«Na, Bori …»

Bori hörte ihn schon nicht mehr. Sie lief durch den Garten die geschotterte Auffahrt hinunter, sie wollte als Erste am Tor sein, das immer klemmte, um ihrem Vater zu öffnen.

6.

Károly stellte die Kiste ins Gras und wischte sich die Stirn. Er begrüßte Róza mit einem Handkuss, umarmte alle anderen. Sie standen erwartungsvoll um ihn und die Kiste herum.

Wenn es nur nicht wieder eine Wassermelone war, dachte Bori.

Ihr Vater klappte den Deckel auf, griff mit beiden Händen hinein und hob ein schwarzes Bündel heraus.

«Das ist Krapek», sagte er.

«Mein Gott, ein Puli!»

Die Großmama schlug mit einer Mischung aus Staunen und Entsetzen die Hände zusammen.

«Und nicht irgendeiner, sondern ein echter, reinrassiger Aristokrat mit Stammbaum! Templomkerti Retyezáti Basahalmi Krapek mit vollem Namen.»

Károly sah Misi und Bori an und setzte den Hund auf den Boden. «Achtet gut auf ihn, von jetzt an gehört er euch.»

Sie starrten ihn an. Der Hund war von filzigen, kohlschwarzen Schnüren bedeckt, die bis zur Erde hingen. An einem Ende kam eine hechelnde, rosarote Zunge zum Vorschein.

Misi, dessen Gesicht plötzlich eingefallen war, drehte sich weg und wollte sich zwischen den Beinen hindurchdrängen. Tante Jolán hielt ihn auf.

«Misi, was hast du?»

Er presste seine Lippen zusammen und verbarg sein Gesicht im Rock seiner Mutter.

«Lass ihn, Jolán», sagte Teréz.

«Er muss lernen, sich klar zu äußern, wenn ihm etwas nicht passt», sagte Tante Jolán.

«Was ist denn? Was hat er?», sagte jemand.

Teréz hob hinter seinem Rücken beschwichtigend die Hand, sie sollten ihn in Ruhe lassen. Sie beugte sich zu ihm hinunter. Es dauerte eine Weile, bis sie ihn verstanden hatte. Er hatte sich nicht einen kleinen schwarzen, sondern einen großen weißen Hund gewünscht, einen, der aussah wie Belle in «Belle und Sebastian».

«Wir haben nun mal keinen Platz für einen Pyrenäenberghund im Zimmer», platzte es Károly heraus, «es ist nicht einmal für uns genug Platz.»

Sie trösteten Misi, redeten von allen Seiten auf ihn ein, auch Krapek würde groß werden, sogar weiß könne er noch werden, das wisse man nie, so was habe es schon gegeben.

Ein Schäferhund sei er ja schon, genauso wie Belle in der Serie, die spanischen hießen eben Pyrenäenberghunde, die ungarischen Pulis.

Misi tat, als würde er nichts hören. Onkel Géza legte ihm die Hand auf die Schulter, aber er drehte die Schulter weg. Teréz und Károly blickten einander ratlos an. Teréz nahm Bori beiseite und schickte sie zu den Nachbarn, sie solle schnell Andrea holen, Misis Spielkameradin. Bori schlüpfte durch das Loch im Zaun. Die Erwachsenen kehrten zu ihren Gesprächen zurück, und ein paar Minuten später war Bori wieder da, mit Andrea.

Andrea wolle Krapek in den Arm nehmen.

«Immer vorsichtig», rief Károly, «er schnappt gern zu!» Er hielt ihnen seine Hand hin und wies auf einen Zahnabdruck im Daumen. «Das müssen wir ihm aberziehen.»

«Ein Puli lässt sich nicht erziehen», warf Großpapa Béla ein, der Krapek streichelte und tätschelte. «Er hat seine angeborene Intelligenz, geprägt von den Jahrhunderten in den Weiten der Puszta, etwas anderes versteht er nicht.»

«Eben ein echter Ungar», murmelte Onkel Barnabás. «Ich wette, er spricht beim Essen nicht.»

Krapek rannte schnüffelnd durchs Gras und markierte alle Bäume, Ecken und Kanten. Andrea folgte ihm, erst in einigem Abstand, dann näher, mutiger, sie klatschte vor Vergnügen auf ihre Schenkel, und Krapek sprang an ihr hoch. Misi beobachtete sie, und plötzlich lief er mit, hinter dem schwarzen Hund her, und Teréz kehrte zu den Gästen am Tisch zurück.

7.

Die gute Laune war wieder da, wie der blaue Himmel nach einem Sommerschauer. Teréz lief ins Haus und kochte frischen Kaffee, die Gäste schoben einander erleichtert die letzten Tortenstücke zu. Károly hängte sich seine Praktina um und begann zu fotografieren, auf das weiche, vorabendliche Licht hatte er gewartet. Er schlich umher, blieb mal hier, mal dort stehen, wartete unauffällig auf den spontanen, besonderen Gesichtsausdruck, auf den unbeobachteten Moment, Misi und seine Freundin im Gras mit Krapek, Großpapa Béla und Onkel Barnabás im tiefen Gespräch, Teréz und Jolán Arm in Arm durch den Garten schlendernd.

Bori musste sich mitten ins Rosenbeet stellen.

Ihr Vater zog die dornigen, undurchdringlichen Zweige zur Seite, die wie eine kleine Mauer wuchsen, damit sie durchschlüpfen konnte. In der Mitte stand eine feuerrote, schon leicht verwelkte Rose, daran sollte sie schnuppern und dabei lächeln. Bori hasste es, immer lächeln zu müssen, wenn ihr Vater fotografierte, aber er bestand darauf, es war eine fixe Idee von ihm, und wenn jemand es nicht tat, brachte er einen durch komische Gesten und Zischlaute doch zum Lachen, das schaffte er jedes Mal, deshalb wollte sie lieber von sich aus lächeln.

Ihre Mutter und Tante Jolán waren beim Flieder stehen geblieben, Bori konnte Fetzen ihres Gesprächs hören. Wie immer in letzter Zeit ging es um die Wohnung, sie hätte die Klagen ihrer Mutter schon auswendig nachsprechen können. Dass es so nicht weitergehen könne, dass man zu viert auf sechzehn Quadratmetern, in einem Mansardenzimmer mit Rabitzwänden, ohne Küche, mit einem winzigen Badezimmer, das man mit dem Nachbarn teilen musste, nicht leben könne.

Ihre Mutter zündete sich eine Zigarette an. Tante Jolán betrachtete ihre Stiefelspitzen, redete ihr zu. Géza habe sich schon bei der Bezirksverwaltung für sie eingesetzt, sie müssten sich noch ein bisschen gedulden. Sie solle lieber Károly einen Tritt in den Hintern geben, damit er endlich auch aktiv werde.

Bori lächelte, sah zu ihrem Vater, der schüttelte den Kopf: «Nein, nein, nicht so, locker, ganz natürlich … ja … so … genau so …»

Er knipste.

«Bleibt stehen!», rief er plötzlich Teréz und Jolán zu.

Er ging in die Knie.

«Sehr gut, stillhalten! Und jetzt lächeln! Teréz, lass doch die Zigarette verschwinden!»

Jolán setzte ein Lächeln auf, Teréz brachte es nur zu einem halben.

Die Kamera klickte.

Bori sah, wie hinter dem Kopf ihres Vaters eine große dunkle Wolke heraufzog.

«Es ist nicht nur die Wohnung, Jolán, es ist alles, einfach alles …»

«Nur du bist es, Teréz, nichts anderes, deine ewige Unzufriedenheit, dein Idealismus.»

«Aber ich bin doch zufrieden! Wir sind glücklich, sogar hier, in diesem Zimmer, in dem es andere keine zwei Wochen aushalten würden.»

Károly machte einen Schritt vor.

«Und noch mal! Lächeln, Teréz, du auch …»

«Es ist … ich weiß nicht … die Lügen, die Verdrehungen, die Halbwahrheiten, diese Niedertracht, die schon ganz normal geworden ist. Du hast dich mit alledem eingerichtet, ich kann das nicht.»

«Jede Wahrheit ist eine halbe, Teréz.»

«Nicht für mich.»

«Ich weiß, ich weiß, der gestirnte Himmel und das moralische Gesetz – aber entschuldige mal, wir sind doch keine Kinder mehr. Du musst lernen, Kompromisse zu schließen, die Welt zu nehmen, wie sie ist, das ist alles. Mit deinem Idealismus wirst du früher oder später in der Klapse landen.»

«Und noch mal! Rückt zusammen ... halt ... genau so! Phantastisch!»

Károly schob seine Brille hoch, um zu prüfen, wie viele Bilder ihm noch blieben.

«Darf ich endlich wieder raus?»

Károly hob überrascht den Kopf. Bori stand inmitten der Rosensträucher wie eine Maus in der Falle. Wie konnte er sie nur vergessen haben?

Schnell schob sich die schwarze Wolke hinter ihrem Vater über den Himmel, ihr Schatten hatte schon das Haus verschluckt. Jetzt sollte sie vielleicht etwas sagen, dachte Bori, doch außer ihr schien niemand das aufziehende Gewitter zu bemerken, sie wollte gerade den Mund öffnen, da ertönte ein Schrei vom Haus her.

Mit Krapek in den Armen preschte Misi aus dem Beet, seine Kleider und Haare waren triefend nass. Er setzte Krapek auf den Boden und nieste, Krapek schüttelte sich, die schwarzen Schnüre wirbelten, das Wasser spritzte, und irgendwo über ihnen entlud sich ein Blitz.

8.

Jolán stemmte die Arme in die Hüften. «Also, alles hat seine Grenzen!»

«Schon vorbei», sagte Teréz, die mit einem Geschirrtuch Misis Gesicht und Haar abtupfte.

«Man sollte der alten Hexe den Hals umdrehen!»

«Beachtet sie nicht, sie ist eine unglückliche Frau.»

«Das gibt ihr nicht das Recht, andere unglücklich zu machen. Ich werde ...»

Teréz hielt Jolán am Arm fest.

«Lass sie, Jolán! Versetz dich mal in ihre Lage.»

«Sie sollte sich mal in das Kind hineinversetzen!»

«Streit führt zu nichts.»

«Du musst dich doch mal wehren!»

«Du fährst nachher heim und hast deine Ruhe, aber ich muss mit ihr leben. Es hat keinen Sinn.»

«Du kannst nicht ein Leben lang kuschen und alles hinnehmen, Teréz, du musst dich endlich deinen Problemen stellen!»

«Ich habe keine Probleme.»

«Natürlich nicht, das wäre unter deiner Würde!»

«Soll ich in die Partei hineinheiraten, wie du? Du hast leicht reden.»

«Teréz! Du solltest dich schämen!»

Bori stand der Mund offen. Großpapa Bélas Stimme war wie ein Peitschenknall gewesen. Seine Hand hatte gezuckt, eine winzige Bewegung nur, aber voller Zorn, Bori hatte es gesehen, alle hatten es gesehen, und jetzt war es ganz still.

Ihre Mutter senkte den Kopf. Wortlos, wie versteinert stand sie vor ihnen.

Ein Wind fegte durch den Garten und schlug die Rosen gegen Boris Arme und Beine, sie zuckte zusammen. Abgerissene Blätter wirbelten, Servietten flatterten vom Tisch, erste Regentropfen klatschten auf die Teller. Gleich würde es gießen, sie ließen alles stehen und liegen und liefen zum Haus, jeder, wie er konnte. Bori sah noch, wie ihr Vater im Laufen mühsam seine Kamera in die Fototasche schob.

Das Treppenhaus war eng, die Stufen knarrten, sie stiegen hintereinander hinauf, noch immer peinlich berührt und froh, nicht sprechen, niemandem ins Gesicht sehen zu müssen.

Das kleine Zimmer im zweiten Stock war sauber und aufgeräumt, die Möbel glänzten, die Dielen rochen frisch gebohnert. Ein Tisch, eine Kommode, ein Diwan, das Kinderbett, ein Fernseher, eine geblümte Ausziehcouch, an den Wänden ein paar Bilder und zwei Perserteppiche, auf der Kommode ein großer Strauß Rosen. Károly lief zum Erker und schloss das Fenster, der Regen hatte schon ins Zimmer gesprüht, außerdem hätte im Prasseln niemand die Nachricht gehört, die er noch mitzuteilen hatte.

Man drängte ins Zimmer, Béla blieb auf der Schwelle stehen und drehte sich zu Teréz um, die als Letzte kam.

«Verzeih mir, Teréz, ich habe die Beherrschung verloren, ich habe es nicht so gemeint ...»

«‹Ein Sebestyén muss stets der Beste sein›, hast du immer gesagt», flüsterte Teréz mit zitternder Stimme, «und dann hast du zwei in die Welt gesetzt ...»

«Verzeih mir, Teréz!»

«Es gibt nichts zu verzeihen, ich bitte dich um Verzeihung, weil ich nicht so bin, wie ich sein sollte.»

«Du bist genauso ...»

«So leben wir also, wir Idioten!», rief Teréz plötzlich.

«Teréz, du musst deine Nerven schonen.»

Róza sank auf die Couch, betastete ihre nass gewordene Frisur und seufzte.

«Und wie soll das erst mit dem Hund werden.»

«Es ist noch Platz für viele Hunde hier, Großmama», sagte Géza jovial.

Károly stand immer noch am Fenster, die Hand am Griff, und starrte hinaus. Mitten im Garten hatte er Onkel Barnabás erblickt. Er schritt auf die Rosensträucher zu, blieb stehen und griff hinein, als hätte er just jetzt im strömenden Regen Lust bekommen, Rosen zu schneiden. Da bemerkte Károly inmitten der roten Blüten Boris Gesicht. Onkel Barnabás half ihr heraus, sie huschte durch den Regenvorhang, und Károly fasste sich an die Stirn, entsetzt darüber, dass er sie wieder vergessen, sprichwörtlich im Regen stehengelassen hatte.

Onkel Barnabás trottete zu seinem Platz am verwüsteten Tisch und setzte sich. Seelenruhig saß er im Regen, unter dem toten Kirschbaum, den grell aufleuchtenden Wolken, und Károly kam plötzlich der Gedanke, dass er vielleicht nur darauf wartete, dass auch ihn, wie einst Vilma während der Luftangriffe im Sommer 44, ein Blitz vom Himmel treffen möge.

Károly rief nicht, Barnabás hätte ihn ohnehin nicht gehört. Sein Augenblick war gekommen, er räusperte sich. Die anderen verstummten, alle Blicke lagen auf ihm, überrascht, dass er eine Rede halten wolle.

«Ich habe eine gute Nachricht», sagte er, ein schüchternes Lächeln im Gesicht. «Ich habe über das Institut ein Stipendium bekommen. Ein Stipendium der Vereinten Nationen. Von September an werde ich ein Jahr an einem Institut in Deutschland arbeiten … in Westdeutschland.»

Er sprach ruhig. Bori, die in dem Augenblick ins Zimmer kam, fand, dass ihr Vater mit seinem nassen Hemd, den zerzausten Haaren und der beschlagenen Brille reichlich komisch aussah, und musste auflachen, genau wie ihr Vater es sich wünschte, wenn er sie fotografierte.

9.

Das Gewitter zog schnell wieder ab, das Zimmer hellte sich auf. Sie saßen eng beieinander, erst sprachlos, dann immer aufgeregter. Das waren wahrlich große Nachrichten. Westdeutschland sei weit weg, nicht geographisch, aber politisch, was für eine Ehre für Károly, in ein deutsches Institut eingeladen zu werden, eine solche Auszeichnung würde nur den Talentiertesten zuteil. Dass Károly talentiert war, darin war man sich einig, nur ein bisschen lebensfähiger, kämpferischer könnte er sein, er war viel zu gutmütig für diese Welt, dachten sie.

«Aber die arme Teréz, wie soll sie das bloß schaffen! Die beiden Kinder und die Arbeit, so ganz allein.»

Róza seufzte, schüttelte den Kopf.

Wie sollte das nur werden? Sie würden auf jeden Fall alle zusammen helfen müssen.

Während sie redeten, legte Károly immer wieder den Finger auf die Lippen und deutete zur Wand, und sofort senkten sie die Stimmen. Károly und Teréz vermuteten, dass Ferenc, der Nachbar, der beim Innenministerium arbeitete und als Erweiterung seiner eigenen Wohnung schon lange ein Auge auf ihr Zimmer geworfen hatte, lauschte und Berichte über sie schrieb.

Teréz stand am Fenster. Nur vage drangen die Worte

an ihr Ohr. Die Sonne schien wieder, schien ihr warm ins Gesicht, und plötzlich erfasste sie eine heftige Sehnsucht, mit Károly zu gehen, wegzugehen, die Kinder mitzunehmen und nie mehr zurückzukommen, alles hinter sich zu lassen, die Lügen und die Lügner, die Opportunisten und die Karrieristen, die Feiglinge, dieses ganze System von Gefälligkeiten und Gegengefälligkeiten und irgendwo weit, weit weg ein neues Leben zu beginnen.

Sie starrte auf die leuchtenden Tropfen auf der Fensterscheibe, erschrocken über sich selbst. Sie hatte bisher nie überlegt, Ungarn, die Heimat, zu verlassen, wie es so viele, die sie gekannt hatte, getan hatten, um im Überfluss des Westens besser zu leben. Sie war nicht so wie sie, hatte derlei nie gebraucht, um glücklich zu sein, ihre private Zufriedenheit hatte ihre Unzufriedenheit mit der Gesellschaft ringsum stets überdeckt, das, worauf es ihr wirklich ankam, hatte sie.

Sie riss das Fenster auf, taumelte fast. Ein neues Leben. Sie wünschte, sie könnte den Gedanken, der plötzlich als reale Möglichkeit vor ihren Augen stand, wieder ungedacht machen, jetzt, sofort, doch ahnte sie schon, dass die Idee nun in ihr war und wachsen und reifen würde wie eine Frucht am Baum.

10.

Bori verschwand auf den Dachboden, um sich trockene Kleider anzuziehen. Sie mochte den finsteren, staubigen Boden nicht, seit sie im Frühjahr auf den aufgequollenen Kadaver einer vergifteten Ratte gestoßen war, und weil sie wusste, dass die Ratten immer noch da waren, aber daran dachte sie in diesem Moment, da die Gäste sich gerade auf den Heimweg machten, nicht.

Der Dachboden war wie ein Schiffsbauch, dachte Bori immer, obwohl sie noch nie in einem Schiff gewesen war, ein schattiges, muffiges Gewölbe voller schwarzer Balken, im Winter eiskalt, im Sommer schwülwarm, nur am frühen Morgen und späten Abend erträglich.

Sie beeilte sich, die Schritte der Gäste hallten schon durch das Treppenhaus.

«Ach, da bist du, Bori!»

Ihre Großmama zog die Tür hinter sich zu.

«Ich habe etwas für dich», flüsterte sie.

Sie stellten sich unter das winzige Dachfenster, Bori war sofort neugierig. Ihre Großmama öffnete ihre Handtasche und nahm etwas heraus, Bori betrachtete aber nur ihre gichtigen Finger, immer musste sie, wenn sie an die Großmama dachte, an ihre Finger mit den schiefen Kuppen denken. Sie fand sie nicht hässlich, sie mochte sie, weil sie zu ihrer Großmama gehörten.

«Vor ein paar Tagen hat mich in der Stadt wieder mal eine Zigeunerin angesprochen …»

«Wollte sie dir wieder dein Seidentuch abkaufen?»

«Was soll ich tun, sie sind versessen auf diese Tücher! Na ja, es war ja auch ein wirklich schönes Stück. Diesmal habe ich es verkauft.

«Du hast es verkauft? Für wie viel?»

«Nicht für Geld, ich habe es getauscht. Hierfür.»

Sie öffnete ein Etui, das sie aus der Tasche gezogen hatte. Bori erblickte ein Medaillon, es schimmerte in tiefem Grün, Blau und Lila.

«Was ist das?»

«Erkennst du es nicht?»

Bori schüttelte den Kopf.

«Das Auge einer Pfauenfeder.»

«Ach ja!»

«Aber das ist nicht alles. Es ist ein Talisman.»

«Ein Glücksbringer? Ein echter?»

«Es soll einer Zigeunerprinzessin gehört haben. Ob das stimmt, wissen wir nicht. Aber wir wissen auch nicht, dass es nicht stimmt. Eigentlich wollte ich es dir erst zu deinem fünfzehnten Geburtstag schenken, aber mit dem Glück braucht man nicht zu warten, nicht wahr? Wenn du darauf achtgibst, wird er auf dich achtgeben.»

Bori bedankte sich, sie strahlte über das ganze Gesicht.

«So, und jetzt gehen wir, sonst fahren sie ohne mich ab, und dann müsste ich hier übernachten, obwohl es bei euch auch ohne mich schon eng genug ist.»

Im Treppenhaus reichte Bori der Großmama den Arm, obwohl es ihr lieber gewesen wäre, wenn sie über Nacht geblieben wäre.

Ein Luftzug knallte hinter ihnen die Tür zu.

11.

Sie gingen in den Garten. Die Luft war prickelnd klar. Teréz brachte Onkel Barnabás trockene Sachen, aber er schüttelte den Kopf, die Sonne werde ihn schon trocknen. Onkel Géza öffnete die Autotüren, Tante Jolán breitete auf dem Beifahrersitz eine Decke für Onkel Barnabás aus, aber auch das wollte er nicht, er wollte lieber gleich zum Friedhof fahren.

Bori betastete sein nasses Hemd.

«Warum bist du nicht ins Haus gekommen?»

«Ich wollte nicht, dass du allein nass wirst, Bori.»
«Ich bin aber längst wieder trocken.»
«Ich auch, nur sieht man es bei mir nicht.»
Er lächelte geheimnisvoll.

Die Gäste nahmen Abschied, bedankten sich für den schönen Tag und beglückwünschten Károly noch einmal zu seinem großartigen Erfolg. Als die stoppelige Wange ihres Vaters die ihre streifte, hörte Teréz, wie er sie leise noch einmal um Verzeihung bat, und drückte ihn fest. Seine Reue, seine Scham, sein flehender Blick machten sie verlegen, und sie war ihm ja nicht böse. Nur vergessen – vergessen, dass er vor den anderen Partei gegen sie und für ihre Schwester ergriffen hatte, das würde sie nicht können.

«Das mit der Wohnung deichseln wir schon», sagte Jolán aufmunternd, als sie Teréz umarmte. «Nur das», zeigte sie auf die Zigarette in Teréz' Hand, «das musst du allein in den Griff kriegen.»

Noch vor kurzem hatte sie selbst geraucht, schon als Mädchen hatte sie sich ein Vorbild an ihrer älteren Schwester genommen, die sich das Rauchen im letzten Kriegsjahr angewöhnt hatte, doch eines Tages hatte sie den Entschluss gefasst, damit aufzuhören, und ihren Entschluss innerhalb weniger Wochen auch in die Tat umgesetzt. Seitdem war sie überzeugt, dass auch Teréz es schaffen könnte, wenn sie nur wirklich wollte. Aber sie versuchte es gar nicht erst, fand Jolán.

Man stieg ins Auto, der Motor brummte auf, der Kies knirschte, sie rollten hinunter. Károly, Bori und Misi waren schon bis zum Tor gegangen, und als das Auto in die Székácsstraße einbog und die vielen Hände in den Fenstern und über dem Dach zu winken begannen, winkten sie zurück.

Misi schaute zum Himmel. Er war blau, stahlblau, nicht eine Wolke zu sehen. Der Schiguli hatte ihm gefallen, aber wenn er groß war, würde er sich trotzdem einen Porsche kaufen, das stand fest.

12.

«Was hast du, Teréz?»

Sie und Onkel Barnabás waren oben geblieben. Er lehnte sich gegen die Mauer der Auffahrt und ließ sich von der Sonne trocknen. Teréz sah ihn an. Er kannte sie zu gut, als dass sie ihm etwas hätte verheimlichen können.

«Sie haben mich entlassen, Onkel. Versetzt, aufs Land, nach Gödöllő. Ab September.»

«Ist das wahr?»

Barnabás kratzte sich am Hinterkopf, wühlte mit seinen Schuhspitzen im Schotter.

«Sie sollten sich schämen», flüsterte er ungläubig, «sie sollten sich wirklich schämen. Sie hätten dem Himmel dankbar sein sollen, jemanden wie dich zu haben.»

Teréz warf ihren Zigarettenstummel weg.

«Ich scheine es im Moment keinem recht machen zu können. Was ich auch tue, ich werde nur bekrittelt, belehrt, beschimpft, beurlaubt, alle wissen alles besser, alle machen alles besser …»

«Nimm dir das nicht so zu Herzen, Teréz. Dein Vater macht sich Sorgen, wie es bei euch weitergehen soll, das ist alles. Er hat zu viel Liebe in sich, zu viel Fürsorge, zu viel Zuviel, es gibt ein Maß an Liebe und Sorge, das nicht mehr auszuhalten ist. Aber er meint es gut mit dir.»

«Umso schlimmer.»

«Du ahnst nicht, wie glücklich er war, als du nach dem Krieg wieder genesen bist. Ich bewundere ihn, Leute wie ihn, diese Soldaten des Lebens, die Familien gründen, das tägliche Brot herbeischaffen, Verantwortung für viele, nicht nur für sich allein tragen, die nicht nur schwatzen und den lieben langen Tag herumlungern, wie ich ... Schöngeister und schwadronierende Intellektuelle gibt es genug, aber wenn es darauf ankommt, werden es Menschen wie dein Vater sein, die für die Gemeinschaft einstehen werden, wenn die Intellektuellen längst im Flugzeug sitzen. Wie hieß es doch? Die Kinder, die Soldaten und die Narren sind die Retter der Welt.»

Er schauderte.

«Zieh dir doch etwas von Károly an, sonst holst du dir noch den Tod.»

«Na, das wäre doch mal was. Ich danke dir, ich mache mich jetzt auf den Weg.»

Sie schlenderten die Auffahrt hinunter.

«Aber gäbe es keine Schöngeister, wer sollte dann die Heldentaten deiner Soldaten besingen?»

Barnabás blieb stehen.

«Jeder soll singen, Teréz, das ganze Volk, das ist es eben. Sobald es einen Sänger gibt, sind die anderen nur zum Applaudieren da. Das ist die exklusive, die englische Art, nicht die unsere. Alle sollen singen und etwas zu besingen haben. Zum Teufel mit den Sängern, die besingen ohnehin nur sich selbst. Ich spucke auf sie.»

Nass, wie er war, konnte Onkel Barnabás sie nicht umarmen, und sie zu segnen hätte ihm, gottlos, wie er sich gab, schlecht zu Gesicht gestanden. Nur ein Lächeln schenkte er jedem, drückte Teréz und Károly die Hand, streichelte Bori und Misi über den Kopf.

«Na, denn! Und wenn ihr etwas braucht, auf mich könnt ihr rechnen, das wisst ihr.»

Teréz senkte den Blick, wieder hatte sie das Gefühl, dass er schon alles wusste, auch das, was sie ihm nicht erzählt hatte.

Barnabás wechselte auf die andere Straßenseite, die noch in der Sonne lag, er ging langsam, die Tasche mit den Holunderblüten in seiner rechten Hand. Er hatte sich früher oft gefragt, warum das Leben gerade ihn mit so viel Müßiggang ausgestattet hatte, dass es ihm zuweilen fast lästig wurde, während ringsum alle unablässig ums Überleben kämpften. Dann, mit den Jahren, hatte er aufgehört, Fragen zu stellen, allzu klar lagen die Antworten auf der Hand.

An der Istenhegyistraße bestieg er den 21er-Bus, fuhr eine Station stadteinwärts, stieg in die 59er-Straßenbahn um, fuhr wieder stadtauswärts, bergauf bis zur Endstation am Friedhof *Farkasrét*. Vilmas Grab lag am oberen Ende des Friedhofs, Barnabás ging außen die Mauer entlang, drinnen zu gehen wäre ihm zu viel Friedhof auf einmal gewesen. Vom letzten Tor war es nicht mehr weit zu Vilma, die eines Julitags siebenundzwanzig Jahre zuvor zum Wochenmarkt aufgebrochen war, während er wieder einmal mit Migräne das Bett gehütet hatte, und nie zurückgekommen war, weil auf einer Insel im fernen Atlantik ein Politiker den Befehl zu einem weiteren Luftangriff auf die geschundene Stadt erteilt hatte. Nach so vielen Jahren kannte er den Weg zu ihrem Grab auswendig, er hätte es auch mit verbundenen Augen gefunden, von welchem Punkt der Erde er auch aufgebrochen wäre.

13.

Teréz deckte den Tisch ab, zog das Tischtuch weg, mochte es auch löchrig und ausgeblichen sein, die Tischplatte darunter war noch viel unansehnlicher. Sie faltete das Tuch, dann besann sie sich, faltete es wieder auf und hängte es zum Trocknen auf den Zaun.

In Gedanken war sie weit weg.

Sie dachte an ihren zukünftigen Arbeitsplatz in Gödöllő, dreißig Kilometer außerhalb der Stadt, an das kommende Jahr ohne Károly. Sie hatte keine Angst, irgendwie würde sie es schon schaffen, die Ganztagsarbeit in einer anderen Stadt und das Ganztagsleben mit den Kindern in Budapest, nur wie, das wusste sie noch nicht. *Nincs lehetetlenség, csak tehetetlenség*, es gibt keine Unmöglichkeit, nur die Unfähigkeit, pflegte ihr Vater zu sagen, das reimte schön und stimmte auch, schon seit Boris Geburt bewältigte sie das Unmögliche, und sie war in diesen vierzehn Jahren nie unglücklich gewesen, höchstens verärgert über Kleinigkeiten, die nicht zählten, auch wenn es unzählige waren, nur musste sie in letzter Zeit feststellen, dass sie allem Glück zum Trotz erschöpft war, mit einundvierzig Jahren keine Reserven mehr hatte.

Sie musste Károly endlich einweihen. Am Abend, sobald die Kinder schliefen. Oder am nächsten Tag. Oder in der kommenden Woche. Es hatte noch Zeit, Károly sollte seinen Erfolg unbelastet genießen.

Sie nahm den Korb und wandte sich dem Haus zu.

Bori, die am Fenster stand, beobachtete ihre Mutter schon eine ganze Weile. Sie hatte sich den Talisman umgehängt und genoss den Gedanken, jetzt gegen alle Gefahren immun zu sein. Sie könnte aus dem Fenster springen, wenn sie wollte, und es würde ihr nichts passieren, sie würde sich vielleicht ein bisschen weh tun, aber nicht schlimm, nur so, als wäre sie über eine Türschwelle gestolpert.

Es war etwas anderes, das ihr Sorge machte. Sie hatten in der Schule gelernt, dass Aristokraten die Feinde des Volkes seien und von den Kommunisten dafür bestraft würden, und nun ließ ihr der Gedanke keine Ruhe, dass das vielleicht auch für aristokratische Hunde galt. Was würde passieren, wenn man entdeckte, dass Krapek aristokratisch war, wie ihr Vater gesagt hatte? Würde man ihn ihnen wegnehmen? Einsperren? Oder ihm etwas noch Schlimmeres antun, ihn vielleicht sogar hinrichten? Es war ein Glück, dass außer Onkel Géza niemand wusste, dass Krapek aristokratisch war, und Onkel Géza würde ihn niemals verraten, obwohl er ein waschechter Kommunist war. Das war er wirklich, das hatten ihre Eltern gesagt, als sie danach gefragt hatte; nur als sie gefragt hatte, warum sie nicht auch Kommunisten waren, wenn Kommunisten Wohnungen und gute Stellen bekamen und sie nicht, hatten ihre Eltern nicht, oder nur mit einem nichtssagenden «weil wir eben keine sind» geantwortet, und das hatte so geklungen, als wäre der Kommunismus eine Art Gabe oder Geburtsfehler, etwas, das man hatte oder eben nicht.

Teil zwei

DURCH DEN VORHANG

1.

Als alles abfahrbereit war, fiel ihnen Misis Fahrrad ein.

Es war abgesprochen, dass bis zu ihrer Rückkehr vom Plattensee Misis Freund Péter das Fahrrad bekommen sollte. Károly hatte es in Deutschland gekauft, als Geschenk zu Misis achtem Geburtstag. Es war kirschrot und kanariengelb, und obwohl es gebraucht war, sah es wie neu aus, war mit Gangschaltung und einer Micky-Maus-Gummihupe ausgestattet. So etwas hatten ungarische Fahrräder nicht, es war etwas Besonderes. Misi wollte es unbedingt mitnehmen, aber es fand im Wagen keinen Platz mehr.

Péter wohnte am oberen Ende der Székácsstraße, fünf Minuten entfernt. Es war ein sonniger Morgen, Hunde schlugen an, wo sie vorbeigingen, Blumen und Äste reckten sich über Mauern und Zäune ins Freie. Misi mühte sich auf dem Rad die Steigung hinauf, Bori folgte ihm zu Fuß. An der Querstraße, auf der sie im Winter Schlitten fuhren, da sie kaum befahren war und in einen kleinen Platz endete, auf dem sich gut abbremsen und in den Schnee fallen ließ, stieg Misi ab und schob.

Oben öffnete Bori das Gartentor, und Misi rollte das Rad hinein und stellte sich vor, wie Péter sich freuen würde, wenn er es dort fand, und freute sich mit ihm. Sie wussten, dass niemand zu Hause war, stellten das Rad ab und gingen.

«Wer zuerst unten ist!», rief Bori.

Sie rannten bergab. Bori gewann, obwohl sie auf halber

Strecke gestolpert und hingefallen war. Sie stürzte ständig, hatte immer irgendwelche Wunden an den Knien und Ellbogen, Misi staunte jedes Mal, wie man so blind sein konnte. Typisch Mädchen.

Sie hatte dennoch gewonnen, aber sie war ja auch siebeneinhalb Jahre älter als er, dachte Misi. Er war acht, sie fünfzehn, aber wenn er erst fünfzehn war, würde er sie locker abhängen, egal, wie alt sie da wäre, sie würde sich noch wundern.

2.

Károly und Teréz blickten sich ein letztes Mal um. Das Zimmer sah aus wie immer, der Kühlschrank brummte, in der Schreibmaschine auf dem Tisch steckte ein halb beschriebenes Blatt, in der Vase auf der Kommode ein halb verblühter Blumenstrauß, es war ein Zimmer, in das man bald zurückkehren würde. In der obersten Schublade der Kommode lagen Teréz' Schmuck und einige Forintscheine, nicht viel, aber immerhin Geld, daneben ihre blauen Reisepässe für nichtsozialistische Länder, ganz oben, nicht zu übersehen für jemanden, der die Schublade öffnete.

Onkel Barnabás hatte sie gewarnt. Sie sollten die blauen Pässe, die Károly für seinen Aufenthalt in Deutschland und Teréz für einen Besuch bei ihm bekommen hatte, unter keinen Umständen mitnehmen. Wenn ihr Reiseziel offiziell Jugoslawien, also ein sozialistischer Bruderstaat, war, konnte es keinen Grund geben, die Pässe für nichtsozialistische Länder bei sich zu haben. Reisende nach Jugoslawien würden oft vor der Grenze angehalten und durchsucht, und wenn man solche Pässe bei ihnen fand, war das der Beweis, dass sie über Jugoslawien Republikflucht in den Westen begehen wollten.

Teréz und Károly tauschten Blicke. Sie hatten schon über die blauen Pässe gesprochen und sich nicht entscheiden können.

«Lassen wir sie hier», sagte Teréz, wie zuvor, flüsternd.

«Sie könnten uns über die italienische Grenze bringen.»

«Und wenn man sie vorher findet?»

Károly schwieg.

«Lassen wir sie hier, wenn wir einmal in Jugoslawien sind, finden wir auch einen Weg hinüber.»

Sie gingen hinaus. Károly drückte zögerlich das Vorhängeschloss zu, sein Herz pochte wie beim Langstreckenlauf. Er durfte nicht daran denken. Fünfzehn Jahre ihres Lebens blieben in dem Zimmer zurück, in dem es im Winter zu kalt, im Sommer zu warm und das ganze Jahr zu eng gewesen ist, fünfzehn der besten, schönsten Jahre ihres Lebens. Er dachte an Ferenc nebenan, endlich würde er seinen Wohnraum erweitern können, manchen fiel alles in den Schoß, man musste nur auf der richtigen Seite stehen.

Hatte er das Fenster auch wirklich geschlossen? Er war sich plötzlich nicht mehr sicher. Er sperrte wieder auf, während Teréz vorausging.

Das Fenster war zu. Er zog am Griff. Es war zu.

Er hatte sich fest vorgenommen, keinen letzten Blick auf den Garten zu werfen, tat es dann doch. Der Garten lag da, unverändert seit vierzehn Sommern und vierzehn Wintern, der steinerne Pfad, die Fliedersträucher, die Birken, die Akazien, der Kirschbaum in der Mitte, der große Holunder in der hintersten Ecke, der Sandkasten, das Planschbecken. Misis Holzboot war gekentert, wie ein toter Schmetterling lag das Segel auf dem Wasser. Károly sah alles, alles auf einmal, was da war und was einst da gewesen ist, Teréz im August mit gewölbtem Bauch im klapperigen Liegestuhl, so hatte er sie fotografiert, und im Oktober mit noch größerem Bauch am Zaun stehend, den Schüssen und dem Dröhnen der Panzer in der Stadt unten lauschend, der Junge würde ein Kind der Revolution sein, hatte sie plötzlich bemerkt, überzeugt, dass das Kind ein Junge werden würde; und im Sommer darauf das kleine Mädchen im Laufstall mit ihren Gummitieren, dem Hund, der Katze, der Maus und dem Zwerg mit der himbeerroten Mütze, den sie ans Gitter gehängt hatten, damit Bori sich nach ihnen reckte und irgendwann aufstand, was sie aber nicht tat; und Jahre später Misi, dann tatsächlich ein Junge, im selben Laufstall und dann auf seinem roten Dreirad, mit seinem gelben Plastikgewehr und dem roten Tschako, den er ihm aus Karton gebastelt hatte; und Misi und Bori zu zweit vor dem dunkelgrünen Zelt, das eigentlich ein riesiger Soldatenmantel war, unter dem Holunderbaum, alles war da und alles vorbei, er hätte nicht schauen sollen, er hatte es gewusst, nun war es zu spät.

3.

Der weiße Käfer blinkte in der Morgensonne, sie hatten ihn am Abend zuvor gemeinsam gewaschen und poliert, für die große Reise an den Plattensee. Károly hatte ihn in Deutschland gekauft, von seinem frisch verdienten Geld, zu zweit waren sie mit ihm heimgefahren. Károly rüttelte noch einmal am Gepäckträger, den er mit den beiden

Koffern, dem großen, nussbraunen Lederkoffer und dem kleinen, grauen aus Karton beladen, mit einer Plastikfolie überzogen und mit Spannseilen befestigt hatte.

Alles hielt.

Teréz hatte noch schnell Boris aufgeschlagenes Knie verarztet, die Kinder kletterten auf den Rücksitz, Krapek sprang zwischen sie. Es war eng hinten, alles mit Gepäck verstellt, aber Enge waren sie gewohnt, mit Enge kannten sie sich aus.

Sie rollten die Auffahrt hinunter. Károly war nervös, er wollte niemandem begegnen. Jedes Wort war ein Wort zu viel, sie mussten achtgeben. Als sie in die Székácsstraße einbogen, lehnte sich Teréz vor, um noch einmal einen Blick auf die hohe Sandsteinmauer mit dem Gartenzaun zu werfen, und Bori sah, dass ihr eine Träne über die Wange lief, die sie schnell wegwischte. Früher hatte ihre Mutter nie geweint, aber in den letzten Wochen und Monaten, seit sie aus Deutschland zurück war, weinte sie oft, doch wenn Bori sie fragte, warum, lächelte sie nur und sagte, dass alles gut sei. Ihr Vater weinte nicht, er hielt das Lenkrad und blickte geradeaus. Selbst wenn er geweint hätte, hätte sie es nicht gesehen.

Sie fuhren durch den stillen Morgen, die Ráth-György-Straße und die Kékgolyóstraße hinunter, und Károly fühlte sich plötzlich wie in einem jener französischen Filme, die seit zehn Jahren in den Kinos liefen, in denen es immer um Fahrten ins Blaue ging und die ganze Welt jung und luftig und verliebt und leichtsinnig war. So hätte es sein können, denn es war August, Ferienzeit, aber so war es nicht, die Traurigkeit schnürte ihm den Hals zu.

«Er wird dem Fahrrad nachweinen», flüsterte er.

«Ich habe auch schon daran gedacht.»

«Vielleicht könnte ich es doch auf dem Gepäckträger unterbringen.»

«Versuchen wir es. Ich helfe dir.»

Sie kehrten nicht um, sie bogen ab in die Istenhegyistraße, die das obere Ende der Székácsstraße tangierte.

«Ich komme mir wie ein Dieb vor», murmelte Károly verlegen.

Er lief die Treppen zur Székácsstraße hinauf. Einige Augenblicke später erschien er mit dem Fahrrad auf der Schulter, und sie lachten alle, denn er sah wirklich wie ein Dieb mit seiner Beute aus.

Während seine Eltern das Fahrrad auf dem Wagendach befestigten, las Misi immer wieder das Straßenschild neben ihnen. *Istenhegyistraße. Gottesbergstraße.* Die Straße hieß wirklich so, obwohl er genau wusste, dass an ihrem Ende nicht Gott, sondern Tante Jolán wohnte, und außerdem gab es keinen Gott, das sagte sogar sein Vater, obwohl er kein Kommunist war, seine Mutter sagte allerdings, dass man nur an ihn glauben müsse, und schon gäbe es ihn, das sei mit allem so, der Glaube, woran auch immer, würde einem Flügel verleihen, aber das glaubte Misi nicht.

Als sie die letzten Außenbezirke Budas erreichten, meldete das Autoradio einen sonnigen, hochsommerlichen Tag im ganzen Land und eine Wassertemperatur von zweiundzwanzig Grad am See.

4.

Teréz hielt ihre Zigarette aus dem kleinen, dreieckigen Drehfenster, ab und zu huschte ein Stück Asche im Wind davon. Die Ausfahrtstraße nach Süden war verstopft, wie jeden Samstagvormittag, wenn die Leute zu ihren Wochenendhäusern in den Budaer Hügeln oder am Plattensee aufbrachen. Für sie ging alles seinen gewohnten Gang, dachte Károly wehmütig, nur für ihn endete etwas, dies hier würde bald nur noch eine verblassende Erinnerung sein. Krapek hatte sich auf seine Rücklehne aufgestützt, hielt seine Nase in den Fensterspalt und hechelte ihm ins Ohr. Der Fahrtwind kämmte seine Schnüre zurück, und Misi und Bori lachten, weil seine Schnauze, seine schwarze Nasenspitze und schwarzen Knopfaugen ohne Haare so komisch aussahen.

Sie kamen nur langsam voran, die neue Autobahn war noch einspurig, seit Urzeiten war sie erst einspurig fertiggestellt, und so war es mit allem. Sie hatten die Budaer Hügel hinter sich gelassen, und Misi hoffte bei jeder Kurve, dass gleich der Plattensee zu sehen wäre. Doch erst Stunden später tauchte hinter Pappeln und Häusern der See auf, tatsächlich eine große, glänzende, nun immer größer werdende grüne Platte.

Misi presste sein Gesicht ans Fenster. Aber sie hielten nicht.

«Sind wir noch nicht da?»

Seine Mutter schüttelte den Kopf.

Teréz starrte in die fliehende Landschaft. Seit Wochen zerbrach sie sich den Kopf, wie und wann sie den Kindern die Wahrheit sagen sollte, aber wenn sie sich ihre Enttäuschung vorstellte, ließ sie den Gedanken sofort wieder fallen, und auch jetzt schnitt sie lieber einen Apfel und reichte die Stücke herum.

Sie zündete sich eine Zigarette an und sah hinaus. Flauschige Wolken schwebten über dem See und den grüngrauen Hügelketten des jenseitigen Ufers. Die Luft war still, unendlich friedlich kam ihr alles vor. Sie strich Brote, sie aßen zu Mittag, Misi wurde müde und schlief ein, und während er schlief, trafen sich beide Ufer wieder, und der See verschwand.

Auch die Autobahn war zu Ende. Es ging auf der alten Landstraße weiter, zwischen hohen Pappeln und weiten Feldern. Pferdefuhrwerke trotteten auf dem heißen Asphalt, ab und zu tauchte ein Dorf auf, kleine, erdgeschossige Häuser, halbnackte Kinder am Straßenrand, alte Leute auf Bänken neben ihrer Haustür, dann wieder Felder und Alleen, Strommasten mit durchhängenden Leitungen, ohne Anfang, ohne Ende. Károly kannte das alles, das abgelegene Land, das so anders als die Hauptstadt war, in das er einst zur Strafe für etwas, das er nicht getan hatte, zwangsausgesiedelt worden war. Er hatte es lieben gelernt, das Land und die Menschen dort, trotz seiner Aussiedlung, sie waren ihm in den zwei Jahren vertraut geworden, auf dem Land war alles wie seit jeher, doch für ihn ging nun auch das für immer zu Ende.

5.

«Ans Meer, wenn sie euch fragen», flüsterte ihre Mutter, «wir fahren ans Meer, vergesst es nicht!»

Misi schlug die Augen auf.

«Wir fahren an den Plattensee», murmelte er.

«Wir fahren ans Meer … Sagt einfach nichts!»

Misi richtete sich auf. Durch die Windschutzscheibe sah er zwei Polizisten auf den Wagen zukommen.

Kein See zu sehen.

«Guten Tag! Die Pässe, Autopapiere!»

«Steigen Sie aus!»

Teréz nahm Krapek an die Leine, sie stiegen aus. Károly antwortete höflich auf die Fragen der Polizisten, wohin, wie lange, warum, wann und wo. Misi betrachtete ihre Uniformen, die Pistolen in ihren Halftern, Bori aber lauschte aufmerksam den Antworten ihres Vaters. Es ging also ans Meer, für eine Woche, nach Istrien, an einen kleinen Ort an der Küste, wie hieß er doch, Teréz?

Nein, sie seien noch nie in Jugoslawien gewesen. Nein, sie hätten nur die erlaubte Menge an Forint und Dinar bei sich. Nein, sie hätten keine anderen Pässe bei sich.

Károly musste den Dachgepäckträger abladen, die Koffer aufmachen, die Vorderhaube öffnen. Teréz biss sich auf die Lippen. Der Kofferraum war zum Bersten voll, sie verfluchte sich, dass sie sich beim Packen nicht noch mehr beschränkt hatte, obwohl sie wusste, dass das kaum möglich gewesen wäre. Einer der Polizisten hob die Taschen an, schob sie zur Seite, wühlte herum.

«Wir fahren ans Meer», sagte Misi, der neben ihm stand und jede seiner Bewegungen aufmerksam verfolgte.

Der Polizist lächelte säuerlich. Sein Kollege reichte Károly die Pässe.

«Gute Fahrt!»

Károly gab Gas, Bori lehnte sich vor.

«Was ist Istrien?»

«Eine wunderschöne Gegend am Meer.»

«Am Meer?»

«Der Plattensee liegt nicht am Meer», sagte Misi.

«Das Meer ist ein großer, platter See.»

«Und wann fahren wir an den richtigen?»

«Gar nicht», bemerkte Bori und lehnte sich zurück.

«Das stimmt nicht!», rief Misi mit großen Augen.

«Seid still! Halt die Pässe bereit, Teréz!»

«Wir sind an der Grenze», wiederholte ihre Mutter und legte den Finger auf die Lippen.

«Macht keine Gesten, sie beobachten uns vielleicht schon», flüsterte ihr Vater.

«Wer?», fragte Misi.

«Niemand! Sei still!»

Misi beobachtete alles aufgeregt, die Zäune, die Warntafeln, die Grenzbeamten mit ihren Gewehren und ihren seltsamen, wedelnden Bewegungen mit den Händen, die rot-weiß-grüne Flagge, die Schranke, hinter der nicht mehr Ungarn war. Aber Ungarn musste ja irgendwo enden, sonst wäre die ganze Welt Ungarn. Sein Vater hielt und kurbelte das Fenster herunter, und plötzlich war die Luft voll summender, schwärmender Mücken. Sie zogen die Köpfe ein und schlugen um sich, die Stempel knatterten, die Schranke hob sich, ihr Vater murmelte etwas von diesen himmlischen, gottgesandten Mücken. Ihre Mutter sah ihn verwundert an.

«Wieso, wir haben doch Visa für Jugoslawien, wir tun nichts Illegales.»

«Trotzdem!»

Auf dem anderen Gebäude flatterte eine andere Flagge, die Grenzposten sprachen eine andere Sprache, ihre Uniformen hatten eine andere Farbe, nur das Krachen der Stempel war gleich.

Sie durften passieren und entschwanden in die mondlose jugoslawische Dämmerung.

6.

Bori war hellwach. Sie wollte verstehen. Warum mussten sie ans Meer fahren, wenn der Plattensee näher und es am Meer eigentlich auch nicht anders war? Sie wartete auf eine Erklärung, ihre Eltern schwiegen. Sie sprachen über anderes, spielten Ratespiele, ihre Mutter reichte wieder Brote herum. Sie würden bald eine Unterkunft für die Nacht suchen, sagte sie beiläufig, und Bori kam langsam der Verdacht, dass etwas Ernstes, etwas Erwachsenes im Gange war, das sich vielleicht nicht so leicht in Worte fassen ließ, jedenfalls nicht in solche, die auch sie verstand.

Die Dunkelheit brach an, aber sie hielten nicht. Ab und zu huschten die Lichter eines anderen Wagens an ihnen vorbei. Es ging ständig bergauf. Als sie endlich eine Pause einlegten und ausstiegen, hörten sie um sich das Rauschen von Bäumen, Wäldern.

«Haben wir uns verirrt?», fragte Misi.

«Aber nein», rief seine Mutter. «Wir sind in den … Ich weiß nicht wie sie heißen, die Berge.»

«Und was machen wir hier?»

«Wir fahren durch. Ans Meer. Ihr werdet sehen, wie schön es am Meer ist.»

Teréz mochte das Meer nicht. Sie mochte die überfüllten Strände nicht, Orte der Massen, laut und profan. Sie liebte die Erhabenheit der Berge, ihren Frieden und ihre Reinheit, die unberührte Schönheit, die Nähe des Himmels und die Ferne des Pöbels. *Odi profanum vulgus et arceo.* Während ihrer Studentenzeit hatte sie mit Freunden die Höhenzüge der Karpaten erwandert, hatte nachts unter Sternen geschlafen und sich glücklich und frei gefühlt wie später nie wieder.

Sie stiegen ein und fuhren weiter. Misi, der sich langweilte, wollte noch einmal die Geschichte hören, wie seine Mutter in den Bergen von einem Wolf angefallen wurde.

«Es war nur ein wilder Hund», sagte Teréz leise.

«War er tollwütig?»

«Ich weiß es nicht. Er war groß.»

«Und, weiter?»

«Du kennst die Geschichte doch schon auswendig.»

«Du sollst sie noch einmal erzählen!»

Teréz zündete sich eine Zigarette an.

«Es war in Máramaros. Wisst ihr, wo das ist?»

«In Siebenbürgen ... das gehörte mal zu Ungarn.»

«Genau. Da sind die Wälder besonders dunkel und einsam. Eines Abends, ich war den anderen ein Stück vorausgegangen, um einen Lagerplatz für die Nacht zu suchen, stieß ich hinter einer Wegbiegung auf ein paar verfallene Hütten. Ich weiß noch, wie ich mich gefreut habe, gehe auf die Hütten zu, da stürzt plötzlich ein Hund aus dem Unterholz. Ich bleibe vor Schreck stehen, er fliegt förmlich auf mich zu, riesig, mit zerzaustem Fell, ich erinnere mich noch heute an das Weiß seiner Augen, seine gefletschten Zähne ...»

«Warum bist du nicht weggelaufen?»

«Ich konnte mich vor Schreck nicht rühren, war wie gelähmt. Vielleicht wusste ich instinktiv, dass weglaufen falsch gewesen wäre, vielleicht versuchte ich es sogar, ich weiß nicht mehr, alles geschah so schnell ...»

«Und dann?»

«Dann?»

Teréz starrte in die Finsternis hinter der Scheibe.

«Dann, du weiß doch, was dann geschah.»

«Ein Wunder!»

«Hm. Es war ein Wunder, ja, es geschah von selbst. Meine ganze Willenskraft strömte zusammen, ballte sich, ich machte eine abrupte Vorwärtsbewegung und stampfte mit dem Fuß, so fest ich konnte, und schrie *geh weg!*»

«Konnte der Hund Ungarisch?»

«Er blieb jedenfalls wie angewurzelt stehen. Stand drei Meter vor mir, fletschte die Zähne, knurrte röchelnd, wie von Sinnen, aber er sprang nicht. Er traute sich nicht. Etwas hielt ihn zurück, als hätte ich einen magischen Kreis um mich gezogen. Ich starrte ihn mit aufgerissenen Augen an, denn ich spürte, dass mein Blick es war, der ihn festhielt, ich durfte meine Augen nur nicht abwenden. Wie gebannt standen wir einander gegenüber, und auf einmal sackte sein Körper ein, er verlor seine Haltung, senkte den Kopf, machte ein paar Schritte zurück und drehte ab, schlich mit eingezogenem Schwanz davon. Er lief vor mir davon, vor *mir!*»

«Und du bist ihm hinterhergelaufen!»

«Ja, ich jagte ihn vor mir her, ich war durch die Anspannung einen Moment lang verrückt geworden.»

Teréz schnippte ihren Zigarettenstummel aus dem Fenster.

Misi hatte ihr mit großen Augen zugehört, er liebte diese Geschichte, weil sie mit dem Sieg seiner Mutter endete. Sie besaß Zauberkräfte, sie konnte, wenn sie in großer Gefahr war, den magischen Kreis um sich ziehen, das hatte sie auch schon als Mädchen im Krieg gemacht, als amerikanische Soldaten sie einmal fangen wollten. Da hatte sie eine Zauberformel aufgesagt, *Englishman … gentleman!* hatte sie gerufen, und die Soldaten waren sofort weggegangen.

Misi wollte auch diese Geschichte hören, aber seine

Mutter schüttelte den Kopf, sagte nur wie immer «nächstes Mal», er solle jetzt schlafen. Dabei war diese Geschichte noch spannender, denn in ihr hatte seine Großmama über Nacht weiße Haare bekommen. In einer einzigen Nacht. Der Gedanke, dass man von einem Tag auf den anderen ganz alt werden konnte, machte ihm jedes Mal eine Gänsehaut, oft rannte er beim Erwachen als Erstes zum Spiegel, um nachzusehen, ob seine Haare noch braun waren.

Er versuchte einzuschlafen, aber er konnte nicht. Immer wieder malte er sich aus, wie seine Mutter den tollwütigen Wolf jagte, mit den bloßen Händen packte und so lange würgte, bis er tot war.

7.

«Wie gut sie sind», flüsterte Teréz, als Bori und Misi eingeschlafen waren. «Sie schmollen nicht, sie weinen nicht, sie machen keine Szenen. Als würden sie alles blind verstehen.»

Endlich konnten sie frei sprechen, Wichtiges besprechen, sie waren es gewohnt, damit warten zu müssen, bis die Kinder schliefen. Sie beschlossen, die Nacht durchzufahren und Bori und Misi am Morgen mit dem Meer zu überraschen. Wenn es ihnen gefiel, würden sie den ganzen Tag dortbleiben und erst am darauffolgenden Tag versuchen, über die Grenze zu kommen. Sie hatten es nicht eilig.

Der Käfer brummte monoton, Teréz schlief ein.

Als sie erwachte, wieder einmal erwachte, schien die Sonne durch die verschmierte Windschutzscheibe. Der Wagen stand. Sie sah Föhren, dann einen Mann mit einem

Hund an der Leine, Károly. Sie stieg aus, lief ihm hinterher. Sie gingen durch ein lichtes Wäldchen, dahinter wurde es hell und windig. Am Rand der Steilküste blieben sie stehen und blickten hinab, betört von der Weite des Himmels und des Meeres vor ihnen.

«Ist das nicht herrlich!», flüsterte Károly.

Noch nie hatte er das Meer gesehen.

Zur Rechten, in der Ferne, stieg die Küste an, Häuser blinkten in den Hügeln.

«Dort, irgendwo unter den Hügeln, muss Triest liegen», sagte er. «So nah und doch so fern.»

Teréz war im Sternzeichen der Jungfrau geboren, sie sah nur Häuser in einem dunstigen Hang.

Sie kehrten zum Auto zurück. Die Kinder schliefen, sie würden noch eine ganze Weile nicht aufwachen. Károly gähnte, jetzt überkam ihn die Müdigkeit der durchwachten Nacht. Er wendete und fuhr einige Kilometer zurück, hielt an einem ruhigen Fleck, den er zuvor schon bemerkt hatte, die Küste zur Rechten, kleine Pensionen zur Linken. Teréz breitete unter einer Kiefer zwei Decken aus, Károly legte sich auf die Seite und schlief augenblicklich ein. Teréz deckte ihn zu. Sie band sich ein Tuch um den Kopf und brach mit Krapek zu einem Spaziergang auf, aber nur so weit, dass sie die Kiefer mit Károly und das Auto mit den Kindern nicht aus dem Blick verlor.

Sie genoss die noch ungetrübte, menschenleere Morgenstimmung. Nur eine Zigarette fehlte ihr, aber die Schachtel war leer, und ihre Vorräte lagen unerreichbar im Koffer auf dem Wagendach. Man konnte beim Packen noch so überlegt vorgehen, irgendetwas geriet doch immer an den falschen Platz.

8.

Wenn du nicht ganz sicher bist, ob du etwas tun sollst oder nicht, tu es lieber nicht.

Seitdem sie an jenem verregneten Julinachmittag, zwei Wochen nach ihrer Rückkehr aus Deutschland, Onkel Barnabás aufgesucht hatte, ging Teréz der Satz nicht mehr aus dem Kopf. Stundenlang hatte sie im Café Auguszt in ihre mal volle, mal leere Kaffeetasse gestarrt und sich nicht durchringen können, Onkel Barnabás anzurufen. Dann tat sie es doch. Sie könne in zehn Minuten bei ihm sein, wenn er sie hereinließe.

Onkel Barnabás wohnte im vierten Stock eines Mietshauses in der Várfokstraße, auf halber Höhe zur Burg. Teréz kannte den Weg, kannte das Haus, den Innenhof mit seinen Umgängen, die nur ein wackeliges Eisengeländer von der Tiefe trennte. Onkel Barnabás wartete schon in der Tür, als sie aus dem Aufzug trat. Er sah aus wie immer, trug wie immer, wenn er zu Hause war, seinen grünen Morgenrock, seine *Friedensuniform*, wie er sie nannte. Teréz staunte jedes Mal, wie jugendlich oder besser alterslos er wirkte, eher wie ein älterer Sohn als wie der Bruder ihres Vaters.

Sie küssten sich auf die Wangen und hielten sich umarmt, bis das Blubbern der Espressokanne sie in die Wohnung rief.

Auch drinnen sah alles aus, wie Teréz es seit jeher kannte, die Dinge standen, wo sie schon während des Krieges gestanden hatten, das Kanapee mit den beiden Sesseln neben dem Ofen, der kleine, ovale Tisch in der Mitte, auf dem gehäkelten Tischtuch die muschelförmige Porzellanschale, in ihr die Rumkugeln in Silberpapier, vielleicht waren auch sie noch dieselben wie vor siebenundzwanzig Jahren.

Auf diesem Kanapee war sie damals, im Mai 45, während ihre Mutter sich in der Küche mit Barnabás unterhielt und ihr Vater noch in Kriegsgefangenschaft war, eingeschlafen und zwei Tage und zwei Nächte nicht wieder aufgewacht.

Es war Ende Mai gewesen, und der Krieg, jener Krieg, von dem Onkel Barnabás immer nur als dem *schmutzigen*, dem *dreckigen* sprach, war endlich vorbei, die Stadt von der Roten Armee besetzt oder befreit; wie man es nannte, spielte keine Rolle, sagte Onkel Barnabás, nach einem Krieg würde genauso gelogen wie davor. Róza und die Kinder hatten Budapest noch im Winter während der Belagerung verlassen und sich mit einigen befreundeten Familien nach Fűtelek nahe der österreichischen Grenze begeben. Von dort waren sie im März mit Pferdewagen, auf denen sie ihre letzten Habseligkeiten aufgeladen hatten, in einem langen Flüchtlingszug nach Westen aufgebrochen. Von Osten rückte die Front nach, Tag für Tag drohte die Sowjetarmee sie einzuholen. Wochenlang schleppten sie sich durch Österreich und erreichten mit letzter Kraft bei Gröbming an der Enns die amerikanische Linie.

Sie waren gerettet, doch just im Augenblick ihrer Rettung, in einem kleinen Wald unmittelbar vor Gröbming, war Teréz in einen Zustand völliger Erschöpfung und Apathie verfallen. Der Hunger, die Luftangriffe, das Leid und Sterben um sie hätten ihr die Kräfte geraubt und ihre Nerven zerrüttet, hieß es später, und das wäre kaum verwunderlich. Sie kehrten nach Budapest zurück, wo man sich eine Besserung ihres Zustandes erhoffte, aber nichts änderte sich, Teréz sprach nicht, aß nicht, schlief schlecht, und wenn sie doch einschlief, schreckte sie bald schreiend wieder auf.

Dann, auf dem Kanapee, schlief sie endlich, wie eine Tote.

Jolán holte ihre Mutter aus der Küche.

Róza und Onkel Barnabás traten vorsichtig zu ihr, betrachteten Teréz, kehrten in die Küche zurück und zogen die Tür hinter sich zu, damit sie ja nicht geweckt wurde. Als Róza und Jolán am Abend aufbrechen wollten, schlief Teréz immer noch, und sie machten sich ohne sie auf den Heimweg. Um nichts in der Welt hätten sie sie geweckt. Um zehn Uhr trug Barnabás sie in sein großes Doppelbett und legte sie auf die rechte Seite, wo bis zum letzten Sommer noch Vilma geschlafen hatte, bevor sie eines Julitages von einer britischen Bombe getötet wurde.

Er selbst legte sich auf das Kanapee.

Teréz schlief zwei Tage und blieb zwei Jahre.

Sie weigerte sich, nach Hause zurückzukehren, sie wollte bei Onkel Barnabás sein, und ihm war es recht. Er hing an ihr, sie hing an ihm, vielleicht seiner merkwürdigen Sprüche, vielleicht seiner Traurigkeit wegen, vielleicht wegen der schönen, dösigen Stille, die bei ihm immer herrschte, vielleicht nur, weil sie bei ihm den Schlaf wiedergefunden hatte. Vielleicht aber auch deshalb, weil sie begriffen hatte, dass nun sie es sein musste, die ihn während seiner schlimmen Migräneanfälle pflegen, ihm seine große Einsamkeit, die, wie er sagte, eine lebenslängliche war, tragen helfen musste.

Im Sommer 47 kehrte Teréz endlich heim. Onkel Barnabás' Verletzung hatte die ihre gelindert, die ihre die seine. Es war eine jener seltsamen, zufälligen Konstellationen gewesen, denen man im Nachhinein nachsagte, ihnen hätte ein heimlicher Heilsplan innegewohnt, hatte Onkel Barnabás später einmal gemeint und dabei ein wenig herablassend gelächelt.

9.

Bei jenem Besuch hatte es geregnet. Sie saßen sich gegenüber, Tropfen sprühten gegen das Fenster, Onkel Barnabás ließ Zuckerwürfel für Zuckerwürfel mit der silbernen Zange in seinen Kaffee fallen. Teréz betrachtete das Buch, das aufgeschlagen am Ende des Kanapees lag.

«Was liest du?»

«‹Die Tatarenwüste›. Ein kleines Büchlein, aber es wiegt hundert vermeintlich große auf. Manchmal, sehr selten, gelingt einem Künstler so etwas und auch dann meist nur ein Mal.»

Zum ersten Mal kam Barnabás Teréz verändert vor, sein Haar schien schütterer, sein Gesicht hagerer geworden zu sein, aber sein Blick war derselbe, aufmerksam und voller Wärme. Er trank seinen Kaffee, während sie von ihrem Besuch bei Károly in Deutschland und ihrer Heimfahrt erzählte, die Kanne leerte sich, sein Gesichtsausdruck änderte sich nicht.

«Du hast deinen Kaffee nicht angerührt.»

Teréz starrte auf ihre Tasse.

«Ich habe schon fünf, sechs getrunken …»

«So durstig gewesen?»

Stille.

Er kratzte sich am Hinterkopf.

«Was es auch ist …»

Er stockte.

«Ich meine, ich will nur sagen, also, die Chinesen sagen: Wenn du nicht ganz sicher bist, ob du etwas tun sollst oder nicht, tu es lieber nicht.»

«Ich bin keine Chinesin, Onkel.»

«Es war auch gar kein Chinese, fällt mir gerade ein, es war ein japanischer Philosoph.»

«Ich bin mir aber ganz sicher.»

Er stellte seine Tasse hin.

«Ihr wollt doch um Himmels willen nicht ...»

«Wir *müssen*.»

Sie stanzte das Wort in die Luft.

Onkel Barnabás hievte sich aus seinem Sessel, stieß einen undefinierbaren Laut aus, etwas zwischen Seufzen und Ächzen. Teréz senkte den Kopf, das hatte sie befürchtet. Sie hörte ihn im Bad hantieren, er würde jetzt sicher anfangen, seine Kakteen zu gießen. Die ganze Wohnung war mit Kakteen verstellt, runden und länglichen, dicken und dünnen, stacheligen und nackten, sie standen, hingen, wucherten überall, nahmen allmählich von den Zimmern Besitz. Sie gehörten zu Onkel Barnabás wie sein Morgenrock und seine Migräne. Je mehr er mit Menschen zu tun gehabt habe, desto lieber seien ihm seine Kakteen geworden, hatte er einmal gesagt.

Er kam zurück, die verbeulte Blechkanne in der Hand, gab den Pflanzen Wasser. Er schien völlig vergessen zu haben, dass er nicht allein war. Er kniete sich nieder, goss behutsam Kaktus für Kaktus.

«War es wirklich so wunderbar, so unwiderstehlich da drüben?»

«Das ist es nicht, das weißt du.»

«Was denn dann? Die Freiheit?»

«Ach, Freiheit. Wir sind doch frei.»

«Der Wohlstand? Große Wohnungen, schöne Geschäfte, gutgekleidete Menschen?»

«Sie waren gar nicht so gut gekleidet. Die Hosen oben eng, unten breit, Schuhe mit hohen Sohlen, alle mit schlampigen, langen Haaren, entsetzlich.»

«Du willst gar nicht irgendwohin, du willst nur weg, nicht wahr? Und Károly?»

«Er hat jetzt schon Heimweh. Man haut nicht einfach so ab, sagt er, das tut man nicht.»

Onkel Barnabás richtete sich auf.

«Ich verstehe dich, Teréz, glaubst du, mich ekelt es nicht an? Das ständige Misstrauen, das Versteckspiel, dauernd so tun zu müssen, als liebte man die Mächtigen, während man ihnen ins Gesicht speien möchte? Aber es ist doch nicht mehr wie vor zehn, zwanzig Jahren, es ist doch kein Vergleich ...»

«Ich weiß.»

«Wenn ihr erwischt werdet, bekommt ihr lebenslänglich. Selbst wenn das Urteil nur vier, fünf Jahre lautet, werdet ihr es nie mehr los. Die Welt wird eine andere sein. Ihr werdet die eigenen Kinder nicht wiedererkennen und sie euch nicht, die entscheidenden Jahre werden euch immer fehlen.»

Teréz presste die Lippen zusammen.

«Und wozu das? Glaubst du, dass du dort eine bessere Welt finden wirst? Auch dort regiert das Geld, dasselbe Geld wie hier, aber Liebe und Geld gehen nicht zusammen. Uns bleibt wenigstens der Trost, dass man uns nach dem Krieg die Seelen mit Greifzangen herausgerissen hat. Im Westen haben sie ihre Seelen freiwillig hergegeben, das ist der Unterschied ... Merkst du nicht, was für ein schmutziges Spiel der Westen spielt? Wie die Amerikaner die Welt mit ihrer Propaganda von Freiheit und Wohlstand und Demokratie berieseln und gehirnwaschen, während sie in Vietnam Millionen abschlachten. Wie schon in Japan und Korea, und es ist kein Ende in Sicht. Sie werden nicht aufhören, bis sie die ganze Welt kolonisiert haben. Und jetzt lässt auch du dich von ihren Lügen blenden und reißt deine Familie auseinander. Hörst du mir überhaupt zu?»

«Ich höre dich, Onkel.»

«Es wird deinen Eltern das Herz brechen, und nicht nur ihnen, Teréz.»

«Es bricht *uns* das Herz, Onkel Barnabás.» Sie folgte ihm ins Schlafzimmer. Sie wollte ihn festhalten, sich rechtfertigen, ihm alles erklären, wenigstens er musste doch verstehen, wer, wenn nicht er? Sie schilderte ihm, wie schwer das Jahr allein mit den Kindern gewesen war, für sie, für die Kleinen, für Béla und Róza, für alle, und wie verzweifelt Károly und sie seit ihrer Rückkehr nach einer Lösung gesucht, Abend für Abend hin und her überlegt hätten, was für alle das Beste sei, während draußen im Treppenhaus die Ratten gestöbert hätten. Károly sei über ihre Behandlung durch das Institut genauso empört wie sie, er leide genauso unter der Wohnungssituation wie sie, aber ein Grund zu gehen sei das alles für ihn nicht, das verstünde er nicht. Sie seufzte. Und sie auch nicht, es gäbe einfach zu viele Gründe. Nur dass es sein müsse, das wisse sie.

Die Gießkanne war leer, Onkel Barnabás ging sie wieder auffüllen.

«Und der Hund?», rief er aus der Küche.

«Wir nehmen ihn mit.»

«Das hättet ihr euch früher überlegen sollen.»

«Wir wussten es doch nicht.»

«Das ist es ja, nie wisst ihr etwas! Eure Blauäugigkeit ist unfassbar, ihr werdet sie einmal teuer bezahlen!»

Der Regen hatte nachgelassen, über dem Budaer Hügeln rissen die Wolken auf. Teréz betrachtete das Zimmer, als wolle sie sich jede Einzelheit einprägen. Die Kakteen, das große Bett aus Kirschholz, zwei Jahre hatte sie in jener schattigen, grünen Höhle wie in einem Mutterschoß verbracht.

«Dann geht in Gottes Namen, geht!», hörte sie Onkel Barnabás plötzlich hinter sich.

«Wie?»

«Ja, geht, geht lieber heute als morgen. Hier ist kein Platz mehr für anständige Menschen. War schon vor dem Krieg nicht, ist auch jetzt nicht. Wer auch immer an die Macht kommt, will nur noch die Füße hochlegen und Herr sein, aber dazu gehört mehr. Ich würde auch abhauen, wenn ich könnte. Aber zehn Schritte über die Grenze, und ich würde vor Sehnsucht wieder angekrochen kommen.»

Er ließ sich auf das Kanapee nieder und begann, eine Rumkugel auszuwickeln, hielt aber mitten in der Bewegung inne.

«Immer waren es diese schmutzigen Kriege», murmelte er, «und immer waren wir zu dumm, um uns aus ihnen herauszuhalten. Es genügte, dass man an unsere Ehre, unseren Stolz appellierte, damit konnte man uns packen, uns für die Kriege ködern, von denen andere profitierten. Und wir Narren kämpften bis zum Schluss, ein Ungar begeht keinen Verrat, er wird verraten und geht unter, die Schlauen hatten immer leichtes Spiel mit uns. Nicht weil die Menschen dumm sind, gibt es das Böse in der Welt, sondern weil nicht *alle* Menschen dumm sind …»

Er seufzte.

«Aber es ist zu spät. Tu, was du für richtig hältst, Teréz, du hältst wenigstens das Richtige für richtig. Du hast die Kraft, den Mut, also tu es.»

Er lehnte sich vor.

«Siehst du, mir fehlt es an beidem, an Kraft und an Mut, ich bin ein Nichts. Ich meine das nicht wertend, ein Mensch bleibt man allemal.»

Er schob sich die Rumkugel in den Mund.

«Na los, mach, dass du fortkommst, Terézchen, ich werde hier die Stellung halten. Ich muss, du weißt, warum. Du bist schon einmal gegangen, jetzt gehst du eben ein zweites Mal. Worauf wartest du noch? Ein heulender alter Mann ist kein erhebender Anblick. Ich werde euch helfen, wenn ich nur kann, aber nicht heute, nicht heute.»

Er sank zurück und rührte sich nicht mehr. Nichts rührte sich. Die Rumkugel schmolz, die letzten Wolken zerstoben, Teréz schloss leise die Tür.

10.

Teréz öffnete die Augen, sah sich um. Alles war in Ordnung. Károly lag neben ihr und schnaufte friedlich, neben seinem Kopf saß Krapek und beobachtete sie, sie konnte hinter seinen schwarzen Schnüren das Weiß seiner Augen erkennen. Seine Wartestellung.

Wenn du nicht ganz sicher bist, ob du etwas tun sollst oder nicht, tu es lieber nicht.

Noch war nichts geschehen, was sich nicht ungeschehen machen ließe. Noch waren sie in Jugoslawien, machten Urlaub, wie offiziell beantragt, noch konnten sie in acht

Tagen wieder zurückfahren und im September wie gewohnt im Institut antreten, jeder in seinem. Károly würde sogar erleichtert sein. Er hatte es einfacher, ohne Eltern und ohne Verwandtschaft, ohne Vergangenheit, er war frei und hatte seine Arbeit, die er liebte und die gewürdigt wurde, er hatte Zukunft. Sie hatte die Vergangenheit, die Versetzung, die Demütigung, nur weil ein Genosse mit Moskauer Diplom Vorrang haben musste. Vor ihr, die sie nicht einmal einen Parteiausweis besaß.

«Habe die Ehre!»

Ein junges Paar tauchte plötzlich vor ihr auf, hatte offenbar weiter unten geparkt. Sie kamen näher. Die Frau beugte sich mit einem *Ach, wie süß!* zu Krapek nieder, Teréz konnte gerade noch das Ende seiner Leine greifen, bevor er nach ihr schnappen konnte. Sie sprang auf.

«Er hat seinen eigenen Kopf», sagte sie.

Der Mann bot ihr eine Zigarette an. Fecske, genau ihre Marke.

«Wir haben das ungarische Kennzeichen gesehen», sagte die Frau lächelnd. «Anita Nagy.»

«Tamás Nagy.»

«Teréz Kallay.»

Er gab ihr Feuer. Sie waren fesch gekleidet, trugen modische Sonnenbrillen.

«Wollen Sie auch zur Grenze?», fragte er.

«Wir verbringen die Ferien hier am Meer.»

«So viel Gepäck für ein bisschen Urlaub am Strand?»

«Wir sind zu viert … viereinhalbt.»

Er runzelte die Stirn. Teréz zog an ihrer Zigarette. Sie hätte ihm gern in die Augen geschaut, aber die blieben hinter den dunklen Gläsern.

«Keine Sorge, wir sind nicht von der Staatssicherheit»,

lachte die Frau plötzlich heraus. «Auch wir wollen raus, das wollen hier alle.»

Teréz öffnete schnell die Autotüren, kurbelte die Fenster herunter, goss aus einer Feldflasche Wasser in Krapeks Napf, ließ ihn trinken, sie hatte auf einmal viel zu tun.

«Haben Sie die vielen verwaisten Ostblockautos in Koper nicht gesehen?», fragte Anita.

«Wir waren nicht in Koper.»

«Die stehen dort an jeder Ecke, aber ihre Besitzer frühstücken schon jenseits des Vorhangs. Wir sind gestern per Anhalter gekommen, und kaum hier, hatten uns die Schlepper schon entdeckt. Sie wollten uns über die Grenze bringen, wir müssten nur bei Dunkelheit über zwei Felder laufen, sagten sie. Aber dafür hätten sie uns das letzte Hemd abgeknöpft. Wir wollen es anders machen. Apropos Frühstück, wollen Sie sich uns nicht anschließen? Wir sind dort unten in einer Pension.»

Teréz musterte sie zögernd.

Die Frau lachte wieder.

«Ach, es wird doch Zeit, dass wir aufhören, voreinander Angst zu haben. Darum sind wir doch hier, oder?»

Teréz folgte ihnen zur Terrasse, setzte sich so, dass sie das Auto und den Baum immer im Blick behielt. Sie bestellte Kaffee, Tamás und Anita wollten ein Bier. Tamás ließ keinen Zweifel daran, dass ihm klar war, warum Teréz und ihre Familie hier waren.

«Es ist ein regelrechter Exodus, sie kriegen es nicht in den Griff», sagte er und begann gleich von Fluchtwegen zu erzählen, von Leuten, die bei Nacht und Nebel die Berge im Norden, wo die Grenze nicht vermint war, überquerten. Andere versteckten sich in den Kofferräumen westlicher Autos, wenn sie einen Fahrer fanden, der das Risiko auf sich nahm. Sie selbst wollten einen Fischer suchen, der sie in der Nacht über die Bucht auf die italienische Seite brachte, einen kundigen Einheimischen, der sich mit den Patrouillen der Küstenwache auskannte.

«Es sind nur etwa fünf Kilometer. Manche sollen es schwimmend geschafft haben, andere sollen ertrunken sein.»

Teréz hörte zu, nickte. Dann plötzlich horchte sie auf. Anita schilderte ihre Lebensumstände in Budapest, die unerträgliche Enge ihrer Dreizimmerwohnung, die Almosen, die Tamás als Assistenzarzt verdient habe.

«Sie können sich nicht vorstellen, wie satt wir das alles hatten, Teréz», sagte Tamás. «Bis hier!»

Er zog seine Hand an seinem Kinn vorbei.

Teréz lehnte sich verblüfft vor.

«Sie hatten eine Dreizimmerwohnung?»

«Was man so als Zimmer bezeichnet.»

«Drei Zimmer, Arbeit. Und was hat gefehlt?»

«Was gefehlt hat? Na, alles! Was allen gefehlt hat, die Luft zum Atmen!»

«Die Luft?»

«Die Freiheit, zu tun und zu lassen, was wir wollen! Wann wir wollen, wo wir wollen, mit wem wir wollen! Und außerdem, man will doch vorankommen im Leben. Wieso, warum sind Sie hier?»

«Wir? Na, weil ... weil unser Leben nicht mehr zu bewältigen war. Es gab keine Aussicht.»

«Na, sehen Sie, das meine ich!»

Sie hatte sich verraten. Wenn schon.

«Und wie wollen Sie rüberkommen?»

Teréz zuckte mit den Schultern.

«Vielleicht mit dem Auto über die Grenze.»

«Wie? Einfach so? Haben Sie Visa für Italien?»

Teréz schüttelte den Kopf.

Tamás und Anita sahen einander verblüfft an.

Am Ende wünschten sie sich Lebewohl und gutes Gelingen. Tamás drückte Teréz seine halb volle Zigarettenschachtel in die Hand, Teréz zierte sich, aber er bestand darauf. Sie bedankte sich. Sie waren nett, dachte sie, aber sie war froh, dass Károly die Begegnung verschlafen hatte, für Wohlstandsdissidenten und Abenteurer hatte er genauso wenig übrig wie für Kommunisten.

11.

Sie blieben den ganzen Tag am Meer, im Schatten der Föhren am Ende des Strandes. Bori und Misi tasteten sich ins Wasser vor, Misi schrie jedes Mal auf, wenn er auf einen Stein trat. Sie planschten herum, suchten zwischen den Steinen nach Tieren und Muscheln, spielten stundenlang selbstvergessen mit Krapek, Teréz beobachtete sie. Die Napoleon-Biographie in ihrem Schoß war schon seit Stunden auf derselben Seite geöffnet, immer wieder musste sie beim selben Absatz anfangen und konnte doch nur an die Zeit denken, die verstrich, den großen Schritt, der immer unausweichlicher wurde.

Gegen Mittag erschien Károly, ausgeschlafen und hungrig, seine Haare und Kleidung voll Gras. Sie aßen Salami- und Käsebrote mit Paprika und Tomaten. Károly weigerte sich, ins Wasser zu gehen, er jagte lieber hinter den Kindern her und fotografierte sie, das Meer und die Küste. Teréz staunte, wie ausgelassen er war, als hätte er vergessen, welche Entscheidung ihnen bevorstand.

«Was heißt auf Italienisch ‹wir sind ungarische, politische Flüchtlinge›?», fragte er plötzlich.

«Erst müssen wir über die jugoslawische Grenze.»

«Ich weiß, aber ich will schon mal üben.»

«Noi siamo profugi politici ungherese.»

«Noi siamo profugi politici ungherese. Noi siamo profugi politici ungherese», murmelte Károly.

Am späten Nachmittag kamen die Kinder erschöpft auf die Decke zurück, das Wasser und die Meeresluft hatten sie müde gemacht. Sie aßen und sahen in die Ferne, während ihre Mutter packte und in der Pension alle Feldflaschen mit Wasser auffüllte, während ihr Vater die Heckklappe des Autos öffnete und bei laufendem Motor den Keilriemen begutachtete.

Alles war in Ordnung, sie konnten fahren.

Zwanzig Kilometer blieben ihnen noch, zwanzig Kilometer bis zum Grenzübergang Škofije, um es sich doch noch anders zu überlegen und den Faden ihres alten Lebens wiederaufzunehmen. Ihre Arbeitsplätze warteten, noch war nichts geschehen. Noch hatten sie zwanzig Kilometer Zeit, um alles rückgängig zu machen. Aber Károly fuhr geradewegs auf die Grenze zu.

12.

«Keine Mücken hier», murmelte Károly, als sie an der Grenze standen.

Es hätte welche geben können, dachte er. Sie hatten einfach Pech, immer Pech. Er stützte seine Hände am Lenkrad ab, damit sie nicht zitterten, er war nervös geworden, und seine Nervosität machte ihn noch nervöser.

Sie rollten im Schritttempo vorwärts, die Bremslichter vor ihnen gingen an und aus, über den Autodächern sahen sie die Schranke sich heben und senken. Die meisten Fahrzeuge hatten jugoslawische oder italienische Kennzeichen, ihr ungarisches würde sofort ins Auge fallen.

Er hoffte auf eine Frau.

Frauen hatten Kinder, Frauen hatten ein Herz, Frauen hätten vielleicht eher Nachsicht, Mitgefühl, Verständnis. Aber wenn sie Pech hatten, und das hatten sie immer, konnten sie an einen jener bulligen Typen geraten, wie sie früher in den Folterkellern der Andrássystraße 60 den Menschen die Nägel ausrissen oder Zähne aufbohrten, oder einen jener nervösen kleinen finsteren Schreibtischtäter, die ihnen ein paar Stockwerke weiter oben die Befehle erteilten.

Er kurbelte das Fenster herunter.

Der Grenzer sah ganz gewöhnlich aus.

Aber was besagte das schon? In einer Uniform waren Gefühle fehl am Platz, der Mann hatte seine Arbeit zu verrichten wie jeder andere, wie vor kurzem er selbst noch. Teréz hielt die Pässe in ruhigen Händen, man hätte meinen können, sie wüsste nicht, dass es die roten Pässe waren, die falschen, die nur in sozialistischen Ländern gültig waren, während die richtigen, die blauen, zu Hause in der Schublade lagen.

Misi lehnte sich vor, zeigte auf die blau-weiß-rote Flagge mit dem roten Stern über dem Grenzgebäude.

«Fahren wir jetzt nach Jugoslawien?»

«Da sind wir doch schon, was redest du!»

«Wohin dann?»

«Sei still, frag nicht!»

Das Auto vor ihnen passierte die Schranke.

Károly fuhr vor. Teréz gab ihm die Pässe, er reichte sie weiter. Bori hielt den Atem an, ohne zu wissen, warum. Der Beamte blätterte. Er bückte sich, blickte durch das Fenster und deutete auf den obersten Pass.

«Viza?»

Krapek knurrte.

«Psst!», zischte Károly.

Er zeigte auf das Visum für Jugoslawien.

«Viza Italija!»

Teréz lehnte sich hinüber.

«Sprechen Sie deutsch?»

Sie begann, ihm etwas zu erläutern, Károly lauschte, er verstand ein wenig Deutsch und verstand doch nichts, vielleicht weil er wusste, dass es in Wahrheit nichts zu erläutern gab. Der Beamte schüttelte den Kopf und winkte, dass sie vorne umkehren sollten. Károly nickte sofort. Er wollte weg, zurück, hinaus aus der Schlange, seine angelaufenen Brillengläser putzen.

«Warte doch!», flüsterte Teréz.

«Was willst du noch? Du hast ihn doch gehört!»

«Er will etwas sagen.»

«In Sežana gibt es eine italienische Vertretung, dort können Sie ein Visum beantragen.»

«Vielen Dank ... Sežana, merk es dir!»

Teréz bedankte sich noch einmal. Der Mann hatte sich abgewandt, aber sein Blick war Teréz nicht entgangen, sein Blick, der von ihr zu den Kindern, von den Kindern zum Hund und vom Hund wieder zu ihr gewandert war.

13.

Die italienische Vertretung war geschlossen. Natürlich, es war Sonntag und schon Abend. Károly zog Teréz am Arm fort, man könne um diese Zeit nicht stören, und es werde ohnehin niemand da sein. Aber Teréz läutete.

Sie läutete ein zweites Mal.

Sie saßen schon wieder im Auto, als ein Mann im Anzug am Tor erschien. Teréz lief zurück. Sie hatte im Internat viele Jahre Italienisch gelernt. Sie erkundigte sich nach Visa für Italien. Ihr Herz klopfte, sie hielt dem Mann ihre Pässe hin, sein Kopfschütteln ließ sie verstummen. In solche Pässe könne er kein Visum ausstellen, erklärte er langsam, freundlich. In die blauen Pässe ja, in die roten nein. Azzurro si, rosso no.

Teréz kam zum Auto zurück. Am Marktplatz fanden sie einen offenen Laden, kauften Brot und Tomaten, Milch und eine halbe Wassermelone, damit setzten sie sich unter eine Kastanie auf eine Bank. Károly öffnete eine Leberwurstkonserve, sie hatten eine ganze Tasche davon. Teréz bestrich eine Brotscheibe nach der anderen, schnitt Tomaten und Paprika dazu. Während sie aßen, studierte sie die Jugoslawienkarte. Ein paar Kilometer weiter befand sich ein anderer Grenzübergang.

«Wir versuchen es noch einmal hier», sagte sie.

Károly nickte geistesabwesend.

Er nahm die letzte Scheibe Brot. Teréz ging noch mal ins Geschäft und kaufte einen zweiten Laib, dann war ihr Geldbeutel leer. Auf dem Platz trieben sich Jugendliche herum, Károly beachtete sie nicht, er aß, Bissen für Bissen, bis ein feiner Nieselregen sie ins Auto trieb.

14.

Es regnete. Die abgenutzten Scheibenwischer berührten die Scheibe kaum mehr, Károly musste sich vorlehnen, um etwas zu erkennen. Er hatte sie schon in Budapest austauschen wollen, aber keine passenden gefunden, nie hatte man bekommen, was man brauchte.

Lichter erschienen in der Dunkelheit vor ihnen, eine kleine Autoschlange wurde erkennbar, sie waren da. Die Schranke senkte sich, Károly kurbelte das Fenster herunter und reichte die Pässe hinaus. Der Grenzbeamte, der unter einem Vordach stand, blätterte in den Papieren, der Regen strömte, Károly sah starr geradeaus.

Der Mann hob den Kopf, fragte etwas.

Károly machte eine Verlegenheitsgeste.

«Sprechen Sie deutsch?», fragte er. «Do you ...»

Er musste schlucken, die Stimme versagte ihm.

Der Mann klopfte mit dem Handrücken auf die geöffneten Pässe, Károly verstand ihn, ohne ihn zu verstehen, er wusste, dass er nach ihren Visa fragte.

Er schüttelte den Kopf, bedauernd.

Teréz lehnte sich hinüber, aber der Mann riss die Tür auf und schnitt ihr das Wort ab.

«Aussteigen!»

Bori griff nach Krapek und hielt ihn fest. Teréz nahm ihn an die Leine und stieg aus, Bori und Misi folgten ihr. Der Grenzbeamte hatte sich vor Károly aufgebaut und redete auf ihn ein, Károly begann sich zu entschuldigen, der Mann schrie ihm etwas ins Gesicht, Károly verstummte. Misi stand der Mund offen. Károly blickte sich nach Teréz um, aber sie war bloß eine Silhouette im Licht der wartenden Autos, sie hielt Krapeks Leine und versuchte gleichzeitig, ein Tuch um ihren Kopf zu binden. Károly senkte den Blick, hilflos stand er zwischen dem schreienden Mann und dem bellenden Hund und schämte sich, vor dem Beamten, der in der Sache ja recht hatte, vor den unsichtbaren Menschen hinter den Windschutzscheiben, die ihn verwünschten, weil er sie warten ließ, und die ebenfalls recht hatten, vor Teréz und den Kindern, die seine Ohnmacht mit ansehen und sich für ihn schämen mussten.

Er nickte und streckte die Hand nach den Pässen aus, er habe verstanden, sie würden umkehren, zurückfahren, er deutete es mit der Hand an.

Der Grenzbeamte zeigte in eine andere Richtung.

«Zur Seite fahren, alles öffnen, alles ausladen.»

Seine Sätze ratterten, mit einem Mal verstand Károly, was er sagte.

Er fuhr zur Seite, Teréz übergab die Hundeleine Bori, und sie begannen, auszuladen, Gepäckstück für Gepäckstück stellten sie auf den langen, von Neonröhren beleuchteten Tisch an der Wand. Als sie fertig waren, kam ein zweiter Beamter aus dem Gebäude und durchwühlte die Koffer und Reisetaschen. Sie sahen ihm wortlos zu, standen noch dort, als er schon wieder im Haus verschwunden war, und trauten sich noch immer nicht, ihr Gepäck, das wie ausgeweidet im Regen lag, wieder zusammenzurichten, Reißverschlüsse und Kofferdeckel zu schließen.

Sie warteten, aber niemand beachtete sie mehr. Endlich erschien wieder der erste Grenzbeamte und drückte Károly die Pässe mit der Kante gegen die Brust. Er sagte etwas in einem verhaltenen Ton, der auf Károly noch bedrohlicher wirkte als sein Geschrei zuvor, vielleicht weil er plötzlich das Wort *policija* herausgehört zu haben glaubte.

Er sah den Mann erschrocken an.

Die Pässe drückten gegen ihn, er hob die Hand und griff vorsichtig nach ihnen. Wenn der andere jetzt losließ, waren sie gerettet.

Der Mann ließ ihm die Pässe.

Sekunden später luden sie alles wieder ein. Bori, Misi und Krapek sprangen in den Wagen, Károly startete den Motor, würgte ihn ab, zündete wieder. Durch das Fenster, das er zu schließen vergessen hatte, sprühte Regen herein, aber sie merkten es nicht, sie waren schon nass, wollten nur weg, eintauchen in die rettende Dunkelheit.

Károly gab Gas, plötzlich hörten sie ein Rumpeln, einen Schlag, und Károly sah im Rückspiegel den kleinen Koffer davonkullern. Er trat auf die Bremse, fluchend, das Auto hielt mit einem Ruck, der zweite Koffer schlitterte polternd über die Frontscheibe auf die Vorderhaube, blieb mit aufgesprungenem Deckel im Licht ihrer Scheinwerfer liegen.

Sie starrten durch das Fenster.

Wie etwas Unwirkliches, etwas Fremdes, das sie nichts anging, lagen ihre Kleider, Bücher, ihre persönlichen Gegenstände auf dem Asphalt, in den Pfützen, im strömenden Regen. Dann Schreie, Teréz schüttelte den Kopf, sie sprang als Erste hinaus, warf alles wieder in den großen Koffer, Károly kniete sich auf den Deckel und versuchte, ihn zu schließen, drückte ihn mit seinem ganzen Gewicht nieder und wippte auf ihm, während er den *Hurengott* verfluchte, der ihn sein Leben lang verfolgte und strafte für etwas, das er nicht getan hatte, dem es Freude machte, ihn zu erniedrigen, jetzt beim Lärm des Regens und der brummenden Motoren konnte er es endlich in die Welt hinausschreien.

Den kleineren Koffer, der nicht aufgesprungen war,

nahm Teréz auf den Schoß, den großen schob Károly gewaltsam auf den Rücksitz, Bori und Misi konnten ihre Füße gerade noch wegziehen. Sekunden später verschwanden sie in der Nacht.

15.

Károly fuhr rechts an den Rand. Er stieg aus, lud die Koffer wieder auf den Gepäckträger, spannte der Form halber die Folie darüber, überprüfte alles dreimal.

Im Auto roch es nach Zigaretten und nassem Pulifell. Der Regen trommelte, sie saßen im Dunkeln und warteten, ohne zu wissen, worauf.

«Wie konnten wir so naiv sein zu glauben, man könne einfach so durchfahren?», sagte Károly und schlug vor Wut auf das Lenkrad. «Wozu hat man denn die gottverdammten Grenzen? Wenn das ginge, würden es alle so machen!»

Er blickte sich mit einem gequälten Lächeln um.

«Ist alles in Ordnung, macht euch keine Sorgen!»

Teréz steckte bedächtig ihre vom Wetter zerzauste Frisur hoch.

«Wisst ihr was! Wir suchen uns ein Zimmer für die Nacht und schlafen uns gründlich aus. Wir leben schon seit zwei Tagen im Auto.»

«Und morgen?»

«Morgen versuchen wir es an einem anderen Übergang.»

Károly schüttelte den Kopf.

«Nie wieder! Du siehst doch, wo das hinführt, es hat keinen Sinn. Sie werden die anderen Stationen längst benachrichtigt haben. Ein zweites Mal werden sie uns nicht laufenlassen.»

«Was sollen wir sonst tun?»

«Wir bleiben einfach ein paar Tage am Meer.»

«Und dann?»

«Dann. Was weiß ich, was dann! Dann fahren wir an den Plattensee.»

«Und danach?»

«Dann … dann könnten wir …»

Er verstummte.

Teréz' Feuerzeug klickte.

«Ich weiß, was wir tun, wir versuchen es morgen noch einmal am ersten Grenzübergang. Ich werde dem Grenzbeamten erklären, dass wir alles getan haben, was er uns gesagt hat …»

«Und wenn ein anderer da ist?»

«Er wird da sein. Ich habe ihn gefragt.»

«Du hast ihn gefragt?»

Károly starrte sie an.

«Und was erwartest du von ihm?»

Teréz konnte es nicht sagen. Sie konnte nicht sagen, was sie in jener letzten Sekunde im Blick jenes Mannes gesehen hatte, gesehen zu haben glaubte, die Seele eines Menschen, einen Funken Sympathie, eine Wunschvorstellung – sie wusste es nicht, aber gesehen hatte sie es.

«Er wird sich gar nicht an uns erinnern.»

«Doch, das wird er.»

Teréz legte die Hand auf die Károlys.

«Lasst uns zur Pension zurückfahren, wo ich heute früh mit dem Paar gefrühstückt habe, die ist billig. Über Nacht trocknen die Sachen, und morgen sehen wir weiter.»

«Und wenn sie nichts frei haben?»

«Sie haben immer etwas frei.»
«Woher willst du das wissen?»
«Die Wirtin hat es mir heute Morgen gesagt.»
«Du hast sie gefragt?»
«Für alle Fälle, dachte ich mir.»

Bori und Misi kauerten fröstelnd unter der Decke. Misi staunte darüber, dass seine Eltern nicht wussten, was sie tun sollten, wenn er es nicht wusste, wurde er immer gescholten. Bori spürte, dass etwas Großes, etwas Gefährliches im Gange war, etwas, das sie nicht ganz verstand, aber verstehen wollte, in das sie eingeweiht werden wollte. Aber noch mehr sehnte sie sich nach einem Bett, einem weichen Kissen und einer warmen Decke, unter der sie ihre Beine durchstrecken konnte, wie zu Hause.

Teréz wischte mit einem Tuch die angelaufene Windschutzscheibe ab. Károly machte den Motor an, die Lichter, die Scheibenwischer. Einer der Wischer war abgebrochen, der andere verbogen. Umso besser, dachte er verbittert, dann werden sie wenigstens nicht geklaut.

Er machte den Motor wieder aus, sie warteten, bis der Regen nachließ.

16.

Er war da, der Grenzbeamte vom vergangenen Abend, Teréz sah es schon von fern. Sie stieg aus, ging neben dem Auto her, Schritt für Schritt auf die Abfertigungsstelle zu. Sie war überzeugt, sie hatte sich in ihm nicht getäuscht. Es war zehn Uhr, der Himmel wolkenlos, es würde ein heißer Tag werden.

Der Mann gab kein Zeichen des Wiedererkennens,

nicht das allerkleinste, streckte nur mechanisch die Hand nach den Pässen aus.

Sie hätten die italienische Vertretung aufgesucht, begann Teréz und sah ihm tief in die Augen, sie hätten seinen Rat befolgt, alles genauso gemacht, wie er gesagt habe, aber sie hätten leider keine Visa erhalten.

«Ohne Visum können Sie nicht ausreisen.»

Teréz senkte den Kopf. Natürlich, er hatte seine Anweisungen zu befolgen, das wusste sie, aber auch sie hatte ihre Anweisungen, auch sie konnte nicht anders, er musste das einfach verstehen.

«Bitte, mein Herr ...»

«Kehren Sie bitte vorne um!»

Die gleichen Worte, der gleiche Ton, die gleiche kühle Geste wie am Tag zuvor. Teréz konnte, wollte es nicht glauben.

Sie rührte sich nicht.

Sie zupfte an ihrem Mantel, rückte ihn zurecht, die Gedanken rasten ihr durch den Kopf. Der Mann war geduldig, es kam ihm gar nicht in den Sinn, sie festzunehmen, das war ein gutes Zeichen.

«Komm, Teréz!»

Teréz starrte Károly an, seine Stimme hatte etwas so Inständiges, dass sie zusammengezuckt war.

Der Grenzbeamte blickte in Richtung dieses Mannes, der noch immer die Pässe in seiner Hand hielt, die Hand zitterte, sein Blick flog von der Hand über die bangen Kindergesichter hinter seinem Kopf, den schwarzen, unkenntlichen Fleck von Hund, der so absurd anmutete wie alles an diesen Leuten, zurück zu der kleinen Frau im kastanienbraunen Ledermantel, mit ihrer Steckfrisur und ihrer demütigen Haltung, der jedoch jede Unterwürfigkeit fehlte. Es war etwas Lichtes, Unverstelltes in diesen Gesichtern, das ihn innehalten ließ.

Teréz sah sofort, dass er zögerte. Er hatte ein paar Sekunden zu lange geschwiegen, ihr einen Moment zu lange in die Augen geschaut. Sie hielt den Atem an. Was ihm jetzt auch durch den Kopf gehen mochte, es würde über ihr Schicksal entscheiden.

Sein Blick ruhte auf ihr, stechend, unerträglich. Sie öffnete den Mund, aber sie brachte nichts heraus. Er hob die Hand und machte mit dem Zeigefinger eine kaum merkliche Bewegung, trat zurück.

«Na, dann versuchen Sie Ihr Glück!»

«Mille grazie, mille, mille grazie, Signor!»

Teréz sprang in den Wagen, ihr Herz flatterte vor Glück, dabei fiel ihr auf, dass sie sich in der falschen Sprache bedankt hatte, aber für eine Entschuldigung war es nun zu spät, sie würde ihm schreiben, sich bedanken, aber nein, das würde ihn womöglich noch in Gefahr bringen, sie würde sich etwas anderes einfallen lassen müssen, aber später, später.

Die Schranke ging hoch, und diesmal galt es ihnen. Sie rollten hindurch, langsam, mit stockendem Atem, als müsse hinter ihnen gleich eine Sirene ertönen.

Aber alles blieb still.

Teil drei

FÜNFUNDZWANZIG KILO

1.

Ein Carabiniere führte sie in ein Zimmer und ließ sie allein. Vorne stand ein Tisch, darauf eine Schreibmaschine, davor ein Stuhl, links an der Wand hing eine italienische Flagge, rechts ein Kruzifix, an der Wand hinter dem Tisch das Foto eines Mannes mit schwarzer Brille. Bori und Misi setzten sich auf Stühle an der hinteren Wand, ihre Mutter wandte sich mit einem Lächeln an sie, jetzt würde alles gut werden, jetzt seien sie *draußen*.

Bori betrachtete das Kruzifix, es war das größte, das sie je gesehen hatte, der elfenbeinfarbene Christus reichte fast vom Fußboden bis zur Decke. Misi stellte im Kopf die Farben der italienischen Flagge um, bis sie richtig herum waren, ungarisch, rot, weiß, grün. Seine Mutter spuckte in ihre Hand und strich ihm das Haar aus der Stirn. Er zog seinen Kopf weg, er hasste das, hasste es, wenn seine Haare nach Speichel rochen, aber seine Mutter meinte, es sei jetzt wichtig, einen ordentlichen Eindruck auf die Herren zu machen.

«Jesus ist auch nicht gekämmt», flüsterte Misi.

«Er hat auch die Hände gerade nicht frei.»

«Károly!»

Ein Beamter trat ein, sie verstummten und erhoben sich, Krapek knurrte. Der Beamte reichte ihnen die Hand, betrachtete Krapek.

«Ah, bello», sagte er.

«Pericoloso», sagte Teréz verlegen.

Er stellte einen zweiten Stuhl vor den Tisch, bat sie, Platz zu nehmen, und beugte sich über ihre Pässe. Misi rutschte auf den Schoß seiner Mutter und begann, mit den Füßen zu wippen, sie legte ihm mit sanftem Druck die Hand auf den Schenkel. Auf dem Schalthebel der Schreibmaschine saß eine Fliege. Der Beamte spannte ein Blatt Papier ein, die Fliege hob ab und ließ sich auf der Tischplatte nieder.

«Parla italiano?»

«Si. Poco.»

Teréz machte mit Daumen und Zeigefinger das Zeichen für klein. Obwohl sie die Sprache gut beherrschte, wollte sie nicht prahlerisch erscheinen.

«Sie wollen politisches Asyl in Italien beantragen?»

«Wir sind auf der Durchreise nach Deutschland.»

Der Beamte sah sie überrascht an.

«Haben Sie ein Visum für Deutschland?»

Teréz schüttelte den Kopf.

«Sie haben auch kein Visum für Italien?»

«Nein.»

Der Beamte faltete die Hände auf der Tischkante.

«Wenn Sie in Italien bleiben wollen, müssen Sie zuallererst einen Antrag auf politisches Asyl oder auf Anerkennung als politische Flüchtlinge im Sinne der Genfer Konvention stellen. Wollen Sie einen Antrag stellen?»

Teréz und Károly sahen einander an.

«Ansonsten müssen wir Sie nach Jugoslawien abschieben.»

«Wir wollen.»

Der Beamte rückte sich seine Schreibmaschine zurecht. Misi wechselte seine Haltung, lauschte.

«Name des Ehegatten?»

«Károly Kallay.»

Teréz musste den Namen buchstabieren.
«Geburtsort, Geburtsdatum?»
«Budapest, 27. Februar 1935.»
«Name der Ehegattin?»
«Teréz Kallay, geborene Sebestyén.»
Sie buchstabierte.
«Geburtsort, Geburtsdatum?»
«Budapest, 31. August 1930.»
«Namen der Kinder?»
«Borbála Kallay, Budapest, 4. November 1956, Mihály Kallay, Budapest, 6. Juni 1964.»
«Wohnsitz, bisher?»
«Székácsstraße 11/a in Budapest, Ungarn.»
«Nationalität?»
«Ungarisch.»
«Konfession?»
«Römisch-katholisch.»
«Alter?»
«Siebenunddreißig … einundvierzig … fünfzehn … acht …»

Teréz antwortete, buchstabierte bereitwillig, es hatte etwas Beruhigendes, auf diese Weise schriftlich festgehalten zu werden.

Als er fertig war, lehnte sich der Beamte zurück und erklärte ihnen, dass sie nun, bis über ihren Antrag entschieden sei, im Sammellager Padriciano bei Triest untergebracht würden. Das würde in der Regel ein bis zwei Monate dauern, anschließend würden sie, sofern ihr Antrag positiv beschieden werde, wovon auszugehen sei, ins Lager nach Latina bei Rom oder Capua bei Neapel verlegt, um dort auf Aufnahme durch ein Land ihrer Wahl oder auch ein anderes zu warten.

Teréz und Károly nickten, bedankten sich.

Der Beamte reichte ihnen die Hand, hielt Misi in der anderen zwei Lutscher hin, weiß, mit gelbem Rand und dem Bild eines Lutscher lutschenden Kindes in der Mitte. Misi sah seine Mutter an. Teréz nickte. Misi sah den Mann an und schüttelte den Kopf.

Bori nahm einen der Lutscher, und da die Hand ausgestreckt blieb, nahm sie auch den zweiten.

«Benvenuti in Italia!»

Teréz und Károly bedankten sich gerührt.

Der Beamte führte sie einen Gang entlang, öffnete die letzte Tür.

«Warten Sie hier, bis Sie abgeholt werden.»

Sie setzten sich in einer Ecke des kahlen Zimmers, gleich richteten sich zehn, zwölf Augenpaare auf sie.

Bori senkte die Stimme.

«Zum Glück hat er es nicht bemerkt.»

«Wer? Was?»

«Krapek hat hingemacht.»

«Was?»

«Er hat ein Stuhlbein angepieselt.»

Ihre Mutter sprang auf und eilte hinaus.

Gegen Mittag erschien ein Carabiniere und bat alle, ihm zu folgen. Auf der anderen Straßenseite wartete bereits ein gestreifter Transporter, und die anderen Flüchtlinge, geleitet von zwei Carabinieri, stiegen hinten ein. Bori fand, dass die Carabinieri viel besser aussahen als ungarische Polizisten, ihre eleganten, schwarzen Uniformen erinnerten sie an Theaterkostüme, mit kirschroten Streifen am Hosensaum, manche trugen auch schwarze Umhänge, die wie Ritterroben aussahen.

Károly sollte dem Transporter folgen.

Er gab sich Mühe, dicht hinter dem Wagen zu bleiben, damit auch nicht der leiseste Verdacht aufkam, sie wollten sich entfernen. Sie waren froh, nicht wie Kriminelle in dem Transporter fahren zu müssen. Es ging über eine hügelige Hochebene. Bei Opicina verließen sie die Straße nach Triest und fuhren auf der Anhöhe weiter, und während Teréz sich die Lippen kaute und darüber grübelte, dass es über Neapel eigentlich nicht der direkteste Weg nach Deutschland sei, dachte Károly nur, dass sich der wolkenbefleckte blaue Himmel über Triest nicht viel vom Himmel über Budapest unterschied.

2.

Padriciano. Eine kleine Ortschaft, ein paar Häuser, sie ließen sie hinter sich. Kurz darauf erreichten sie das Lager.

Campo Profughi Stranieri.

Das Erste, was sie durch das Autofenster sahen, war der Maschendrahtzaun. Fast drei Meter hoch zog er sich neben der Landstraße her, dahinter ragten weiße, einstöckige Kasernen aus dem Gestrüpp. Der Carabiniere am Tor ließ sie passieren. Auf einem Platz dahinter waren Trauben von Flüchtlingen, manche hatten sich in die Maschen gekrallt und auf den Zaun gehievt und hingen dort, gespannt auf die Neuankömmlinge, die jeden Tag um diese Zeit eintrafen.

Das Lager war ein weites Gelände. Ausgetretene, gelbtrockene Grasflächen, zerrupfte Kiefern, dazwischen standen wie zufällig die Kasernen. Flüchtlinge saßen oder lagen im Schatten der Häuser und Bäume, viele von ihnen hatten schwarze Haare und schwarze Anzüge, Teréz musste für einen Moment an Krähen im Feld denken. Dann an den Balkan. Niemand kam ihnen nahe, niemand sprach sie an, alle taten, als sähen sie sie nicht, und taten es doch.

Sie wurden in ein großes, gesondertes Gebäude gebracht und unter Quarantäne gestellt. Károly kam mit den anderen Männern in den Männertrakt, Teréz mit den Frauen und Kindern in den Frauentrakt. Zu sechst bekamen sie ein Zimmer mit drei Etagenbetten, es war schwül und schmutzig. Eine Gefängniszelle, dachte Teréz. Noch am selben Nachmittag wurde sie zur Vernehmung geführt, Bori und Misi blieben mit Krapek im Zimmer.

Ein Beamter empfing sie in einem schattigen Raum. Sie solle ihre Flucht schildern, von Anfang an, in allen Details, alles, was ihr wichtig erscheine.

Er schaltete ein Tonbandgerät ein.

Teréz erzählte wahrheitsgemäß, wie es sich ereignet hatte, ohne etwas zu verschweigen, sie war froh, endlich offen sprechen zu können. Als sie fertig war, begann der Beamte, Fragen zu stellen, und wieder antwortete sie ohne Zögern. Nein, sie hätten keine Kontaktleute gehabt, keine Fluchthelfer, keine Mitwisser, sie hätten niemanden in Gefahr bringen wollen. Nein, sie sei nie Parteimitglied gewesen, sie nicht, ihr Mann nicht, ihre Eltern nicht, niemand in der ganzen Verwandtschaft. Das heißt doch, sie müsse sich korrigieren, ihr Schwager sei Kommunist, ein Mann aus einfachen Verhältnissen, dem die Partei die Tür zu einem besseren Leben geöffnet habe, und irgendwann sei dann auch ihre Schwester eingetreten, das habe man von der Frau eines Funktionärs erwartet. Nein, politische Überzeugungen habe sie keine, Politik interessiere sie nicht. Religiös sei sie schon, das heißt gläubig. In der internen Beurteilung ihres Instituts stünde zwar, dass sie «in religiösen Fragen unentschieden» sei, der zuständige Genosse habe es gut mit ihr gemeint, in Wahrheit sei sie entschieden keine Atheistin, keine Materialistin. Politischer Verfolgung seien sie nicht ausgesetzt gewesen, nicht direkt, nur in Form von Schikanen und Benachteiligungen, das schon seit Jahren, und letztes Jahr sei sie ohne Grund beruflich abgestuft und aufs Land versetzt worden, obwohl man gewusst habe, dass sie zwei Kinder zu versorgen hatte. Aber das sei gar nichts verglichen mit dem, was ihr Mann habe erleiden müssen. Sie hätten ihn fünfzehnjährig mit seiner Mutter in die Große Tiefebene deportiert, *Zwangsaussiedlung* habe das geheißen, von einem Tag auf den anderen, ohne Angabe von Gründen. Zwei Jahre hätten sie dort in einem Ziegenstall von fast nichts gelebt, ihr Mann und dessen Mutter, und die sei dort dann auch gestorben. Sein Vater sei seit 45 vermisst gewesen, nie aus der Ukraine heimgekehrt, mit siebzehn sei Károly schon Vollwaise gewesen. Und dann habe er beschlossen, Medizin zu studieren, denn seine Mutter sei nach einer Gehirnblutung dort im Stall in seinen Armen gestorben, weil er nicht gewusst habe, was er hätte tun sollen, aber an seinem Medizinstudium hätten sie ihn dann trotz glänzend bestandener Aufnahmeprüfungen wegen der Aussiedlung auch gehindert.

Am Ende der Vernehmung erläuterte der Beamte Teréz die weiteren Modalitäten. Ihr Antrag auf politisches Asyl würde anhand ihrer Unterlagen und des Gesprächsprotokolls geprüft, von der Paritätischen Untersuchungskommission der italienischen Regierung und des Hohen Kommissariats für Flüchtlingsfragen der Vereinten Nationen. Ihre Familie würde wie alle Neuankömmlinge drei Tage in der *quarantena* bleiben, dann in eine der Kasernen umziehen. Sobald sie ihre Lagerausweise erhalten hätten, dürften sie sich überall frei bewegen, auch das Lager verlassen. Bei einem Versuch, sich aus Italien abzusetzen, würden sie ihren Anspruch auf Prüfung des Antrags automatisch verlieren und umgehend in ihr Herkunftsland abgeschoben werden. Das dürfe sie nicht vergessen.

«Lassen Sie sich und die Kinder dort im Zimmer fotografieren, für die Ausweise», sagte er, als Teréz schon aufgestanden war. «Und übrigens: Seien Sie nicht beunruhigt, aber auch ich bin Kommunist, bei uns in Italien ist das normal. Wie Sie von den Russen, so haben wir von den Amerikanern die Nase voll.»

Teréz öffnete erstaunt den Mund. Im Gang blieb sie verwirrt stehen, während hinter ihr die Nächste vorgeladen wurde. Hatte er das ernst gemeint? Oder sich über sie lustig gemacht? Konnte es sein, dass schon wieder ein Kommunist über ihr Schicksal bestimmen sollte?

3.

Drei Tage lang folgten weitere Vernehmungen und medizinische Untersuchungen, danach erhielten sie ihre Lagerausweise und wurden aus der Quarantäne entlassen. Ein Lagerangestellter führte sie zu ihrer Unterkunft in einer Kaserne, die Paaren und Familien vorbehalten war. Ein Korridor führte in Zimmer zu beiden Seiten, diese waren durch Vorhänge weiter unterteilt. Ihre Zelle, kaum größer als zehn Quadratmeter, war nach zwei Seiten durch graue Vorhänge abgetrennt. Ein Metallschrank, zwei Stühle, zwei eiserne Etagenbetten verstellten fast den ganzen Raum.

Károly und Teréz bedankten sich höflich.

Als sie allein waren, streifte Károly mit den Fingern über einen der Vorhänge.

«In Budapest hatten wir Wände aus Schilf, aber es waren wenigstens Wände. Und die Türen hatten Schlüssel. Aber wo es nichts gibt, was wert wäre, gestohlen zu werden, braucht man natürlich auch keine Schlüssel.»

«Es wird schon werden», sagte Teréz leise.

«Natürlich wird es werden, wann ist je etwas nicht geworden, es liegt in der Natur der Dinge, dass sie werden. Nur werden sie nie das, was sie werden sollen.»

Teréz erwiderte nichts.

Sie machte mit den Kindern einen Rundgang durch das Lager, suchte die Kantine, die Waschräume und Toiletten, die Waschküche, das Warenlager. In einer der Kasernen gab es einen großen Gemeinschaftsraum. Er war voller Flüchtlinge, es roch nach Essen und Alkohol, Kaffee und Zigaretten und Schweiß, Bori verzog die Nase. In einer Ecke war ein Fernseher an, auf dem Bildschirm liefen Soldaten gebückt durch hohes Gras, das durch die Rotoren eines Hubschraubers platt gedrückt wurde. Als ihre Mutter es sah, drehte sie sich um und drängte sie aus dem Raum. Bori hatte schon früher bemerkt, dass sie die Bilder des Krieges in Vietnam nicht ertrug, den Fernseher dann sofort ausschaltete oder hinausging. Sprechen wollte ihre Mutter darüber nie.

Károly war zurückgeblieben, um auf das Gepäck aufzupassen. Er setzte sich aufs Bett und sank ein, die Matratze war durchgelegen. Er hievte sich wieder hoch und blieb auf der Bettkante sitzen. Die Enge, das Elend hatten sie wieder eingeholt, es hatte nicht lange gedauert, dachte er, da traf ihn plötzlich etwas im Gesicht. Er sprang auf und stieß sich den Kopf an der oberen Bettkante an. Wie benebelt stand er da, seine Brille war weggeflogen, er fand sie unter dem anderen Bett. Ein Bügel fehlte, die Gläser waren zum Glück noch heil.

Neben dem abgerissenen Bügel lag ein zerrissener kleiner Turnschuh. Das war es also gewesen.

Er betrachtete die Bruchstelle. Mit etwas Draht ließ sich das richten, dachte er und bemerkte in dem Moment, wie sich der Saum des Vorhangs gegenüber bewegte, das Gesicht eines Kindes im Spalt zum Vorschein kam und sofort wieder verschwand.

Károly seufzte. Er stellte den Turnschuh vor die Tür, falls ihn jemand vermissen sollte, und machte sich daran, die Betten zu beziehen.

Als Bori und Misi später schliefen, erzählte er Teréz, wie er in diesen drei Tagen immer wieder verhört worden sei, nicht nur von Italienern, auch von Amerikanern, vom FBI und der CIA, wie gemunkelt wurde. Sie hätten alles über seine Militärzeit, über die Waffen, Panzer, Fahrzeuge, Flugzeuge, Hubschrauber wissen wollen, und vor allem, wo sich in Ungarn die Raketenabschussbasen befänden.

«Ich habe natürlich nichts gesagt», flüsterte er, «selbst wenn ich etwas gewusst hätte, hätte ich nicht eine Silbe gesagt. Einer wollte ein Interview für Radio Freies Europa mit mir machen, über die Probleme und Missstände in Ungarn, die Unfreiheit und Unzufriedenheit der Bürger, ich sollte *auspacken*, es würde mir gut bezahlt werden.»

Er ließ den Kopf aufs Kissen fallen.

«Der wollte mich kaufen», sagte er gähnend, «der dachte allen Ernstes, er könne mich kaufen, einfach so, mir nichts, dir nichts. Ich weiß nicht, wofür er mich gehalten hat.»

4.

Zehn Quadratmeter waren ihnen geblieben, zehn von den sechzehn zu Hause. Teréz räumte auf, machte Ordnung, schuf Platz, wo keiner war, richtete alles so praktisch wie möglich ein. Alles, was wichtig war, schloss sie in den Schrank, der wenigstens hatte einen Schlüssel.

Am nächsten Tag fuhren sie nach Triest, um ein Telegramm an die Großeltern aufzugeben, dass sie in Italien und wohlauf seien, dass demnächst ein Brief folge, aber als Teréz am Schalter an die Reihe kam, trat sie abrupt zur Seite, und sie verließen fast fluchtartig die Post. Sie hatte es nicht über sich gebracht, die schlimme Nachricht, dass sie dissidiert waren, abzuschicken.

Es hatte ja noch Zeit, es gab keine Eile.

Sie schlenderten den Hafenkorso entlang, sahen sich den großen Markt an, streiften durch die Altstadt und bestaunten die eleganten Geschäfte und westlichen Autos. Es war eine neue Welt für sie, aber keine zum Anfassen, die Glaswand ihrer Mittellosigkeit trennte sie von ihr. Sie hatten Ungarn hinter sich gelassen, waren *draußen*, wie man es zu Hause nannte, aber noch nirgendwo drinnen, sie lebten zwischen zwei Glaswänden, im Niemandsland. Das Einzige, das sie kauften, waren Klebstoff und ein Draht, damit Károly seine Brille richten konnte.

An der Piazza Oberdan, wo sie den Wagen abgestellt hatten, stießen sie auf die blaue Straßenbahn, die zwischen der Triester Innenstadt und Opicina in den Hügeln oberhalb verkehrte. Sie war die Letzte ihrer Art und berühmt für ihre steile Strecke. Teréz stieg mit Bori und Misi ein, Károly setzte sich mit Krapek ins Auto. Wer zuerst oben war. Als die Straßenbahn abfuhr, gab Károly Gas, sie winkten einander. Die Bahn schlängelte sich zwischen Bäumen und Villen den Berg hinauf, hin und wieder öffnete sich der Blick auf die sonnenglänzende Adria. Bori und Misi klebten am Fenster, aber vom weißen Käfer war nichts zu sehen. Sie erreichten die Endhaltestelle als Erste. Gewonnen! Misi ballte die Faust. Sie mussten eine Weile warten, bis ihr Vater endlich eintraf, aber Bori vermutete, dass er sie absichtlich hatte gewinnen lassen, wie er das immer tat.

Zwei Tage später fuhr Károly wieder nach Triest und gab das Telegramm im Postamt auf. Es ließ sich nicht mehr aufschieben, und sie waren erleichtert, als es geschehen war.

Am Abend klemmte sich Teréz die Lampe auf ihr Bettgestell und starrte auf das leere Blatt des Schreibblocks auf ihrem Schoß. Schon seit Tagen versuchte sie, einen Brief an ihre Eltern zu schreiben. Erst hatte sie keinen Satz zustande gebracht, dann plötzlich gar nicht mehr aufhören können, die Notwendigkeit ihres Schrittes zu erklären und ihn zu rechtfertigen, der Brief wurde länger und länger. Aber was sie auch schrieb, wie sie es auch formulierte, sie wusste, dass nichts die Tatsache aus der Welt schaffen konnte, dass sie ihren Eltern und ihrer Heimat für immer den Rücken gekehrt hatten und das nie würden wiedergutmachen können.

Und doch war sie überzeugt, dass es hatte sein müssen. Noch während sie schrieb, inmitten der hüstelnden, schnarchenden, flüsternden, raschelnden, ihren Traum von einer besseren Zukunft träumenden Menschen, da sie nur durch einen Vorhang von Wildfremden getrennt war, fühlte sie sich frei und unbedrängt wie früher nur in ihrer Familie.

Gegen Morgen war der Brief fertig, am Mittag schickten sie ihn weg.

5.

Teréz hatte das Gepäck unter die Betten geschoben, sie saßen auf gepackten Koffern. Sie warteten. Ob sie in der Hitze des Nachmittags auf ihren Betten lagen und lasen oder in der Kantine Pasta aßen, ob sie an milden Abenden ziellose Spaziergänge machten oder andere Flüchtlinge kennenlernten, mit denen sie nichts als die zufällige Übereinstimmung von Ort und Zeit und Schicksal verband – alles, was sie taten, hatte provisorischen Charakter, in Wirklichkeit warteten sie nur auf das Zeichen zur Weiterfahrt. Wie abgestellte Gepäckstücke auf einem Bahnsteig warteten sie, dass sie wieder aufgehoben und in den nächsten Zug geladen würden.

Teréz hatte ein Deutschlehrbuch ins Gepäck geschmuggelt und begann, mit Bori und Misi Deutsch zu lernen. Sie lasen gemeinsam, trugen die neuen Wörter in Hefte ein und lernten sie, Teréz fragte sie ab. Sie erklärte ihnen, dass es im Deutschen nicht wie im Ungarischen der Hund, der Katze und der Pferd hieß, sondern *der* Hund, *die* Katze und *das* Pferd.

Misi sah sie mit großen Augen an.

«Warum haben wir nicht auch drei?»

«Einer ist besser», sagte Bori.

«Und woher weiß man, wann man welches braucht?»

«Das ist es eben, man weiß es nicht. Man muss es lernen.»

Károly schnaubte verärgert.

«*Der* Löffel, *die* Gabel, *das* Messer, das kann doch kein Mensch verstehen! Und *das* Mädchen! Nicht etwa *die Mädchen*, nein, *das* Mädchen. Vielleicht weil es noch keine richtige Frau ist.»

Er schüttelte den Kopf, er konnte hier keinerlei Logik entdecken. Teréz erläuterte, dass alle Wörter, die auf *-heit* oder *-keit*, und viele, die auf *-e* endeten, den Artikel *die* hätten. Die Sonne, die Straße, die Brücke, die Kirche.»

«Genau», unterbrach sie Károly, «*die* Löwe und *die* Tee und *die* Auge.»

«Mit der Zeit bekommt man ein Gefühl dafür.»

«Ich habe in Deutschland ein Jahr lang *die* Käse gesagt, weil mein Gefühl es mir sagte. Es wäre mir nicht im Traum eingefallen, es könnte *der* Käse heißen.»

Misi wollte nicht Deutsch lernen.

Lieber blätterte er in seinen Jules-Verne-Romanen. Sieben Bände der alten Prachtausgabe besaß er bereits, *Reise um die Welt in achtzig Tagen*, *Der Kurier des Zaren*, *Mathias Sandorf*, *Das Karpatenschloss*, *Zwei Jahre Ferien*, *Die Abenteuer des Kapitän Hatteras*. Sein Vater hatte sie für ein paar Forint in Budapester Antiquariaten gekauft. Immer wieder durchblätterte er die Romane von vorn nach hinten und wieder zurück, er konnte sich an den vielen ganzseitigen Illustrationen gar nicht sattsehen, konnte kaum abwarten, dies alles bald selbst lesen zu können.

Zehn Tage nachdem sie den Brief an Béla und Róza abgeschickt hatten, traf ihre Antwort ein, kurz und fassungslos, tief betrübt. Drei Tage später folgte ein zweiter Brief voller Fragen und Selbstvorwürfe und des verzweifelten Bemühens zu verstehen. Ein verschlüsselter Satz deutete an, dass Béla sich noch vor der Polizei Zugang zu ihrer Wohnung verschafft und Wertsachen und persönliche Erinnerungen herausgeholt hätte. Nun erwarteten sie den Besuch der Polizei.

Beide Briefe trugen österreichische Briefmarken.

Auch Teréz und Károly warteten, die Tage verstrichen gleichförmig. Vormittags, wenn die Kühle der Nacht noch nachwehte, und abends, wenn die Hitze des Tages schon nachließ, schlenderten die Flüchtlinge in ihren abgewetzten Anzügen und zerschlissenen Schuhen durch das Lager, ohne Ziel, sie schlugen die Zeit tot, warfen Schatten auf die Erde, sonst nichts. Im Gang machte ein kleiner Junge unablässig das Licht an und aus, als hätte er so etwas noch nie gesehen, Misi sah ihm von fern zu.

Zur Eröffnungsfeier der Olympischen Spiele in München versammelte man sich um den Fernseher im Gesellschaftsraum. Die Ungarn redeten nur von Balczó, ihrem berühmten Fünfkämpfer, dessen Disziplin gleich am Anfang dran war, und als Balczó am fünften Tag tatsächlich die Goldmedaille gewann und die rot-weiß-grüne Flagge zum Klang der Nationalhymne dem Ende der Fahnenstange entgegenschwebte, kamen Károly und Teréz wie so oft diese unerklärlichen Tränen der Rührung, schmerzvoll und beglückend zugleich. Doch Károly hatte plötzlich nicht mehr das Gefühl, ein Anrecht auf diese Hymne, diese Tränen zu haben. Aber Balczós Sieg war ihrer aller Sieg, wenn es für ihn gut ausging, musste es auch für sie gut ausgehen.

Am nächsten Tag erhielten sie einen Brief der Lagerleitung. Die Untersuchungskommission habe ihren Antrag positiv beschieden, sie seien dem Lager in Capua bei Neapel zugeteilt worden. Die Abreise für alle Flüchtlinge nach Capua und Latina würde am 3. September vom Bahnhof Triest erfolgen.

Károly bekam eine Sondergenehmigung, die Fahrt nach Capua mit dem Auto zurückzulegen, während die Familie im Zug fuhr.

6.

Bori stand am Zugfenster und nahm die Tasche mit dem Proviant entgegen, die ihr Vater hinaufreichte. Krapek sprang umher und bellte wütend die anderen an, die sich an der Zugtür drängelten. Mit ihren dunklen Kleidern, ihren großen, schäbigen Taschen und Koffern, von denen viele zusätzlich verschnürt waren, sahen die Flüchtlinge einander sehr ähnlich, fand Bori, ihr Vater erschien ihr inmitten der Menge aber wie ein Fels in der Brandung. Vor über einem Jahr hatte er im Zugfenster gestanden und sie unten am Bahnsteig, damals mussten sie sich für ein Jahr trennen, diesmal für einen Tag, damals war ihr zum Weinen gewesen, jetzt war sie ein Jahr älter und keine Heulsuse mehr. Damals hatte er ihnen aufmunternd zugezwinkert, und das tat er jetzt auch.

Eine Durchsage ertönte, Carabinieri stiegen zu. Der Schaffner schritt den Zug ab und schlug die Türen zu, es machte einen Ruck, und der Zug setzte sich in Bewegung, Bori wunderte sich, wie schnell sich der Bahnsteig geleert hatte. Ihr Vater winkte, sie winkten zurück, ihre Mutter mit einem weißen Taschentuch, das sie schon lange in der Hand gehalten hatte, während ihr Vater unter dem blauen Schild *Trieste Centrale* kleiner und kleiner wurde. Auch er hörte nicht auf zu winken, solange sie ihn sahen.

Das Abteil war voll, alles mit Gepäckstücken verstellt. An der Tür saß eine Familie mit zwei Kindern, Albaner, wie Teréz aufgrund ihrer rätselhaften Sprache vermutete, in der Mitte zwei Ungarn, ein älterer und ein jüngerer Mann, am Fenster Bori und Misi. Man beäugte einander verstohlen, wechselte ein paar Worte oder sah hinaus, irgendwann legte der jüngere Ungar seine Zeitung beiseite und begann seinem Nachbarn seine Flucht über die jugoslawisch-italienische Grenze zu schildern. Er hatte eine weiche, angenehme Stimme, seine hellbraunen Haare, sein weißes Hemd und seine weiße Hose verliehen ihm etwas Leichtes, inmitten der anderen seltsam Fremdes.

«Ich wartete stundenlang an der Tankstelle in Sežana, da fährt plötzlich wie gottgesandt ein rotes Cabrio mit dänischem Kennzeichen vor, drin zwei Blondinen. Selten so was Hübsches gesehen ... das Cabrio, meine ich. Ich fackle nicht lange, spreche sie sofort an. ‹I am from Budapest, can you carry me over the line?› Sie starren mich an, als hätte ich gesagt, ‹Guten Tag, Leonid Breschnew›. ‹To Italy, must to go to Italy›, sag ich und zeige auf den Rücksitz. Sie tuscheln, ihr Auto wird betankt. ‹My bonny is over the border, must to come together›, sage ich, halte meine Zeigefinger aneinander und wische mir symbolisch eine Träne aus dem Auge. Es klappt, sie lassen mich einsteigen. Ein paar Minuten später erreichen wir die Grenze, ich versuch, ruhig zu bleiben, werde aber immer panischer, sehe mich schon in einem plombierten Abteil nach Recsk rasen, aber es ist zu spät, um auszusteigen. Wir fahren vor, ich halte still. Und was passiert? Nichts! Wir werden durchgewunken. Einfach so. Die Grenzer halten mich für einen Dänen, und schon ist alles gut. So leicht haben es manche im Leben, nur weil sie Dänen und keine Ungarn sind, ist das nicht eine Schande? Sie fuhren mich direkt nach Padriciano, setzten mich am Lagertor ab, die

Carabinieri wollten mich erst gar nicht reinlassen. Eine der Frauen hieß Karen, ich habe ihre Adresse. Ich werde sie noch einmal aufsuchen und mich erkenntlich zeigen.»

Er wischte einen Apfel an seiner Hose ab und seufzte.

«Das Blöde ist nur, niemand wird mir diese Geschichte abnehmen. Die Wahrheit klingt immer zu unwahrscheinlich. Vermutlich weil man sie so selten zu hören bekommt.»

Der Apfel knackte, ein paar Minuten später aß das ganze Abteil. Sie öffneten die Tür zum Gang und ließen das Fenster einen Spalt herunter. Luft blies hindurch, auch sie warm und schwül, aber der Durchzug verschaffte doch Erfrischung.

Nach dem Essen lehnte Misi seinen Kopf gegen den Vorhang und döste ein. Teréz streifte ihm das verschwitzte Haar aus der Stirn. Sie blickte in die Landschaft, die Welt flog vorbei, als flöge sie Károly entgegen. Vor ihr kauerten Bori und Misi. Diese beiden Kinder, Károly und eine friedlich dahinziehende Welt war alles gewesen, das sie sich je gewünscht hatte. Alles andere hatte sie in ihrem Innersten nie berührt, nie wirklich interessiert.

Die Gleise knatterten, Teréz spürte, wie ihre Lider schwer wurden. Bori saß in der Ecke, hielt Abstand zu dem weiß gekleideten Mann neben sich, sie war still. Sie hatte schon immer diese Art gehabt, bei der man nie wusste, wo sie in Gedanken war, ob sie glücklich war oder nicht, dachte Teréz. Aber diesmal kam sie ihr verändert vor. Als wäre ihr Haar voller, ihr Körper fraulicher geworden, das geblümte Sommerkleid, das sie seit Jahren trug, wirkte plötzlich zu kurz, fast schon unschicklich. Ihr war auf einmal, als wäre es nicht mehr die Bori, die gerade erst in Budapest mit ihnen ins Auto eingestiegen war, sondern deren reiferes Ebenbild. Über ihre Verwunderung, dass die Verwandlung ihr bis jetzt noch nicht aufgefallen war, schlossen sich ihre Augen, und sie schlief ein.

7.

Obgleich sie sich demonstrativ dem Fenster zugewandt und so getan hatte, als interessiere sie seine Erzählung nicht, hatte Bori dem jungen Mann gespannt gelauscht. Nach einer Weile öffnete er seinen Handkoffer und nahm ein Brett heraus, legte es auf seine Knie und stellte drei halbkugelförmige Schalen darauf. Er hielt eine kleine, gelbe Kugel hoch und legte sie unter die mittlere Schale. Dann begann er mit beiden Händen die Schalen in großen Achtern umeinander herum zu verschieben.

Alle Augen richteten sich auf das Brett.

Die Schalen kamen zum Stehen.

Sein Nachbar tippte sofort auf die linke Schale.

Bori nickte, er hatte recht.

Der junge Mann hob die linke Schale, die Kugel war nicht darunter, sondern kam unter der rechten Schale zum Vorschein. Bori blieb vor Staunen der Mund offen, sie hätte schwören können, dass sich die Kugel links befand.

Die Schalen kreisten wieder, der Ältere tippte, wieder lag er daneben. Bori traute ihren Augen nicht. Es schien jedes Mal klar, unter welcher Schale die Kugel war, und doch war sie immer unter einer anderen.

Der Albaner durfte es versuchen, auch er irrte sich.

«Möchtest du auch einmal?», fragte sie der Mann.

Sie schüttelte den Kopf.

«Hab keine Angst!»

«Warum sollte ich?»

Die Schalen rotierten, Bori verlor die mit der Kugel keine Sekunde aus dem Blick.

«Dort, unter der mittleren!»

Er hob die Schale, die Kugel lag da.

«Noch einmal», sagte er eilig.

Diesmal bewegten sich die Schalen schneller.

Bori folgte angespannt.

«Unter der linken!»

Wieder lag sie richtig, sie konnte sich ein Lachen nicht verkneifen. Der Mann ordnete die Schalen wieder, sie kreisten nun verwirrend schnell. Bori zögerte, bevor sie auf die mittlere Schale zeigte.

Die Kugel rollte heraus.

Der junge Mann schüttelte den Kopf.

«Also, ich gebe auf! Gegen … wie heißt du eigentlich?»

«Bori.»

«Gegen die schöne Borbála habe ich keine Chance.»

Bori errötete. Er machte eine Bewegung, als würde er seinen Hut lupfen, und sagte ein Wort, das sie nicht verstand. Sie wischte sich die Stirn ab. Sie hatte immer noch ihren Cardigan an, und obwohl sie sehr schwitzte, wollte sie ihn nicht ausziehen, sie wusste selbst nicht, warum.

Er sah sie von der Seite an.

«Wie hast du das gemacht, Borbála?»

«Genau hingeschaut.»

«Du bist also genauso klug, wie du hübsch bist.»

«Ich habe keine guten Noten in der Schule. Nur durchschnittliche.»

«Fahrt ihr nach Latina?»

«Nein, nach Capua.»

«Schade. Ich hätte dir ein paar Tricks beibringen können. Ich heiße übrigens Attila.»

Er legte sein Brett weg und zog einen kleinen Radiorekorder aus seinem Koffer. Der sah sehr schick aus, fand Bori, und er hatte einen kleinen, weißen Knopf, den man sich ins Ohr stecken konnte, wenn man die Musik leise hören wollte. Einmal zog Attila den Stecker seines Ohrknopfes aus dem Radio und ließ die Musik leise spielen.

«Kennst du das Lied?»

Bori schüttelte den Kopf.

«Es ist aus einem neuen amerikanischen Mafia-Film. Ich habe übrigens schlimme Sachen über Capua gehört.»

Bori lauschte, das Lied gefiel ihr gut, sehr gut sogar, aber als es zu Ende war, steckte Attila den Knopf wieder in sein Ohr und hörte für sich weiter. Obwohl Bori liebend gern mitgehört hätte, traute sie sich nicht, ihn darum zu bitten.

8.

Károly stand am Ende des Bahnsteigs und winkte, winkte, solange er das flatternde, weiße Taschentuch sehen konnte, dann senkte er den Arm.

Er fuhr ins Lager zurück.

Die Wege, die Plätze, die Zimmer, alles nun leer, sinnlos hingen die Trennvorhänge im Raum. Er setzte sich auf seine Bettkante, rollte aus einem gefalteten Blatt eine Rasierklinge, zog seinen Hosengürtel ab, trennte am letzten Loch die Naht auf und zog zwischen den Riemen einen der drei Zehnpfundscheine heraus, die ihnen Onkel Barnabás bei ihrem letzten Besuch in die Hand gedrückt hatte. Um nichts in Welt hatten sie das Geld annehmen wollen, aber er hatte nicht mit sich reden lassen.

Er belud das Auto. Als er zum letzten Mal in die Zelle zurückkehrte, sah sie wieder aus wie bei ihrer Ankunft. Nichts von ihnen blieb im Lager zurück, nichts vom Lager in ihnen. Als wären sie nie dort gewesen.

In Opicina passierte er die Endstation der blauen Straßenbahn, nahe der er in einer Seitengasse gewartet hatte, bis die Bahn angekommen war, damit Misi und Bori das Rennen gewinnen konnten. Er fuhr nordwärts, die Küstenstraße entlang, links blinkte das Meer, irgendwo vor ihm rollte der Zug mit Teréz und den Kindern. Er verlor sich in Gedanken, sah Teréz vor sich, wie sie am Bahnhof im Zugfenster gestanden war, ein Lächeln im Gesicht, dasselbe Lächeln wie an seinem ersten Tag im Institut siebzehn Jahre zuvor, als die Kollegin vom Mikroskop aufgeschaut und einen Schritt zur Seite gemacht hatte, um ihm, dem Neuen, einen Blick auf die Pilzkultur in ihrer Petrischale zu gewähren. Sie hatte ihn angelächelt, offen und unverstellt, er hatte einen Blick auf die pilzige Masse geworfen und anerkennend genickt, obwohl er schon weitaus eindrucksvollere gesehen hatte, seine eigenen zum Beispiel. Ein solches Lächeln, ein Lächeln wie mehrere Lächeln auf einmal, zugleich strahlend, melancholisch, fröhlich und abwesend, hatte er noch nicht gesehen. Wo die Kollegin in Gedanken auch immer sein mochte, hatte er in jenem Moment gedacht, dort musste es wirklich schön sein.

Die Straße folgte der Biegung der Küste, ging erst westwärts, dann irgendwann nach Süden. Károly klappte die Sonnenblende herunter. Wenn er in den Rückspiegel blickte, sah er Krapek auf der grün-schwarz karierten Decke, neben seinem Kopf Misis Fahrrad, und er war froh, dass er es in letzter Sekunde doch noch aufgeladen hatte.

Rot, kirschrot, war einst auch sein Rennrad gewesen, es stand noch im Treppenhaus bei ihnen zu Hause. Ein Erinnerungsstück, wie so vieles andere nun für immer verloren.

9.

Nach Polgárdi waren es zwei Zugstunden. Langsam und ruckelnd zog das sonnengebleichte Land an ihnen vorbei. Es war ein schwüler Juninachmittag, seine Klassenkameraden lachten und lärmten und schossen aus Blasrohren angefeuchtete Papierkugeln auf eine Zielscheibe am Fenster, Károly saß jedoch in der Ecke des Abteils und dachte nur an sein neues Fahrrad. Er hatte es am Tag zuvor bekommen.

Wie in einem Märchen schien ihm jetzt alles: Sein Vorspielen an der Musikhochschule, die bestandene Aufnahmeprüfung, das Lob der Professoren Hernádi, Fischer und Kadosa, die Worte seiner Mutter, als sie ihn umarmte.

«Papa wäre heute stolz auf dich gewesen, Karcsi.»

Feierlich und ernst hatte sie gesprochen, als hätte er etwas Besonderes getan und gar nicht das, was er ohnehin jeden Tag vier, fünf Stunden lang tat, Klavier spielen, aber da sie so stolz war, wurde er es auch.

Zu Hause, es war schon Abend, führte sie ihn zum Schuppen hinten im Garten. Er musste die Augen schließen. Sie nahm seine Hand in ihre Hände, ihre Stimme war gerührt.

«Das ist kein Geschenk, Karcsi, das hast du dir verdient.»

Er öffnete die Augen. Vor ihm stand an der Schuppenwand ein kirschrotes Rennrad, ein echtes Rennrad nach französischer Art mit Gangschaltung und geschwungenen Lenkergriffen. Von so einem hatte er immer geträumt, aber im Traum nicht gehofft, jemals eines zu besitzen. Es war nicht neu, aber jetzt seines, das war die Hauptsache. Den Sattel würde er höher stellen, wie es sich gehörte. Er wäre am liebsten sofort losgefahren, aber es war schon dunkel, und durch die Luftangriffe der letzten Kriegsjahre waren viele Straßen noch beschädigt. Er würde sich gedulden müssen, bis er aus Polgárdi zurück war.

Es wurde ruhiger im Abteil, sie aßen ihren Proviant und lästerten über die Arbeit, die man ihnen aufgehalst hatte. Sie ärgerten sich, dass sie die ersten Ferientage mit dem Jäten von Zuckerrübenfeldern verbringen sollten, aber der neue Schuldirektor hatte sie alle, zweihundert Schüler der Oberstufe, zu dringend nötiger Feldarbeit nach Polgárdi beordert. Alle Intellektuellen, zu denen auch sie Gymnasiasten zählten, die künftige geistige Klasse der Nation, hätten die Pflicht, Hand in Hand mit den Bauern und Arbeitern ihren Beitrag zum Aufbau der sozialistischen Heimat zu leisten.

Polgárdi lag nicht weit vor dem Plattensee, Erinnerungen an ausgelassene Urlaubstage machten die Runde, aber als sie am späten Nachmittag ausstiegen, fanden sie sich statt vor dem kühlenden See in einem Meer blühender Rapsfelder wieder. Die Nacht verbrachten sie in einem großen Kornspeicher. Die Luft flirrte von aufgestauter Wärme und Ungeziefer, sie lagen auf ihren Strohsäcken und versuchten, sich gegen die Mücken und Flöhe zu wehren, die in Schwärmen über sie herfielen. An Schlaf war nicht zu denken.

Sie wurden in aller Früh geweckt und auf die zwei Kilometer entfernten Felder geführt. Es war kühl und nebelig, der wild aufgegangene Raps stand hüfthoch, darunter die Zuckerrüben, die sie freilegen sollten. Müde und fröstelnd wateten sie ins wuchernde Kraut, zogen und zerrten, rissen alles heraus, was nach Raps aussah.

Als der Nebel zerstoben war, wurde es warm. Die Stunden verstrichen, immer öfter gingen die Blicke zur Landstraße. Aus dieser Richtung musste das Mittagessen kommen, aber dort tat sich nichts. Gegen Mittag schlichen sie aus den Feldern und warfen sich im Schatten der Pappelallee ins Gras.

Sie warteten, hungrig, erschöpft. Die Landstraße blieb verlassen. Kein Mittagessen, keine Jause. Man schien sie vergessen zu haben.

Nach einer Weile kehrten sie an die Arbeit zurück, sie wussten nicht, was sie sonst hätten tun sollen. Nichtstun nutzte nichts, die Felder mussten gejätet werden, und je früher sie fertig waren, desto früher würden sie heimdürfen. Károly kannte das Grauen des Hungers, dieses Zehren im Magen, das keinen anderen Gedanken mehr zuließ als das Verlangen nach Essen. In den ersten Nachkriegsjahren hatten sie sich oft wochenlang von Brennnesseln und Steckrüben ernährt.

Plötzlich entdeckte einer einen Kirschgarten, ein Stück hinter den Feldern. Károly rannte hinter den anderen her, sie schwangen sich auf die Bäume, pflückten, stopften sich die Münder voll. Die Äste bogen sich, auch Károly hing im Laub, kaute, lutschte, verschlang die knackigen Kirschen, spuckte die Kerne in hohem Bogen aus. Er stopfte seine Tasche und sein Hemd, das er ausgezogen und zu einem Beutel verknotet hatte, mit Kirschen voll.

Es endete mit einem wütenden Schrei.

Von den Hütten am Ende des Gartens her, die sie für verlassen und verfallen gehalten hatten, näherte sich ein Mann. Er brüllte und fuchtelte mit einem Stock, aber er konnte nicht schnell gehen, er hinkte. Sie sprangen von den Bäumen, rissen im Sprung ganze Äste ab und flüchteten, zogen die fruchtbehangenen Zweige noch auf dem Feldweg hinter sich her durch den Staub.

Sie tauchten ein in den Raps, den sie vernichten sollten, und hielten still.

Ab und zu steckten sie die Köpfe hinaus. Der Flurhüter war nicht mehr zu sehen.

Sie lachten jetzt über ihn, aber die gute Laune währte nicht lange. Sie hatten seit dem Morgen nichts gegessen, das Wasser ging ihnen aus, die Kirschen machten alles nur schlimmer.

«Was denken die sich eigentlich?»

«Die wollen uns wohl für dumm verkaufen.»

«Große Reden schwingen und dann nichts zu essen bringen, das hat man gern.»

«Wer nicht arbeitet, soll auch nicht essen! Und wer arbeitet, erst recht nicht!»

Károly wusste später nicht mehr, von wem die Idee stammte, auszureißen, mit dem Zug nach Budapest zurückzufahren. Aber sie waren alle der Meinung, dass sie ein Recht auf Essen und Trinken hatten, und vielleicht würde gar nicht auffallen, dass sie fehlten, sie waren nur sieben von zweihundert.

Wenn es aber bemerkt würde, hätte es böse Folgen.

Sie zuckten mit den Achseln. Sie hatten Hunger.

Sie wollten noch warten. Bis die untergehende Sonne die Spitzen der Pappeln an der Landstraße berührte. Kam bis dahin kein Essen, würden sie sich davonmachen. Am

Bewässerungsgraben entlang zog sich ein meterhohes Schilfdickicht, das ihnen Deckung bot.

Als die Bäume in der Ferne erste schattige Scharten ins Sonnenlicht setzten, blieb ihnen keine Wahl, keiner von ihnen mochte sich dem Verdacht aussetzen, er wolle kneifen. Sie duckten sich und liefen hinter dem Schilf im Gänsemarsch in Richtung Stadt.

Plötzlich blieben sie stehen. In der Ferne bewegte sich ein dünner Strich, in ein paar Minuten würde er die Station erreichen.

«Na los, wir schaffen das!»

Károly schüttelte den Kopf.

«Der fährt in die falsche Richtung.»

Er hatte die Himmelsrichtungen sondiert, der Zug kam aus Budapest.

«Nein, er fährt richtig!»

«Komm schon!»

«Warum denn, wenn es der falsche ist?»

Sie ließen ihn stehen. Er wolle wohl einen Rückzieher machen?

Károly trottete gleichmütig den Feldweg entlang, in seiner Hand das Hemd mit ein paar letzten Kirschen. Hinter dem ersten Schuppen am Bahnhof stieß er auf die anderen.

Sie hatten den Zug nicht erwischt, und es war auch der falsche. Der richtige käme in einer halben Stunde.

Károly hockte sich zu ihnen ins Gras.

Es war zehn Uhr und dunkel, als der Zug in Budapest ankam. Eine halbe Stunde später stieg Károly in Óbuda aus dem Bus.

Seine Mutter würde große Augen machen.

Die Fenster der Wohnung waren dunkel, sie schlief wohl schon.

Er stöberte im Finstern nach seinem Schlüssel, aber als er ihn ins Schloss stecken wollte, fand er das Loch nicht. Das Schlüsselloch war verschwunden. Er kramte seine Taschenlampe hervor und leuchtete hin. Quer über die Tür und den Türstock zogen sich sieben oder acht braune, mit Stempeln versehene Klebestreifen. Einer von ihnen verdeckte das Schlüsselloch.

Er war verdutzt.

Wenn die Tür von außen zugeklebt war, konnte seine Mutter nicht drinnen sein. Er hätte den Streifen wegreißen, die Tür aufsperren und öffnen können, aber der Anblick der geheimnisvollen Stempel schreckte ihn ab.

Er klingelte nebenan. Die Tür öffnete sich einen Spalt, darin erschien das Gesicht Frau Molnárs.

«Pista, Karcsi ist da! Na, komm, komm herein!»

Károly trat ein, sein Herz schlug immer heftiger, Frau Molnár schien ganz aufgelöst zu sein.

«Man hat deine Mutter mitgenommen, Karcsi.»

«Mitgenommen?»

«Es ist ihr nichts passiert, mach dir keine Sorgen. Genaueres wissen wir auch nicht. Du kannst heute Nacht bei uns schlafen, morgen früh gehen wir zusammen zur Polizei. Komm, iss etwas, du hast sicher Hunger.»

«Vielen Dank, ich möchte lieber nach Hause.»

«Das geht nicht, Karcsi», murmelte Herr Molnár, ohne ihn anzusehen. «Man hat eure Wohnung versiegelt.»

«Versiegelt? Aber es ist doch unsere Wohnung.»

Frau Molnár deckte schweigend den Tisch.

«Und warum müssen wir zur Polizei?»

«Wir wissen es nicht, Karcsi, wir wissen es nicht.»

Károly verstummte.

Er wusste es. Es war seinetwegen. Weil er vom Jäten ausgerissen war, hatte man seine Mutter mitgenommen, saß sie in dem Moment vielleicht schon im Gefängnis. Frau Molnár stellte Brot und Speck und einen Krug Wasser auf den Tisch, und obwohl Károly sich vor Angst und Reue kaum rühren konnte, begann er zu essen, schlang die Brote immer schneller hinunter und schlief, sobald die Couch für ihn bezogen war, augenblicklich ein.

Am Morgen lief er hinaus, vielleicht hatte er alles nur geträumt, und seine Mutter würde ihm die Tür öffnen und ihn in die Arme nehmen, wie immer. Aber alles war wie am Abend zuvor, nur sahen die braunen Streifen, die ihn plötzlich von allem trennten, was ihm lieb und teuer war, seinen Spielsachen, seinen Büchern, dem Klavier, bei Tageslicht noch schrecklicher als in der Nacht aus. Wie hässliche Narben, die sich nicht mehr würden entfernen lassen. Er lief hinaus, um die Ecke, auch der Schuppen war versiegelt, die gleichen braunen Klebestreifen. Er hätte gern die Tür aufgerissen und sein Rennrad herausgeholt, aber er traute sich nicht. Er spähte durch einen Riss in der Holzwand, aber es war zu dunkel, als dass er sein Fahrrad hätte sehen können.

Es war ein gewöhnlicher Wochentag. Der Bus voller Menschen, die zur Arbeit fuhren, Károly hielt den Blick gesenkt, als könne man ihm ansehen, dass er zur Polizei fuhr. An der Pforte nahm ihn ein Polizist in Empfang, Herr Molnár verabschiedete sich knapp, seine Stimme klang jetzt anders, kühl und unfreundlich.

Er musste lange in einem kleinen Zimmer warten, dann erschien ein anderer Polizist, und er stand sofort auf, er hatte sich die Sätze schon zurechtgelegt.

«Herr … Ich wollte nur sagen, dass ich ganz allein

schuld bin, dass ich weggelaufen bin. Meine Mutter hat nichts gewusst, sie kann nichts dafür. Ich bitte darum …»

«Bist du so weit? Wir haben eine lange Fahrt vor uns.»

«Wohin fahren wir?»

«Das wird dir nichts sagen.»

«Und wann kommen wir zurück?»

«Du gar nicht.»

Károly stockte der Atem.

«Ich … ich möchte erst mein Fahrrad holen.»

«Du hast kein Fahrrad.»

«Doch, es steht zu Hause.»

«Du hast kein Zuhause. Deine fünfundzwanzig Kilo hat deine Mutter schon mitgenommen. Der Rest ist konfisziert.»

Konfisziert.

Károly kannte das Wort aus der Schule, die Lehrer gebrauchten es, wenn sie ihnen etwas wegnahmen, das sie nie zurückgaben.

«Das kann nicht sein … mein Fahrrad …»

«Na, los!»

Der Polizist schubste ihn durch die Tür.

Károly blieb stehen.

«Was ist?»

«Darf ich mich wenigstens von meinen Lehrern verabschieden? Sonst wundern sie sich, wenn ich am ersten Schultag nicht da bin.»

«Die werden schon alles rechtzeitig erfahren.»

Wortlos saßen sie sich gegenüber, der Polizist und er, während der nicht enden wollenden Zugfahrt. *Du hast kein … du hast kein … du hast kein …*, schwirrten Károly die Worte durch den Kopf. Und *was* würden seine Lehrer über ihn wohl erfahren? Dass er ausgerissen war? Oder noch etwas anderes? Er traute sich nicht, den Polizisten anzusprechen, war froh, dass der ihn ignorierte und nur aus dem Fenster sah, denn er hatte eine grobe Stimme und schien verärgert. Das war auch verständlich, schließlich musste er seinetwegen eine so weite Reise auf sich nehmen, andererseits hatte Károly ihn nicht darum gebeten, ganz im Gegenteil.

Károly betrachtete die Ortsschilder, sie fuhren südwärts, aber nicht Richtung Plattensee. Er sollte also nicht auf die Rapsfelder zurückgebracht werden. Wohin dann? Sie passierten Kecskemét, es ging also Richtung Tiefebene, und er spürte, dass das kein gutes Zeichen war.

Leute stiegen aus und ein, sie blieben sitzen.

Am Mittag schnitt der Polizist ein Brot an, schnitt sich Salamischeiben dazu, und auch Károly holte schnell das Brot hervor, das Frau Molnár ihm am Morgen eingepackt hatte, er war schon lange hungrig. Er kaute das weiche, weiße Brot und sah aus dem Fenster, Maisfelder, Hanffelder, Sonnenblumenfelder, so weit das Auge reichte. Der Himmel hatte sich zugezogen, tintenblaue Wolken hingen über der Ebene, endlich würde es Regen geben, der die wochenlange Hitze beendete.

Sie stiegen um, später noch einmal, und mit jedem Mal wurden die Züge kürzer und langsamer, der letzte bewegte sich kaum schneller als ein Pferdekarren.

An der Endstation mussten sie in einen Bus steigen. Regen fiel gegen die Fenster, schwarz gekleidete Bäuerinnen mit Kopftüchern und runzligen Gesichtern saßen um ihn herum. Er schämte sich, sie anzublicken, mit einem Polizisten an der Seite mussten sie ihn für einen Verbrecher halten, vielleicht sogar für einen Mörder. Der Polizist lehnte sich zum Fahrer vor und fragte, wann am Abend die Busse von Pusztaföldvár abfuhren.

Pusztaföldvár.

Das war also ihr Ziel. Er hatte den Namen noch nie gehört.

Eine halbe Stunde später erkannte er eine kleine Siedlung im dampfenden Regen. Schlammige Straßen, ein Kirchturm, ein paar niedrige Bauernhäuser, endloser Horizont. Der Fahrer rief dem Polizisten etwas zu, der legte sich einen Regenschutz um und winkte Károly.

Beim Aussteigen versank Károly in einer knöcheltiefen Pfütze. Der Polizist wandte sich an eine alte Frau, die mit ihnen ausgestiegen war, und fragte nach Hof 228.

Hof 228.

Károly musste sich alles merken, für später, wenn es wieder nach Hause ging. Aber warum Hof 228, was wollten sie dort? Die Frau winkte, dort lang, den Feldweg lang. Ihre Handbewegung schien zu besagen, dass es weit war, ihren Dialekt konnte er nicht verstehen.

Der Polizist nickte und schritt aus, Károly ihm hinterher. Es goss, der Wind pfiff und schüttelte die Pappeln. Károly gab sich Mühe, nicht zurückzubleiben, aber der Schlamm klebte an seinen Schuhen, die Erdklumpen wurden mit jedem Schritt größer, bis er stehen bleiben und sie abtreten musste. Der Regen saugte sich in seine Kleider, machte sie schwer und kalt, aber es war auch ein Segen, dass sie gingen, dachte er, denn die Bewegung hielt ihn warm.

Sie passierten Bauernhöfe, mal fern, mal nah, flache Häuser, die auf die Erde gekleistert zu sein schienen. Hunde bellten und klirrten mit ihren Ketten, Károly beachtete sie nicht, er folgte wortlos den schlammigen Stiefeln, dem flatternden Regenschutz des Polizisten vor sich.

Einmal sah er über die weite, regengraue Ebene. In der

Ferne, klein wie ein Streichholz, eilte noch jemand. In dieselbe Richtung wie sie, die Pfade schienen leicht aufeinander zu zulaufen.

Károly blieb stehen.

Es war eine Frau.

Auch sie war stehen geblieben, blickte zu ihnen her. Und plötzlich bog sie ab, kam querfeldein direkt auf sie zu, winkte, wedelte unbeholfen mit ihrem Regenschirm, und die Gestalt und ihre Bewegungen kamen Károly auf einmal so vertraut vor, sodass auch er ihr entgegenzugehen begann. Sie trafen sich mitten im schlammigen Feld, fielen einander in die Arme, und Károly vergaß alles um sich, bis ein Ruf des Polizisten ihn zu sich brachte.

«Wir sind gleich da», sagte seine Mutter.

Sie hielt den Regenschirm über Károly, als wäre er nicht schon triefend nass, und so stampften sie auf das Haus zu, das vor ihnen am Rand eines Weidendickichts lag. Es war ein Bauernhaus und so schief, dass es an einer Seite in den Boden eingesunken zu sein schien. Hier war ein kleiner, hölzerner Schuppen angebaut.

«Vorsicht, der Türstock ist ein bisschen niedrig», sagte seine Mutter und neigte sich dann an Károlys Ohr: «Aber versprich, dass du nicht erschrickst.»

Károly erschrak sofort, aber er schüttelte den Kopf.

Es dauerte ein paar Sekunden, bis seine Augen sich an das Dämmerlicht gewöhnt hatten. Unter dem Schrägdach standen zwei Eisenbetten und ein Holzgestell, am niedrigeren Ende ging das Dach bis zu seinen Schultern. Der Boden war nackte Erde, es roch nach Nässe und Vieh. Es war ein Stall.

Seine Mutter unterschrieb einen Zettel und verbürgte sich, dass sie Károly am nächsten Morgen bei der Gemeindeverwaltung anmelden werde. Der Polizist führte seine Hand an seine Mütze, murmelte einen Gruß und machte sich auf den Weg.

Károly blickte ihm hinterher.

Seine Mutter reichte ihm ein Handtuch.

«Hier werden wir die nächste Zeit wohnen, Karcsi. Ein paar Möbel werden wir wohl noch brauchen.»

«Hier?»

«Für uns hat man eine ganze Ziegenfamilie ausquartiert. Es ist sehr still, ich habe die Nächte wunderbar geschlafen.»

«Die Nächte? Aber ich bin doch erst gestern ausgerissen.»

«Du bist ausgerissen? Von wo?»

«Vom Jäten. Sie haben uns nichts zu essen gegeben.»

«Du hättest trotzdem nicht weglaufen dürfen, das tut man nicht», sagte seine Mutter leise.

«Aber wieso hat man dich dann schon vorgestern abgeholt?»

Seine Mutter ging zu ihrem Mantel, der an einem Nagel hing, und zog einen Zettel aus der Tasche. Er sah wie ein Waschzettel aus, Károly musste die Tür öffnen, um die blasse Schreibmaschinenschrift lesen zu können.

Innenministerium … Endgültiger Beschluss … Laut Erlass 8130/1939 sowie Erlass 760/1939 verweise ich Sie mit sofortiger Wirkung des Stadtgebiets von Budapest und siedle Sie nach Pusztaföldvár, Komitat Békés, Hof 228 aus. Die infolge dieses Beschlusses frei gewordene Wohnung konfisziere ich gemäß Regierungsbeschluss 6000/1948 …

Károly hob den Kopf.

«Dann war ich also gar nicht schuld?»

«Schuld, woran denn?»

Károly atmete aus.

«Aber … aber warum dann?», fragte er plötzlich.

Seine Mutter machte eine Geste der Ohnmacht.

«Sie sagen, die *bourgeois* seien Feinde des Volkes.»

«Sind wir das?»

«Aber nein. Wir hatten nur das Pech, eine Wohnung zu besitzen, auf die jemand Appetit bekommen hatte.»

«Und er darf sie jetzt haben?»

«Ich fürchte, ja.»

«Und mein Fahrrad auch?»

Károly schluckte, Blut schoss ihm in den Kopf, eine solche Ungerechtigkeit erschien ihm unfassbar. Seine Mutter hängte den Türhaken aus und führte ihn hinter das Haus. An der Rückwand lehnte ein rotes Rennrad.

«Das gehörte zu deinen fünfundzwanzig Kilo. Manches musste dafür zu Hause bleiben.»

Károly legte die Hände auf das Lenkrad. Es war wirklich da, keine Einbildung, keine Fata Morgana. Als er sich umsah, war seine Mutter nicht mehr da. Er lief in den Schuppen zurück, schlug sich am Türstock den Kopf an.

«Das Klavier … das Klavier hast du zurückgelassen, nicht wahr?»

«Das wog zu viel, viel zu viel.»

Sie stand am Fenster, mit dem Rücken zu ihm.

Er wusste, wie viel das Klavier ihr bedeutet hatte. So viel wie ihm.

«Manches wird sich ändern, Karcsi, aber du wirst sehen, wir werden es gut haben. Wir haben einander, nur das zählt, nicht wahr.»

Fast zwei Jahre lebten sie so, am Rande der Welt, in der fremden, einsamen Tiefebene, bis eines Tages im März ein Staatsmann in Moskau, einer, den sie in vielen Liedern und Gedichten als ihren Vater besungen hatten, unerwartet starb und Károly ein paar Monate später genauso unerwartet begnadigt wurde. Da kurz zuvor auch seine Mutter verstorben war, musste er, plötzlich Vollwaise, die Heimreise nach Budapest allein antreten.

Teil vier

WO DIE GOLDORANGEN GLÜHN

1.

Der Zug ruckelte durch die karge Landschaft, Regen sprühte gegen das Fenster. Schon seit einer Weile verfolgte Teréz, wie sich aus der Dämmerung die ersten Felder und Hügel lösten. Steinerne Dörfer klebten an den Hängen, graue Häuser mit rostroten Dächern, sie sah sie und sah durch sie hindurch. Irgendwo dahinter, jenseits der Hügel, musste Neapel liegen, die berühmte Bucht unter dem Vesuv. Sie erinnerte sich an die zauberhaften Namen Capri und Ischia, Amalfi und Sorrent und begann im Kopf die Melodie von «Träume von Sorrent» zu summen, die sie im Internat so oft am Klavier gespielt hatte, zu der sie in den weißen Schulsälen so herrlich von der weiten Welt draußen hatte träumen können, der sie sich sonst nicht einmal durch einen Blick aus dem Fenster nähern durften, ohne dass eine Schwester sie zurechtgewiesen hätte, *man stellt sich nicht in die Auslage!*

Rom hatten sie längst hinter sich gelassen. Die Flüchtlinge, die man dem Lager in Latina zugeteilt hatte, waren ausgestiegen. Bori und Misi schliefen auf den Sitzen, Teréz wollte sie nicht vor ihrer Ankunft wecken. Hinter Cassino ging ein Carabiniere durch den Zug und kündigte die Endstation an, Aversa. Bori richtete sich auf und blinzelte verschlafen aus dem Fenster. Es regnete, alles war grau und trüb, der Himmel durchzogen von Oberleitungen.

In Aversa blieben sie sitzen, bis alle ausgestiegen waren und das Getümmel sich gelegt hatte. Vor dem Bahnhof warteten Militärlastwagen auf die Ankommenden. Teréz bekam einen Platz unter der Plane des letzten Fahrzeugs, Bori und Misi wurden in die Fahrerkabine beordert. Die Straße war holprig, und die Sitze federten, Misi wippte mit. Hinter einem hohen Maschendrahtzaun konnte man niedrige Baracken erkennen, die im Regen schmutzig aussahen. Er beobachtete, wie der Fahrer das riesige Lenkrad drehte, den langen Schalthebel hin- und herschob. Manchmal streifte er Boris Knie, gab ihr einen freundlichen Klaps auf den Schenkel und redete auf sie ein, obwohl sie immer wieder *non capisco* sagte, wie sie es gelernt hatte, und beim Aussteigen drückte er ihr einen Zettel mit einer Telefonnummer in die Hand, den ihre Mutter später wegwarf, ein Chauffeur sei das Letzte, was sie jetzt bräuchten.

Im Verwaltungsgebäude am Tor bekamen sie einen Lagerplan ausgehändigt und machten sich mit den anderen Neuankömmlingen auf die Suche nach ihrer neuen Wohnstatt, Baracke 73.

Als sie um das Verwaltungsgebäude bogen und Teréz im strömenden Regen die lange Straße erblickte, die schnurgerade durch das Lager führte, blieb sie einen Moment lang entgeistert stehen. Dann nahm sie Misi schnell bei der Hand und setzte ein Lächeln auf, als sei nichts geschehen, und sie brachen auf.

Der Regen hatte die Straße in eine Schlammspur verwandelt, sie mussten sich ihren Weg zwischen den schwarzen Pfützen hindurchbahnen. Wie längst verlassene Ruinen ragten links und rechts die Baracken aus dem zertretenen Gras, lange, niedrige, schmutzig verwaschene Mauern unter Wellblechdächern, aus deren Rillen gurgelnd und plätschernd der Regen rann. Bori ging voraus, den Lagerplan in den Händen, Teréz und Misi folgten ihr, tiefer und tiefer in das Labyrinth der Baracken hinein. Wie leere Augenhöhlen gähnten sie die tür- und fensterlosen Löcher in den Wänden an, noch nie hatte Teréz etwas so Trostloses gesehen. Wohin sie auch blickten, irrten Flüchtlinge umher, manche trugen noch ihr Gepäck, andere schleppten bereits Stühle, Decken und Feldbetten zur Unterkunft. Auf Schritt und Tritt liefen ihnen streunende Hunde über den Weg, seltsame Mischlinge mit nassem, zerzaustem Fell, geknickten Ohren und eingeklemmten Schwänzen, Misi zählte zehn, zwölf auf einen Blick, er dachte an Krapek und daran, dass er sie sicher nicht mögen würde.

Sie hatten das Ende des Lagers erreicht, und Bori zeigte auf die letzte Baracke linker Hand, an deren Stirnseite die Reste der Ziffer 73 zu erkennen waren. Drei türlose Öffnungen klafften in der Wand, die hinteren beiden waren mit Stofffetzen verhangen, über der ersten prangte in roter Farbe *Tod der ÁVO*. Aus dem Fuß des V war ein Rinnsal gelaufen, das wie Blut aussah, Misi strich mit dem Finger darüber, aber es war längst getrocknet.

Teréz spähte durch die Öffnung, der Raum war nackt und fast lichtlos, es roch nach Moder und Urin. Vier fleckige Wände, der Boden mit Fäkalien übersät, von Hunden oder von Menschen, sie wusste es nicht. Teréz stand reglos da, schwieg.

Dann steckten auch Bori und Misi ihre Köpfe herein, und sie musste etwas sagen.

«Das ist unser neues Zuhause», sagte sie fröhlich, «wir wollen es schnell schön herrichten, damit Papa sich freut, wenn er ankommt.»

2.

Károly kam nicht, und Teréz war froh darüber, er sollte ihr Zimmer in dem Zustand nie zu sehen bekommen. Sie kehrte mit einem Stück Karton den Unrat aus, holte einen Eimer Wasser und einen Lappen, wischte Boden und Wände und schlug die Scherben der zerbrochenen Scheibe aus dem Fensterrahmen.

Bori half ihr, Misi sah lieber dem Treiben der Hunde draußen zu, dann wurde er hungrig und nörgelte so lange, bis Teréz klarwurde, dass es schon Mittag war. Sie suchten einen der Waschräume auf und wuschen sich an den schartigen Becken, die in zwei Reihen in der Mitte des Raums angebracht waren. Im Abort nebenan herrschte ein betäubender Gestank, der Boden war schmutzig und mit Abfällen übersät. Als sich Teréz in einer der Hocktoiletten niederkauern wollte, begegnete ihr das Konterfei Rákosis, das jemand an die kotverschmierte, fliegenumschwirrte Toilettenschale geklebt hatte.

Die Kantine war ein großer Saal mit niedriger Decke und einer Ausgabetheke an der hinteren Wand. Teréz, Bori und Misi stellten sich an, aßen an einem der langen Tische Pasta asciutta und lauschten den vielen unbekannten Sprachen, in denen rings um sie gesprochen, geschrien, gelacht wurde. Teréz wedelte mit den Händen, um die Fliegen von den Tellern zu verscheuchen, sie war als Erste fertig und konnte es kaum abwarten, mit dem Zimmer weiterzumachen.

Im Warenlager gab man ihnen vier Feldbetten, vier Stühle, einen Tisch, einen Schemel, eine verbeulte Waschschüssel und einen Wasserkanister, Bettwäsche und Decken, Teréz unterschrieb, dass sie bei ihrer Abreise alles wieder genauso zurückgeben würden. Die Feldbetten stellte sie an die Wände, den Tisch ans Fenster, wenigstens einen Arbeitsplatz sollte Károly haben, wenn er schon keine Arbeit hatte. Die Stühle platzierte sie um einen großen, festen, mit *Pasta Chirico di Napoli* beschrifteten Karton herum, den sie in der Kantine ergattert hatte. Sie hätte ihn gern mit einem schönen Tischtuch abgedeckt und die Wände mit Bildern beklebt, sie mochte keine leeren Wände, aber die Sachen befanden sich noch bei Károly im Auto.

Sie war fertig. Es war vielleicht kein Zimmer im Hotel Gellért, aber Károly konnte kommen.

Károly kam nicht.

Als er bei Einbruch der Dunkelheit noch immer nicht eingetroffen war, beschloss Teréz, ihm mit Bori und Misi entgegenzugehen, als könnte sie seine Ankunft dadurch beschleunigen. Sie schlenderten am Zaun entlang Richtung Tor. Misi und Bori neckten einander, Teréz blieb stehen, zündete sich eine Zigarette an.

Wo blieb er nur?

Sie blickte durch den Zaun. In der Ferne funkelten die Lichter der nächsten Ortschaft. Es musste wohl Capua sein. Auf dem Feldweg links näherten sich die Lichtkegel eines Autos. In der seltsamen Vorstellung, dass es Károly sein müsse, trat sie näher an den Zaun. Die Lichtkegel erfassten sie, das Auto verlangsamte seine Fahrt, blieb neben ihr stehen. Teréz war geblendet, hatte aber schon am Motorgeräusch erkannt, dass es kein VW Käfer war.

«*Quanto?*», sagte eine Männerstimme durchs offene Fenster.

Teréz sah auf ihre Armbanduhr und las von den phosphoreszierenden Zeigern die Zeit ab.

Jemand lachte, der Fahrer war nicht allein.

«*Quanto?*», wiederholte er.

Teréz starrte zum Wagen.

Eine Hand streckte sich aus dem Fenster und machte eine Geste mit den Fingern. Teréz wandte sich ab, zog Misi mit sich. Der Mann rief ihr etwas hinterher, das Auto fuhr mit knirschenden Reifen ab.

«Was wollte der Mann?», fragte Misi.

«Ich weiß es nicht ... Er wusste es selbst nicht.»

«Aber was hat er gesagt?»

«Ich habe es nicht verstanden.»

Nach einer Weile erkannte Teréz die Silhouette des Verwaltungsgebäudes, sie waren fast vorne beim Tor. Hinter dem Zaun fuhren Autos im Schritttempo auf und ab, die Scheinwerfer streiften einige Frauen, die draußen am Zaun spazierten, manche in Begleitung ihrer Männer. Ab und zu hielt ein Auto, die Frau oder ihr Begleiter lehnte sich ans Fenster, dann ging die Tür auf, die Frau stieg ein, das Auto entschwand in der Nacht. Die Männer, die zurückblieben, unterhielten sich rauchend. Von einem weißen VW Käfer war nichts zu sehen.

3.

Bori und Misi legten sich schlafen, Teréz setzte sich auf einen Stuhl neben sie, um Károlys Ankunft abzuwarten. Die Nacht war warm und angefüllt mit fernen Geräuschen, Hunde kläfften, Besteck klapperte, aus dem Lagerkino drangen Stimmen und dramatische Musik.

Teréz saß da und rauchte, gelegentlich wehte ein leichter Latrinengeruch in den Raum. Sie wünschte, Károly wäre schon bei ihr, in dieser ersten Nacht ohne Tür und ohne Fenster, in der der Wind ungehindert hereinziehen konnte mit allem, was er mit sich bringen mochte, Käfern, Fledermäusen, dem Hall fremder Schritte.

Sie hob den Kopf. Sie musste kurz eingenickt sein. «Károly?»

Sie griff nach ihrer Taschenlampe, sie hörte, dass jemand da war, im Dunkeln stöberte. Sie leuchtete in die Ecke hinter ihrem Bett, wo sie die Tasche mit dem Proviant abgestellt hatte, und ließ vor Schreck fast die Lampe fallen. Haarige Körper und helle Schwänze huschten in wildem Durcheinander über ihre Tasche. Sie stampfte mit dem Fuß, klatschte in die Hände, stieß versehentlich gegen den Karton neben ihrem Bett. Ihr Wasserglas zerschellte auf den Steinplatten, die Ratten schwirrten auseinander, Bori schrie auf und sprang aus dem Bett, schrie auf einmal noch lauter.

«Bori, du bist doch nicht in die Scherben getreten?»

«Ich glaube schon … au … da war etwas …»

Teréz leuchtete sie an. Bori hielt sich den rechten Fuß, Blut rann durch ihre Finger.

«Ach, Bori, wie kann man nur so tollpatschig sein!»

«Ist nicht schlimm … au …»

«Warte, rühr dich nicht! Misi, bleib im Bett, nicht aufstehen! Ist nichts passiert. Halte das … leuchte mir!»

Sie fegte eilig die Scherben zusammen, wusch mit Wasser aus einer Feldflasche Boris Wunde aus und umwickelte sie mit einer Socke, auch das Desinfektionsmittel war noch bei Károly im Auto. Dann trug sie die Tasche mit den zernagten Essensresten zum Müllcontainer beim Waschraum und warf sie auf den überbordenden Abfallhaufen. Ratten hüpften rings um sie zu Boden, sie konnte sie im Mondschein gut erkennen.

Teréz stapfte zur Baracke zurück, Wut und Empörung stiegen in ihr auf. Wofür hielt man sie eigentlich, dass man sie in einem schmutzigen Loch voller Ratten und Müll und Fäkalien wohnen ließ? Ihr selbst hätte es nichts ausgemacht, aber niemand hatte ein Recht, Kindern so etwas zuzumuten, damit konnte man sich nicht abfinden, das musste sie bei der Lagerleitung ansprechen, gleich morgen früh, irgendjemand musste es tun, wenn nicht ein anderer, dann eben sie.

4.

Am nächsten Morgen war Károly immer noch nicht da. Teréz wollte sich aus der Baracke stehlen, doch ehe sie sich fertiggemacht hatte, stand Misi schon neben ihr. Er trottete neben ihr her, noch im Halbschlaf, er wollte sie nicht allein gehen lassen.

Das Büro des Lagerleiters lag am Ende des Flurs im ersten Stock der Verwaltung. Eine Beamtin wollte sie gleich wieder wegschicken, der Direttore werde erst gegen neun Uhr im Haus sein. Teréz bestand darauf zu warten, wenn es gestattet sei.

Sie setzten sich auf Stühle vor der Tür. Die Sonne schien durch das Fenster herein, es war warm. Misi begann in seiner Langeweile den Namen auf dem Türschild zu buchstabieren.

F-r-a-n-c-e-s-c-o M-o-n-t-e
D-i-r-e-t-t-o-r-e

Er streckte sich, immer noch müde, auf zwei Stühlen aus.

Teréz zog ihm die Schuhe aus, bemerkte verlegen, dass seine weißen Socken grau und schmutzig waren. Bald zuckte sein Körper leicht, er war eingeschlafen. Teréz war so vertieft in seinen Anblick, dass sie zusammenfuhr, als neben ihr jemand krächzte.

Sie stand rasch auf, stellte sich vor und bat darum, für einen Moment eintreten zu dürfen. Signor Monte machte einen Schritt zurück, um sie vorgehen zu lassen.

«Wäre es möglich, die Tür einen Spalt offen zu lassen, damit mein Sohn ...»

«Bitte.»

Teréz staunte, als sie eintrat. Das Büro war hell und geräumig, an den Wänden hingen große Schmetterlingskästen. Schmetterlinge und Falter schillerten in allen Farben hinter dem Glas, blau und gelb, rot und braun, manche größer als eine Hand. Signor Monte wies auf den Stuhl vor seinem Schreibtisch.

Die Sonne schien Teréz ins Gesicht.

Sie hatte ein gutes Gefühl.

Der Direttore war etwa in ihrem Alter, schlank und großgewachsen, mit dunklen Augen, er machte einen intelligenten, gebildeten Eindruck, den Eindruck eines Mannes mit Stil und Manieren, der an diesem Ort sicher genauso deplatziert war wie sie und ihre Familie. Sobald er ihr gegenüber Platz genommen hatte, waren ihre Hemmungen wie weggeweht, es sprudelte nur so aus ihr heraus, sehr höflich, aber bestimmt erklärte sie ihm, dass ihre Behausung unwürdig sei, dass sie um Unterbringung in einem normalen Haus bitte, das eines hochkultivierten Landes wie Italien würdig sei. Sie sei sehr glücklich und dankbar, in Italien zu sein, sie selbst käme mit allem zurecht, aber wenn Kinder inmitten von Ratten und Kot und Müll wohnen müssten, sei etwas nicht in Ordnung, Kinder müsse man doch vor allem Übel schützen, Kinder seien doch das Wichtigste.

Signor Monte lehnte sich nach vorne, und Teréz verstummte, als hätte sie etwas Falsches gesagt.

«Na? Zu oder auf?»

Er deutete auf die Handtasche auf ihrem Schoß.

Teréz ließ den Klippverschluss los. Sie hatte gar nicht bemerkt, dass sie damit herumspielte.

«Ehrlich gesagt, weiß ich nicht, was Sie von mir wollen, Frau ...»

«Kallay.»

«Frau Kallay. Es sind im Lauf der Jahre Zehntausende Flüchtlinge bei uns gewesen, bisher hat sich noch nie jemand beklagt. Wir sind vielleicht kein Kreuzfahrtschiff, aber wir tun unser Bestes, und wenn unser Bestes für alle anderen gut genug ist, sollte es auch für Sie gut genug sein. Sonderrechte und Privilegien gibt es bei uns nicht und wird es auch nie geben. Niemand sollte sich für etwas Besseres halten und mehr für sich fordern, als auch allen anderen zusteht. Unsere Flüchtlinge sind bescheiden, mit Stolz werden Sie hier nicht weit kommen, ein solches Lager macht alle gleich, so wie der Tod ...»

Teréz spürte, wie ihr die Hitze ins Gesicht schoss. Wie konnte er sie so missverstehen? Sie sei nicht stolz, wollte sie erwidern, es fiele ihr nicht im Traum ein, sich über andere zu erheben, weshalb auch, doch da zuckte seine Hand und schnappte eine Fliege, die gerade über die Tischplatte gelaufen war. Er hielt die Faust über ein bauchiges Glas am Fensterbrett, das Teréz noch gar nicht bemerkt hatte, und stieß die Fliege ins Wasser.

«Ich mag Fliegen nicht», sagte er kopfschüttelnd.

«Bitte?»

«Sie sind lästig, die Fliegen, hässlich und unnütz, sie lassen einen an Gottes Schöpfungsplan zweifeln. Im Gegensatz zu den Schmetterlingen. Deren Schönheit gibt einem den verlorenen Glauben zurück.»

Teréz starrte auf den schwarzen Film zappelnder, paddelnder oder schon toter Fliegen im Glas. Signor Monte war aufgestanden, und Teréz begriff, dass das ein höflicher Hinweis war, dass ihre Zeit abgelaufen sei.

«Schade, dass sie tot sind, die Schmetterlinge», entfuhr es ihr.

Er öffnete ihr die Tür.

«So bleibt uns ihre Schönheit erhalten», erwiderte er mit einem Lächeln. «Und außerdem, ich kann sie schwer lebend auf die Nadel spießen. Wie war noch der Name?»

«Kallay. Baracke 73.»

«Der Vorname?»

«Károly.»

«*Ihr* Vorname.»

«Teréz.»

Er nickte und reichte ihr die Hand. «Und vergessen Sie Ihren kleinen Mann nicht.»

«Nein. Ich warte hier, bis er aufgewacht ist.»

«Wecken Sie ihn doch.»

Sie schüttelte den Kopf.

«Irgendwann muss er ja aufwachen. Je früher, desto besser.»

Sie schüttelte den Kopf.

Kurz ruhte der unergründliche Blick des Mannes auf ihr, dann schloss sich die Tür.

Teréz setzte sich, wartete. Sie wollte Misi keinesfalls

wecken, im Gegenteil, sie war überzeugt, dass der Mensch im Schlaf am besten aufgehoben sei.

Sie sah in den blauen Himmel und dachte an den Direttore, und plötzlich überkam sie wieder ein Gefühl von Scham, das Gefühl, ein Bittsteller zu sein, ein Mensch zweiter Klasse, lästig und unerwünscht, ein Ostblockler eben. Aber dann dachte sie, dass diese Empfindung vielleicht nur daher rührte, dass der Direttore in seinem feinen Anzug, mit seinen schwarzen Haaren und den dunklen Augen sehr imposant gewirkt hatte.

Als sie bei ihrer Baracke ankamen, stand ein weißer VW Käfer davor.

5.

«Augen zu! Hände auf!»

Károly legte Bori und Misi je eine Tafel Haselnussschokolade in die Hand und Teréz eine kleine Schatulle. Sie war in einfaches Schreibpapier gewickelt, das er mit lila Tinte mit filigranen Blumenmustern verziert hatte, er war ein guter Zeichner. Teréz klappte den Deckel auf und erblickte einen zwei Finger breiten goldenen Armreif.

«Das hast du gekauft? Für mich?»

Károly lächelte erwartungsfroh. «Freust du dich?»

«Das ist … das kann doch nicht echt sein.»

«Er hat es geschworen.»

«Wer?»

«Der Händler an der Autobahntankstelle. Er sah absolut seriös aus, distinguiert. Er stand am Autofenster … so … legte seine rechte Hand aufs Herz, hob die linke zum Schwur … so … und sagte *Oro! Oro!*»

Misi lachte schallend. «Was heißt das?», fragte er.

«Gold.»

«Er kann nicht aus Gold sein, Karcsi! Nicht zu dem Preis.»

«Wenn ein echter doch unbezahlbar ist!»

«Aber ich trage doch überhaupt keinen Schmuck, und dann schon gar keinen falschen! Hast du mich je Schmuck tragen sehen?»

«Deine Perlenkette.»

«Ja, und die genügt mir auch, die ist ja auch echt. Wir haben doch kein Geld für so etwas. Ich brauche doch keinen Schmuck! Sogar die Schatulle ist falsch …»

Károly erhob sich enttäuscht. Teréz sah, dass eine Schnur seine Hose zusammenhielt.

«Wo ist dein Gürtel?»

«Weg … verschwunden.»

«Wie? Weggeflogen?»

«Als ich den Armreif bezahlen wollte, bat ich ihn … den Händler … kurz zurückzutreten, damit er nicht sieht, dass ich das Geld aus dem Gürtel nehme, aber er muss es doch bemerkt haben. Ich habe den Gürtel in der Eile auf den Beifahrersitz geworfen, erst vor Rom bemerkte ich, dass er nicht mehr da ist. Er hatte mir noch beim Aufpumpen der Reifen geholfen, da muss es passiert sein.»

«Er hat den Gürtel gestohlen?» Teréz fasste sich an den Mund. «Onkel Barnabás' Geld ist weg?»

«Es war nicht viel … nicht mehr viel. Das Geld in der Schuhsohle ist noch da …»

«Erst hat er dich hereingelegt, und dann hast du dich von ihm auch noch bestehlen lassen?»

«Was ist mit deinem Fuß passiert, Bori?», fragte Károly plötzlich.

«Ich bin in Scherben getreten.»

«Und die Ratten haben unsere Salami aufgefressen!», rief Misi aufgeregt.

«So ...»

Teréz hatte sich stumm abgewandt. Der Armreif lag auf dem Tisch, sie hatte ihn nicht angerührt.

6.

Manchmal fuhr Teréz frühmorgens aus dem Schlaf hoch, in der Befürchtung, sie könnte den Wecker überhört haben. Dann erst wurde ihr bewusst, wo sie sich befand. Sie konnte sich nicht an den Gedanken gewöhnen, plötzlich keine Arbeit und keine Pflichten zu haben, nicht in aller Früh aufstehen, die Kinder wecken und versorgen, Misi zur Schule bringen und dann zur Vorstadtbahn eilen zu müssen, um noch vor acht Uhr in Gödöllő im Institut zu sein.

Károly erwachte nie früh, wenn er nicht musste, er hatte einen tiefen, gesunden Schlaf.

Der September verging, der Himmel war blau, das Lager brütete in der spätsommerlichen Glut. Krapek litt unter der sengenden Hitze, ohnehin befand er sich wegen der anderen Hunde in einem Zustand ständiger Erregung und Kampfbereitschaft.

Die Kantine war der große Umschlagplatz des Lagers, dort lernte man einander kennen, dort tauschte man Informationen und Neuigkeiten aus. In jeder Ecke sprach man eine andere Sprache, Misi hätte sich am liebsten die Ohren zugehalten, Bori aber lauschte und beobachtete alles genau. Jede Nationalität hatte ihren Stammplatz, man blieb am liebsten unter sich. Die Menschen erzählten sich von ihren Zukunftsplänen und malten sich ihre neue Heimat aus, die meisten waren jung, um die dreißig. Károly verhielt sich am Tisch höflich zurückhaltend und schwieg meist, Teréz redete oft erregt mit, stellte auf dem Heimweg jedoch jedes Mal enttäuscht fest, wie oberflächlich, wie *banal* die Leute seien, sie redeten immer nur über Geld und materielle Wünsche, als gäbe es nichts anderes im Leben.

In der Kantine machten sie die Bekanntschaft Matuskas, eines alten Vojvodiners, der schon seit zwölf Jahren im Lager lebte, weil kein Land bereit war, ihn aufzunehmen. Matuska schien mit allen befreundet zu sein und alle Sprachen zu beherrschen, aber hinter seinem Rücken munkelte man, er sei ein Spitzel der jugoslawischen oder ungarischen Staatssicherheit, der Berichte über die Flüchtlinge nach Hause schickte. Sie lernten Varga kennen, der stets zwei Pistolen um seine Brust geschnallt trug und nach Südafrika auswandern wollte, da man dort noch Sklaven halten dürfe. Sie begegneten einer ehemaligen Sängerin der Budapester Oper, einer Diva, die mit unzähligen Gepäckstücken angekommen war, die ihr eine ganze Schar Carabinieri tragen geholfen hatte. Von den Bauern der Umgebung, die sich schon durch ihre bloße Gegenwart geehrt fühlten, wurde sie jede Woche mit frischen Eiern und Milch versorgt und bedankte sich bei ihnen mit Arien von Verdi und Puccini, die sie bei besonderen Anlässen auch in der Kantine vortrug. Einmal erhaschten sie sogar einen Blick auf den geheimnisumwitterten Flieger, einen ehemaligen Piloten der ungarischen Luftwaffe, der mit seinem Kampfflugzeug im Tiefflug aus Ungarn ausgeflogen und auf einem italienischen Militärflughafen gelandet war und seitdem aus Angst vor einem Mordanschlag fast unsichtbar im Lager lebte.

Eines Abends, nachdem ein weiterer Flüchtlingstransport aus Triest eingetroffen war, sahen sie in der Kantine plötzlich zwei neue, altbekannte Gesichter: Tamás und Anita, das Paar, das Teréz bei ihrer Ankunft an der Adria kennengelernt hatte. Sie begrüßten sich überrascht, und Teréz machte sie mit Károly bekannt. Man unterhielt sich lange, Tamás und Anita schilderten, wie sie nach einigen Wochen in Istrien eines Nachts von Schleppern in den Bergen über die grüne Grenze geschleust worden seien. Sie hätten sich nach reiflicher Überlegung für Kanada entschieden. Dort sollte ihr Kind geboren werden. Anita war im vierten Monat schwanger.

Auf dem Weg zu ihrer Baracke erkundigte sich Tamás bei Károly, ob er ihm einen kurzen Brief an die kanadischen Behörden übersetzen könne, und obwohl der Brief gar nicht so kurz war, übersetzte ihn Károly noch in derselben Nacht und bestand darauf, für seine Arbeit nichts zu nehmen.

Die Tage vergingen, nachts kamen die Ratten, und auch die Schimmelflecken an den Wänden, die Teréz abgewaschen hatte, und der ausgefegte Staub kehrten wieder. Sie versuchte beständig, das Zimmer zu verschönern, hängte Laken vor die Tür- und Fensteröffnungen, fertigte aus Drähten und einem Handtuch einen Lampenschirm für die Glühbirne an der Decke, hängte Landkarten von Europa und Deutschland sowie Bilder von Tannenwäldern, schneebedeckten Berggipfeln und mittelalterlichen Burgen, die sie aus Zeitschriften ausschnitt, und ihre beiden Lieblingsfotos von Gérard Philipe und Latinovits an die Wände. Über Károlys Schreibtisch heftete sie ein Porträt Napoleons.

Abends schrieb sie lange Briefe an Freunde, ihre Eltern,

Onkel Barnabás und Jolán, während Károly Antragsformulare ausfüllte und Briefe an sein früheres Institut in Deutschland, das Hochkommissariat für Flüchtlingsfragen in Genf, das *Comitato Italiano Movimento Europeo* und Monsignore Asztalos, den zuständigen ungarischen Seelsorger in Rom, schrieb, um ihre Weiterreise nach Deutschland vorzubereiten. Wenn er, wie es immer öfter der Fall war, beim Übersetzen von Briefen und Dokumenten um Hilfe gebeten wurde, half er und verweigerte jede Entlohnung, ein warmer Händedruck und ein *danke* genügten ihm, um abends mit einem guten Gefühl im Bauch zu Bett zu gehen.

Die Vormittage über warteten sie, warteten mit den anderen Flüchtlingen auf die Mittagszeit, zu der die Tagespost ausgehändigt wurde, warteten auf Antwort auf ihre Anträge und Briefe an die Behörden, deren Entscheidungen über ihr Schicksal bestimmen sollten. Bekamen sie keine Post, so kehrten sie heim, und das Warten begann von neuem. Es machte ihnen nichts aus zu warten, damit kannten sie sich aus, sie hatten einen Großteil ihres Lebens mit warten verbracht, warten auf ein bestimmtes Stück Fleisch in der Metzgerei, neue Kinderschuhe, ein schwer lieferbares Ersatzteil, eine behördliche Genehmigung, eine Wohnung, menschenwürdige Zustände oder einfach nur darauf, dass der Aufzug, der *aus technischen Gründen* außer Betrieb war, wieder fuhr, auf ein paar Monate mehr oder weniger warten kam es nicht an.

7.

Misi liebte den verwilderten Streifen am Zaun. Dort konnte man Münzen und Feuerzeuge und Gewehrpatronen finden und seltsame Käfer und Eidechsen, die sich auf den Steinen sonnten wie zu Hause, dort sah er auch zum ersten Mal den Mann mit der Pistole.

Er stand am Zaun, hob seinen ausgestreckten Arm und zielte auf etwas im Gras.

Misi blieb abrupt stehen.

Der Schuss war nicht laut, nur ein dumpfer Knall. Der Mann senkte seinen Arm, drehte sich ein wenig, zielte und schoss erneut. Dann schlich er weiter, langsam wie eine Katze auf der Jagd. Misi rannte zu der Stelle. Auf einem Grasbüschel lag eine Eidechse, ihr Körper war verbogen und in der Mitte zerrissen, sie sah tot aus.

Misi kauerte sich vor ihr nieder, sein Herz raste, er wollte ihr helfen, denn vielleicht war sie gar nicht tot, aber er wusste nicht, wie.

Hinter ihm fiel wieder ein Schuss.

Er stand auf und folgte in einiger Entfernung dem Mann, sah, wie die Eidechsen hüpften und dann im Gras liegen blieben, ihre weißen, verschmierten Bäuche zeigten zum Himmel. Misi wollte weglaufen, aber er konnte nicht, er musste dem Mann folgen, musste sehen, was geschah. Einmal drehte sich der Mann abrupt um und rief ihm etwas zu. Misi blieb stehen, da hörte er von hinten eine andere Stimme.

«Misi!»

Vor ihrer Baracke stand seine Mutter und winkte ihm, und Misi wunderte sich, während er zu ihr lief, wie weit er sich, ohne es zu merken, von zu Hause entfernt hatte.

In der Nacht knirschte er mit den Zähnen und plapperte wirr vor sich hin. Als Teréz ihm die Hand auf den Kopf legte, schreckte er auf. Er war schweißgebadet. Sie drehte sich um und sah, dass Károly am Fenster stand und den Finger auf die Lippen legte. Er winkte heftig, dass sie sich hinlegen solle.

Károly stand schon eine Weile da und schaute hinaus. Die Nacht war mondhell, alles schien zu schlafen, aber er wusste, dass die Stille täuschte, dass in der Dunkelheit der Baracke gegenüber, in der sich ein Kiosk befand, etwas vor sich ging. Er hatte Geräusche gehört, einmal ein kurzes, hartes Knacken. Er wartete. Plötzlich öffnete sich die Tür, und die Silhouette eines Mannes huschte an der Mauer vorbei, in Richtung Zaun. Ein zweiter, ein dritter Mann folgten, sie trugen Sachen aus dem Laden.

Károly hielt still.

Er hätte etwas tun sollen, Alarm schlagen, vor seinen Augen spielte sich ein Einbruch ab, doch er stand nur da. Die drei Gestalten gingen im Kiosk ein und aus, alles geschah lautlos, nicht einmal einen Wagen hörte er wegfahren, als sie fertig waren.

Er kroch ins Bett, seine Hände zitterten vor Anspannung. Er verfluchte das Lager, die Mafia, den Dreck, die Ratten, die man in den Aborten mit Stöcken von sich fernhalten musste, die Ratten, die ihn sein ganzes Leben lang verfolgten. Sie waren ihrem Ziel in den zwei Monaten ihrer Flucht keinen Millimeter näher gekommen, im Gegenteil, er hatte das Gefühl, nach zwanzig Jahren wieder im Ziegenstall von Pusztaföldvár angekommen zu sein.

8.

Die Straße nach Capua führte durch weite Oliven- und Orangenhaine, auch am Straßenrand wuchsen die Orangen-, Zitronen- und Mandarinenbäume. Bori und Misi staunten, dass sie abpflücken durften, was sie wollten, einfach so, jedenfalls geschah nichts, wenn man es tat, und so stopften sie den Rucksack ihres Vaters voll.

Es war Abend, als sie die Altstadt erreichten, aber in den Gassen drängelten sich die Menschen. Vespas und Autos schoben sich hupend vorwärts. Die Trattorias waren voll, in den Lokalen klapperten und klingelten die Flipperautomaten, aus den offenen Fenstern der Wohnungen darüber dröhnten die Fernsehapparate. Die Läden hatten geöffnet, über den Ständen der Obst- und Gemüsehändler brannten Glühbirnen, Katzen schlichen um die Ecken.

Sie ließen sich vom Strom der Spaziergänger treiben. Im Dom zündete Teréz eine Kerze an und blieb lange vor den vielen flackernden Lichtern stehen. Bori sah, dass sie betete, und ließ sie allein. Sie hatte alle Messen geduldig abgesessen, ohne je etwas von der Innigkeit empfunden zu haben, die man dort angeblich empfinden sollte. Sie hatte beim Beten immer geahnt, dass niemand sie hörte, dass da oben nichts und niemand war, nichts als Luft und Wolken und andere Planeten. Später durften sie und Misi sich in einer Eisdiele je eine Kugel Eis auswählen. Aus einem Radio auf der Theke schallte ein Lied, das «Popcorn» hieß, es wurde überall gespielt. Sie schleckten ihr Eis und spuckten von der Brücke in das halb ausgetrocknete Flussbett des Volturno, dann schlugen sie den Weg nach Hause ein.

Auf der Landstraße erleichterte sich Misi an einem

Baum. Ihre Eltern waren mit Krapek vorausgegangen, um sich leise zu unterhalten, Bori aber musste genau dort stehen bleiben, wo Misi aufgehört hatte, seine Schritte zu zählen. Misi kam zurück und zählte weiter, dreihundertzweiundzwanzig, dreihundertdreiundzwanzig, dreihundertvierundzwanzig.

Bori blickte sich um.

Hinter ihr näherte sich ein Fahrrad, schon von fern hörte sie das Klappern. Der Fahrer fuhr freihändig. Aufrecht saß er auf dem Rad und wedelte mit beiden Armen in der Luft. Erst als er sie fast schon erreicht hatte, erkannte Bori, dass er drei kleine Bälle in der Luft über seinem Kopf kreisen ließ. Staunend betrachtete sie die Bälle, das nach oben gerichtete Gesicht des Fahrers, sein helles, wehendes Haar, sein flatterndes, weißes Hemd.

«Guten Abend, Borbála!»

Er hatte sie erkannt, im Vorbeifahren erkannt, dachte sie und vergaß vor lauter Verwunderung, den Gruß zu erwidern. Im nächsten Augenblick fiel der fliegende Ballkreis auseinander, die Bälle hüpften, das Fahrrad wankte, sie kniff die Augen zu.

Er stürzte jedoch nicht, sie hörte nur das Quietschen von Bremsen. Sie lief hinter einem Ball her und brachte ihn dem Mann. Er hatte das Fahrrad auf den Asphalt gelegt und sammelte die anderen Bälle ein.

«Guten Abend, Borbála. Danke!»

«Guten Abend.»

«Na … weißt du noch?»

«Hm.»

«Hat es dir gefallen?»

«Was?»

«Mein Kunststück. Das kannst du auch, ich kann es dir

beibringen. Ich übe immer auf dem alten Spielplatz. Weißt du, wo das ist?»

«Ja.»

«Kommst du morgen? Um drei Uhr …»

«Weiß nicht.»

«Wo wohnst du denn?»

«Baracke 73. Ganz hinten.»

Er stellte sein Fahrrad auf und schwang sich in den Sattel.

«Du wirst kommen, wetten?»

«Ich wette nie, weil ich immer verliere.»

«Siehst du, ich gewinne immer! Und ich wette, dass du kommst.»

Attila trat in die Pedale und nahm Fahrt auf, die Bälle begannen wieder in der Luft zu kreisen, Bori sah noch, wie das Fahrrad einen Bogen um ihre Eltern machte und hinter ihnen im Dunkel des Abends verschwand.

Noch im Bett musste Bori an die kreisenden Bälle denken, die hellen Haare, das weiße Hemd, das im Mondschein fast geleuchtet hatte, der Rest des Ausflugs nach Capua war ihr längst entfallen. Warum nur nannte er sie immer Borbála? Schon damals im Zug hatte er sie Borbála genannt, obwohl alle anderen Bori sagten, das hatte so erwachsen geklungen. Aber eigentlich gefiel Borbála auch ihr besser. Genauso stand es auch in ihrem Pass: Kallay Borbála.

9.

Jeden Morgen nach dem Frühstück begab sich Misi zum wilden Streifen am Zaun. Selbst wenn er mit einem anderen Ziel aufbrach, landete er am Ende immer dort. Er kannte jetzt die Stellen, wo die toten Eidechsen lagen. Er suchte nach ihnen, aber er rührte sie nicht an, nahm höchstens einen Stock, um die Fliegen zu vertreiben. Wenn er eine lebendige Eidechse sah, warf er mit dem Stock nach ihr, aber nie gelang es ihm, eine zu treffen.

Es war langweilig, wenn der Mann mit der Pistole nicht da war. Aber Misi wusste, dass er irgendwann kommen würde, und dann folgte er ihm, beobachtete jede seiner Bewegungen. Einmal winkte ihn der Mann zu sich, aber Misi sah ihn nur stumm an. Ein andermal hielt er ihm die Pistole hin, doch Misi rührte sich nicht. Er hätte sie nur zu gern gehalten, aber man durfte ja von Fremden nichts annehmen.

Der Mann zeigte auf einen flachen Stein vor einem Zaunpfahl und zielte.

Misi hielt den Atem an.

Die Eidechse reckte ihren Kopf empor, ihr Hals pulsierte. Als der Schuss fiel, machte sie einen Sprung, als hätte man sie an einer Schnur hochgezupft.

Misi atmete aus.

Der Mann sah ihn an und grinste. Er stapfte weiter, Misi hinterher. Er winkte wieder, und diesmal trat Misi zu ihm. Drei Meter vor ihnen hing kopfabwärts eine Eidechse an einem Baumstamm, ihre Füßchen krallten sich an der Rinde fest. Der Mann legte Misi die Pistole in die Hand und drückte ihm den Arm durch. Die Pistole war schwerer, als Misi gedacht hatte, aber der Mann stützte seinen Arm beim Zielen und presste dann seinen Zeigefinger gegen den Abzug.

Es knallte, und die Eidechse huschte davon.

Der Mann roch nach Schnaps.

Er nahm Misi die Pistole weg, zog ein Fläschchen aus

seiner Hosentasche und stellte es auf einen Stein. Er zielte, schoss, die Flasche klirrte, fiel um. Der Mann winkte, und Misi lief, die Flasche wiederaufzustellen. Diesmal durfte er schießen. Er schoss daneben. Immer wieder daneben. Als die Flasche zum ersten Mal umfiel, lachte der Mann laut auf und klapste ihm auf den Hinterkopf.

«Branko», sagte er und zeigte auf sich.

Auf dem Arm hatte er die Tätowierung eines von einem Blitz gespaltenen Herzens.

Misi schoss.

Die Eidechsen zu treffen war viel schwerer, als die Flasche zu treffen, er schoss mehrmals daneben und ärgerte sich, wollte es sofort wieder versuchen. Als er zum ersten Mal traf, zuckte der kleine Körper und flog ins Gras. Misi rannte hin, beugte sich über die Eidechse. Sie zappelte noch. Was machte sie, warum starb sie nicht sofort? Branko packte seine Hand und hielt das Pistolenrohr an ihren Bauch, und Misi drückte ab.

Jetzt war sie hinüber. Ganz auseinander.

Branko gab ihm wieder einen Klaps.

Misi atmete durch und wischte sich die Stirn ab, er war ganz schön verschwitzt.

10.

Teréz erhielt eine Vorladung ins Sekretariat der Lagerleitung, Zimmer 12. Eine Mitarbeiterin führte sie über den großen Vorplatz ins gegenüberliegende Wohngebäude und öffnete eines der Zimmer im Erdgeschoss.

«Es ist frei geworden, möchten Sie es haben?»

Teréz gingen die Augen über, nach der Baracke erschien ihr das Zimmer wie ein Wunder. Weiße Wände, ein ebener Fußboden, ein Fenster mit Glasscheibe, staubig und mit Sprung, aber immerhin eine Scheibe, eine richtige Tür mit Schlüssel, ein Waschbecken mit fließendem Wasser.

«Ja? Dann kommen Sie mit.»

Als sie zum Verwaltungsgebäude zurückkehrten, wäre sie Signor Monte aus lauter Glück am liebsten um den Hals gefallen, sie senkte jedoch nur den Blick.

«Wie soll ich Ihnen danken?»

«Es ist das beste Zimmer, das wir haben. Da dachte ich an Sie.»

Er hielt ihr seine Zigaretten hin.

«Danke, ich habe selber welche ...»

Teréz öffnete ihre Handtasche, aber Signor Monte machte eine derart nachdrückliche Geste, dass sie sie wieder zuknipste und sich bei ihm bediente.

Er gab ihr Feuer. Sie rauchten und redeten ein paar Worte über das Zimmer, die Formalien, das Wetter. Dann hatten sie zu Ende geraucht.

«Und? Darf ich Ihre nicht probieren?»

«*Meine?* Das sind billige, ungarische ... aber bitte, natürlich.»

«Heißen die so? Schwalbe?», fragte Signor Monte, nachdem er die blaue Schwalbe auf der Packung betrachtet hatte.

«Ja, *fecske*.»

Blauer Rauch stieg zwischen ihnen auf, Luft gewordene Schwalben. Irgendwie war sie froh, ihm ebenfalls etwas anbieten zu können, als hätte sie ihren Dank damit schon ein wenig abgegolten, sie stand ungern in jemandes Schuld.

«Nehmen Sie Platz, ich habe mir Ihre Unterlagen kommen lassen.»

Teréz wollte eigentlich sofort zur Baracke laufen, um Károly und den Kindern die große Nachricht zu verkünden, aber die Sekretärin hatte bereits zwei Tassen Espresso auf den Tisch gestellt.

Signor Monte blätterte in ihrem Dossier.

Teréz spürte sein Wohlwollen, seine Sympathie, sie empfand große Dankbarkeit. Sie nahm einen Schluck Espresso, ließ sich das köstliche Aroma auf der Zunge zergehen. Es kam ihr wie eine Ewigkeit vor, dass sie einen so feinen Kaffee getrunken hatte, vielleicht damals in der Konditorei Auguszt drei Wochen vor ihrer Abfahrt, als alles, auch das Bleiben, noch möglich schien, zumindest für Károly. Sie hatten am Fenster gesessen, Károly hatte seinen Kaffee nicht angerührt, minuten-, vielleicht stundenlang hatten sie stumm in den immer voller werdenden Aschenbecher auf dem Tisch zwischen ihnen gestarrt, immer aneinander vorbei. Sie hatten alle Argumente ausgetauscht, nichts war mehr zu sagen gewesen. Dann hatte Károly sich erhoben und zwischen den Tischen hindurchgeschoben, vielleicht um vor dem Lärm der Konditorei in die Stille der Toilette zu flüchten, oder einfach nur, um sich körperlich zu bewegen, wie man stets das Bedürfnis hatte, wenn man sich im Geiste nicht mehr bewegen konnte, und sein hängender Kopf und schleppender Gang waren ihr plötzlich so bodenlos traurig vorgekommen, dass sie augenblicklich beschlossen hatte, ihre Entscheidung rückgängig zu machen, um Károlys willen und weil es vielleicht wirklich ein Irrsinn war, Vater, Mutter, Schwester, Verwandte, Freunde, Arbeit, Heimat, ihr gesamtes bisheriges Leben von einem Tag auf den anderen wegzuwerfen, auszulöschen, aber als

Károly Sekunden später plötzlich kehrtgemacht und ihr nickend ein zuversichtliches «Gehen wir!» entgegnet hatte, da hatte sie sofort gewusst, dass er «Fahren wir!» meinte, und sie hatten die Konditorei händchenhaltend verlassen, zwei Kaffeetassen blieben auf dem Tisch zurück, die eine leer, die andere unangetastet.

«Sie wollen nach Deutschland?»

Teréz zuckte zusammen.

«Bitte?»

«Hier steht, Sie wollen nach Deutschland. Aber Deutschland nimmt nur Gastarbeiter auf, Bauarbeiter, Bergarbeiter …»

«Mein Mann war ein Jahr lang an einem deutschen Institut, sie werden ihn mit offenen Armen empfangen.»

«Er wird gar nicht erst deutschen Boden betreten. Haben Sie sich vor Ihrer Emigration nicht darüber informiert, was Sie hier erwartet?»

Teréz wusste nicht, was sie sagen sollte.

«Was macht Ihr Mann eigentlich?»

Teréz lehnte sich vor und holte Luft.

«Mein Mann wollte ursprünglich Arzt werden … Aber es gibt so vieles, was er kann, er zeichnet und komponiert, er fotografiert, er schreibt Gedichte, die in Literaturzeitschriften erscheinen … Und wenn Sie ihm eine Uhr, ein Radio, *irgendetwas* zu richten geben, bekommen Sie es wie neu zurück, auch das kann er, nicht nur sein Kopf ist brillant, auch seine Hände sind es …»

«Es hat für andere Männer ja fast schon etwas Beleidigendes, Sie von Ihrem Gatten sprechen zu hören», unterbrach Signor Monte sie. «Warum wurde er denn nicht einfach Arzt?»

«Er hatte schon seine Aufnahmeprüfung bestanden,

mit Bestnote, die Prüfungskommission hatte ihn beglückwünscht, da drehte er sich in der Tür noch einmal um und teilte den Herren pflichtgemäß mit, dass er von 1951 bis 1953 zwangsausgesiedelt gewesen sei. Ein Mitglied der Prüfungskommission am Ende des Tisches machte sich eine Notiz, und der Traum meines Mannes war ausgeträumt. Er wurde abgelehnt.»

«Und weshalb ist er damals zwangsausgesiedelt worden?»

«*Weshalb?*» Teréz staunte über die Naivität des Lagerleiters. «Es gab da keine Begründungen. Bei jeder Zwangsaussiedlung wurde eine Wohnung, ein Haus enteignet, wurden Geld und Eigentum konfisziert. Tausende von Wohnungen, Häuser, Wertsachen, ganze Vermögen gingen so in andere Hände über, es war legalisierter Diebstahl. Eine anonyme Anzeige genügte, und plötzlich war man ein ‹Feind des Volkes›, musste innerhalb weniger Stunden seine Wohnung verlassen, mit maximal fünfundzwanzig Kilo Gepäck. Ein Fünfzehnjähriger als Feind des Volkes, stellen Sie sich das mal vor! Ein Wunder, dass mein Mann seinen Glauben an die Welt nicht verloren hat. Es hat ihn nur, wie soll ich sagen, ein wenig eingeschüchtert ...»

Teréz verstummte. Sie hatte sich fortreißen lassen, doch vor Signor Monte war ihr das nicht peinlich, zum ersten Mal in ihrem Leben hatte sie das Gefühl, dass ein Beamter in einer Behörde ihr zuhörte, dass sie offen sprechen konnte, ohne Konsequenzen befürchten zu müssen, ja, dass er ihrer Sache wohlwollend gegenüberstand. Aber nun war ihre Tasse leer, es war Zeit zu gehen.

Signor Monte reichte ihr die Hand, Teréz ergriff sie mit beiden Händen und hielt sie eine Sekunde lang dankbar, da kam auch seine andere Hand hinzu, und sie ließ los.

«Eines müssen Sie mir noch verraten, Signora. Warum um alles in der Welt hat Ihr Mann damals seine Zwangsaussiedlung zur Sprache gebracht?»

Teréz senkte den Blick, als hätte man sie bei etwas ertappt.

«Er tat es ... vermutlich ... Ich weiß nicht, vielleicht konnte er nicht anders, vielleicht hielt er es für eine Frage des Anstands, der Aufrichtigkeit. Weil es die Wahrheit war.»

«Zwischen Anstand und Selbstzerstörung ist ein weiter Weg.»

«Mein Mann kennt kein Taktieren, keine Halbwahrheiten, keine Lügen ...»

«Und das imponiert Ihnen.»

«Natürlich!»

«Weil auch Sie so sind, nicht wahr?»

«Ich wie er? Ich bin doch völlig unbegabt, ich würde selbst eine funktionierende Uhr noch kaputt kriegen.»

Signor Monte nahm mit einer abrupten Bewegung seine Armbanduhr ab und schlug sie gegen die Wand. Er reichte sie Teréz.

«Ihr Mann soll mir die Reparatur in Rechnung stellen.»

Teréz sah ihn entgeistert an.

Er öffnete ihr die Tür.

«Und stellen Sie so schnell wie möglich einen neuen Aufnahmeantrag. Streichen Sie Deutschland, zur Auswahl stehen nur fünf Länder: Australien, Kanada, die Vereinigten Staaten, Südafrika und Schweden. Und vergessen Sie nicht, mir meine Uhr zurückzubringen.»

Teréz nickte und trat hinaus.

Hinter ihr schloss sich die Tür.

11.

Károly hatte sich zur Feier des Umzugs einen Kittel umgehängt und backte Pfannkuchen. Seine Pfannkuchen gerieten ihm sonst immer hauchdünn, doch jetzt wollten sie ihm nicht gelingen, und er fluchte, weil die schönen, glatten Scheiben sich in der verbeulten, zerkratzten Pfanne nicht sauber wenden ließen und zerrissen, und wie immer, wenn sein Vater wütend wurde, musste Misi laut lachen.

Krapek lag vor der Tür und beobachtete alles. Das Fenster stand offen, die Sonne schien auf den Kartontisch, sie fühlten sich wie im Salon eines Schlosses. Teréz hatte das Zimmer in aller Schnelle schön hergerichtet, den Lampenschirm und die Bilder, Gérard Philipe und Latinovits, Napoleon und die Berge wieder aufgehängt und aus Boris altem, geblümtem Kleid einen Vorhang geschnitten und an die Wand genagelt, der sich zwar nicht ziehen, aber links und rechts schön einhängen ließ. Jede der vier Ecken schien ein Zimmer für sich zu sein, die Herdplatte bildete die Küche, das Waschbecken das Bad, der Schreibtisch das Arbeitszimmer, die Feldbetten das Schlafzimmer und alles zusammen das Wohnzimmer.

Bori stand am Fenster und sah hinaus. Sie lauschte.

Schon beim Essen war sie auf die Melodie aufmerksam geworden, die draußen aus einem Radio oder Kassettenrekorder erklang, immer wieder dasselbe Lied. Sie summte es im Kopf mit, sie hatte es schon einmal gehört, während der Zugfahrt nach Capua. Der Platz vor dem Tor war verlassen, wie immer an den heißen Nachmittagen, also konnte die Musik nur aus dem schwarzen Dickicht der Zypressen und Sträucher kommen, das sich dahinter erhob. Dort befand sich der alte, verwahrloste Spielplatz, den alle

Kinder mieden, weil er so unheimlich war. Bori hatte ihn sich einmal angesehen, die Spielgeräte waren kaputt, den Schaukeln fehlten die Sitze, die Rutsche war verrostet, die Wippe ohne Balken, der steinerne Boden voller Hundedreck und Müll.

Sie ging hinaus, sie sagte kein Wort.

Sie bog um die Ecke des Blocks und stieg vorsichtig durch den zerrissenen Maschendrahtzaun. Ein verwachsener Pfad führte ins Dickicht, ein Zweig schlug ihr ins Gesicht, ein Hund sprang jaulend davon. Sie schob den Zweig zur Seite, und da, vor der dunklen Wand der Zypressen erblickte sie Attila. Mit nacktem Oberkörper und ausgebreiteten Armen stand er auf einem Seil, das ein paar Handbreit über dem Boden zwischen zwei Stämme gespannt war, und balancierte von einem Ende zum anderen, sein heller Körper flackerte in den Schatten wie die kleine Flamme, die ihre Mutter im Dom von Capua angezündet hatte.

Sie starrte ihn an. Die Zypressen über ihm säuselten, wie schwarze Lanzen stachen sie in den Himmel.

Attila hob den Kopf, blickte in ihre Richtung.

Bori machte einen Schritt zurück, drehte sich um und lief los. Ihr Fuß verfing sich in etwas, sie stolperte und fiel hin.

Ein Schmerz schoss durch ihr Knie, sie musste gegen einen Stein geprallt sein. Sie ließ sich auf die Beine helfen, biss die Zähne zusammen, um nicht laut zu heulen.

«Wir müssen die Wunde auswaschen ...»

Ihr Knie blutete. Attila nahm eine Flasche. Als das lauwarme Wasser über ihr Knie lief und Attila sie mit seinen Fingern berührte, presste sie die Lippen aufeinander.

«Tut es weh?»

«Nein.»

«Leg dich auf die Bank hier.»

Sie wollte nicht.

«Es ist nur eine Schürfwunde.»

«Wenn du eine Blutvergiftung bekommst, wird man dir das Bein amputieren. Willst du das?»

«Was heißt das, amputieren?»

«Abschneiden. Mit einer Säge …»

Bori legte sich sofort auf die Bank.

Attila zog ein Tuch aus seiner Tasche und drückte es auf die Wunde. Bori hielt den Saum ihres Kleides links und rechts fest.

«Ich möchte jetzt nach Hause», sagte sie.

«Bleib liegen, du bist noch nicht ganz bei dir.»

«Doch, bin ich. Ich muss die Wunde desinfizieren.»

«Du stürzt wohl oft …»

«Nicht sehr.»

«Deine Beine sind voller Narben … Drück das Taschentuch darauf.»

Attila stellte sich neben sein Seil und stieg mit einem behutsamen Schritt hinauf. Das Seil wackelte, aber er fiel nicht.

Bori beobachtete ihn eine Weile, während sie das Tuch auf ihr Knie presste. Attila schwebte, und der ganze Platz schien den Atem anzuhalten. Eine unbekannte Spannung lag in der Luft, an ihren Schmerz dachte sie nicht mehr.

Sie setzte sich auf.

«Borbála!»

Obwohl er ihr den Rücken zuwandte, wusste er, was sie tat.

«Ja?»

«Du läufst nächstes Mal nicht weg, wenn du mich siehst, ja?»

«Das habe ich nicht, ich habe Sie nicht gesehen.»

«Und nächstes Mal auch nicht, oder?»

«Ja … nein …»

«Morgen kann ich dir das Seiltanzen beibringen, bis dahin ist dein Knie wieder heil. Kommst du?»

«Vielleicht … weiß nicht.»

Sie humpelte auf den zerbrochenen Steinplatten davon, so schnell sie konnte.

Bevor sie ins Dickicht trat, blickte sie sich noch einmal um.

Träge hingen die sitzlosen Schaukelketten in der flimmernden Hitze. Der ganze Spielplatz schien zu schlafen wie das verzauberte Schloss in «Dornröschen». Attilas helle Haare waren jetzt länger als im Zug, schulterlang, und wenn man sich das Seil, auf dem er stand, wegdachte, sah er aus wie Jesus, fand Bori, genau so stellte sie sich Jesus vor, als er über das Wasser ging.

12.

Teréz gab die reparierte Armbanduhr im Sekretariat der Lagerleitung ab und eilte davon.

Als sie aus dem Eingang trat, wurde sie von Signor Monte eingeholt.

«Sie haben die Rechnung vergessen», rief er. «Kommen Sie, ich muss sowieso auf einen Sprung nach Hause, da gebe ich Ihnen Ihr Geld.»

Teréz wehrte ab, die Reparatur sei selbstverständlich gratis, ihr Mann bestehe darauf.

Signor Monte hob die Hände.

«Gefälligkeiten könnten als Bestechung ausgelegt werden. Das könnte mich meinen Posten kosten, wollen Sie das etwa?»

Teréz wusste nichts zu erwidern.

Sie fand es merkwürdig, in Signor Montes Mercedes Platz zu nehmen, immerhin war er der Direttore, eine Amtsautorität, solchen Menschen gegenüber hatte man Distanz zu wahren. Andererseits hätte sie ihm gerade deswegen niemals widersprochen. Das Auto war elegant, kirschrot mit cremefarbenen Ledersitzen und hellbrauner Holzverkleidung, sie schossen darin über die nasse Landstraße, es nieselte leicht.

«Wenn es Sie stört, sagen Sie Ihrem Mann nichts von dem Geld.»

«Ach, ich würde ihn nie anlügen.»

«Ich habe nichts von lügen gesagt.»

«Ich möchte ihm auch nichts verschweigen.»

«Dann heben Sie das Geld für die Kinder auf.»

«Sie brauchen kein Geld.»

«Darum sind Sie wohl auch hier im Lager, nicht wahr? Weil man im Leben kein Geld braucht, weil es so unwichtig ist … Sie lieben es, gegen Ihre ureigenen Interessen zu argumentieren, nicht wahr? Sie haben den Geist des Widerspruchs in sich.»

«Das habe ich nicht!»

«Sehen Sie!»

In der Stadt hupte er sich durch die engen Gassen den Weg frei und hielt schließlich vor einem mehrstöckigen alten Haus mit rostroten Mauern und verwitterten Fensterläden. Ein klappriger Aufzug trug sie in den vierten Stock. Teréz schaute verlegen vor sich hin, da Signor

Monte einen Kopf größer als sie war, trafen sich ihre Blicke nicht. Oben angekommen, wollte sie vor der Tür warten, aber Signor Monte geleitete sie hinein. Die Wände waren mit Bücherregalen zugestellt, die vom Boden bis zur Decke reichten. Die drei Ledersessel in der Mitte des Wohnzimmers sahen wie Steine am Grunde einer Schlucht aus.

Sie wartete, besah sich die Bücher, wie sie das in fremden Wohnungen immer tat. Es waren vor allem historische Werke.

«Zigaretten finden Sie auf dem Tisch, bedienen Sie sich», rief Signor Monte von nebenan.

Teréz hörte das Knarren des Parketts unter seinen Schritten. Sie konnte nicht widerstehen, zündete sich eine Zigarette an.

Signor Monte blickte herein.

«Interessieren Sie sich für Geschichte?»

«Ja, die Geschichte ist die Gegenwart.»

«Sie sind die erste Frau, die mir begegnet, die etwas mit Geschichte anfangen kann. Nehmen Sie Platz, ich mache uns schnell etwas zu essen, bevor wir zurückfahren.»

In aller Eile hatte er den Tisch am Fenster freigemacht und zwei Gedecke hingelegt. Teréz setzte sich. Sie war verwirrt. Er hatte ihr ein Entgelt für die Reparatur geben wollen, von einem Mittagessen war nicht die Rede gewesen. Károly und die Kinder warteten auf sie, außerdem mochte sie unklare Verhältnisse nicht.

«Und wissen Sie, warum das so ist?»

«Bitte?»

«Warum Frauen die Geschichte langweilt?»

«Mich langweilt sie nicht, keinesfalls ...»

«Weil die Geschichte Männersache ist. Männer machen sie, Männer schreiben sie, Männer fälschen sie. Die Weltreiche und ihre Untergänge, die Schlachten und ihre Friedensschlüsse, Macht und Politik, für eine Frau muss so etwas doch lachhaft sein.»

«Warum?»

«Das fragen Sie? Ich nahm an, Frauen dächten in ganz anderen, größeren Zusammenhängen, in den Gesetzen des Kosmos, der Naturzyklen, die durch ihren Körper gehen. Aber setzen Sie sich doch! Sie fallen ja gleich um, so steif, wie Sie dastehen.»

«Verzeihung, ich …»

«Bitte, tun Sie mir die Ehre und setzen sich.»

«Nein, nein, es ist für *mich* eine Ehre, aber ich …»

Er schenkte ihr Wein ein.

«Glauben Sie mir, ich bin froh, wenn ich einmal eine kultivierte Unterhaltung führen kann. Wollen Sie mir diese kleine Freude nicht gönnen?»

Er hob den Pfannendeckel.

«Saltimbocca, Sie kennen das sicher, nur aufgewärmt, aber immerhin …»

Teréz kannte es nicht, aber der Duft des Fleisches kitzelte sofort ihren Gaumen. Seit Wochen hatte sie nichts als wässrige Suppen und Pasta gegessen, jetzt wurde ihr klar, dass sie hungrig war, hungrig auf Geschmack, auf ein richtiges Mahl. Und außerdem wollte sie um nichts in der Welt unhöflich oder widerspenstig erscheinen.

Signor Monte hob sein Glas.

«Cin cin!»

13.

«Danke, es ist sehr fein. Köstlich, wirklich», flüsterte Teréz. Schon nach dem ersten Schluck Wein war sie beschwipst.

«Danken Sie mir doch nicht ständig», sagte Signor Monte. «Das ist auch so eine östliche Unsitte wie die Trainingsanzüge … Langsam, langsam, ich nehme Ihnen den Teller nicht weg.»

Und als wollte er es ihr gleich beweisen, bediente er sie erneut und schenkte ihr nach, obwohl Teréz ihr Glas kaum angerührt hatte. Sie hatte sich gerade noch vorgenommen, so schnell wie möglich ins Lager zurückzukommen, einfach zu gehen, wenn es sein musste, doch nun überließ sie sich der Behaglichkeit des Augenblicks und dem anregenden Gespräch. Sie nippte an dem Espresso, den Signor Monte ihr nach dem Essen gebracht hatte, und bedauerte nur, dass Károly nicht da war.

Signor Monte gab ihr Feuer.

«Es fiel Ihnen schwer zu emigrieren, nicht wahr?»

«Wir haben uns geschämt», sagte Teréz leise.

«Geschämt?»

«Wer verlässt schon gern seine Heimat? Wir gingen, weil uns nichts anderes übrigblieb, nicht einfach so, aus Abenteuerlust oder um die große, weite Welt zu sehen, verstehen Sie, wir sind keine Glücksritter. Wir wollten nie weggehen, man liebt doch seine Heimat, man hat nur die eine.»

«Aber Sie wurden in Ihrer geliebten Heimat doch politisch verfolgt und gedemütigt.»

«Die wirklich schlimmen Jahre waren vorbei. Wir hatten uns die relative Freiheit erkämpft, unter großen

Opfern. Wir waren frei wie in keinem anderen Land im Osten. Und es gab auch ein Leben außerhalb der Politik. In diesem Leben waren wir glücklich.»

«Glücklich?»

«Ja, natürlich.»

«Was ist so natürlich daran, in einer Diktatur glücklich zu sein?»

«Diktatur, das sagt sich so leicht ... Wie ‹guten Morgen›. Es ist doch immer jemand da, der diktiert, hier etwa nicht? Glücklich oder unglücklich ist man von sich aus, das kommt nicht von außen.»

«Aber dann wurden Ihnen die Verlockungen des Wohlstandes doch zu groß.»

«An so etwas haben wir nie gedacht.»

«Ist das nicht der Grund, warum alle in den Westen wollen? Um reich zu werden, gut zu leben, große Autos zu fahren?»

«Wir wollten nur leben, mehr nicht.»

«Wir wollen doch alle nur leben, auch die Rothschilds und Rockefellers wollen nur leben.»

Teréz staunte über seine Worte, der ironische Unterton irritierte sie. Er schien ein völlig falsches Bild von ihnen zu haben, und sie empfand ein brennendes Bedürfnis, dies zu korrigieren und sich zu rechtfertigen. Sie schilderte ihm die Unmöglichkeit ihres Lebens in einer sechzehn Quadratmeter großen Mansarde ohne Küche, ohne eigenes Bad, in der sie nachts von Mäusen und Ratten heimgesucht wurden, erzählte von den fünfzehn Jahren zu zweit, dann mit der Tochter zu dritt, am Ende zu viert, Tür an Tür mit einem Nachbarn, der sie bespitzelte, erzählte von brütend heißen Sommern und frostigen Wintern hinter Rabitzwänden aus verputztem Schilf, erzählte, wie sie sich jahrelang um eine größere Wohnung bemüht hätten, stets aber Parteimitglieder den Vorzug bekommen hätten.

«Warum traten Sie denn nicht auch der Partei bei?»

Teréz sah ihn mit offenem Mund an.

«Weil wir nicht an sie geglaubt haben.»

Signor Monte lachte auf.

«Sobald Sie Ihre Wohnung bekommen hätten, hätten sie das, glauben Sie mir!»

«Das war doch kein Grund, unser Leben wäre dann eine einzige Lüge gewesen. Die Partei, der Kommunismus, das war nicht unsere Welt.»

«Aber dieses Lager ist es?»

Er fixierte sie mit einem spöttischen Blick, Teréz hatte nicht das Gefühl, dass er sie verstanden hatte.

«Darf ich ehrlich sein?», fragte er.

«Natürlich!»

«Ich habe über die Jahre unzählige Flüchtlinge in unserem Lager kennengelernt, aber bei keinem von ihnen hatte ich so stark das Gefühl, dass er hier ... ich meine im Westen allgemein ... so fehl am Platz wäre wie Sie. Ich glaube, Sie werden bei uns furchtbar unglücklich werden. Ich empfehle Ihnen, und das ist mein ehrlicher Rat, fahren Sie nach Hause zurück, Sie gehören nicht hierher.»

Teréz sah ihn verblüfft an.

«Aber Sie kennen mich doch gar nicht.»

Er zerdrückte seine Zigarette im Aschenbecher.

«Im Gegenteil, Sie kennen uns nicht. Sie passen nicht in diesen Amerikanismus, der uns immer mehr erobert, das ist ein illusionsloses, zynisches System, in dem nur das Recht des Stärkeren gilt. Gemeinschaftliches, uneigennütziges, *gütiges* Verhalten ist für ihn nur eine Schwäche. Sein

Ideal ist der Egoismus, er nennt es Individualismus, aber es ist der Egoismus ...»

Teréz lehnte sich vor.

«Sind Sie vielleicht auch Kommunist?», fragte sie vorsichtig.

«Gott bewahre! Wie kommen Sie darauf?»

«Nur so.»

«Sie jedoch ...», fuhr Signor Monte fort, und seine dunklen Augen hefteten sich an ihr Gesicht, «bei Ihnen habe ich das Gefühl, dass Sie noch etwas anderes in sich bewahrt haben, Illusionen, Ideale, einen Glauben. Sie haben etwas ... etwas Ungebrochenes, Unbescholtenes. Menschen wie Sie sind besser aufgehoben in autoritären Staaten, die den Glauben und die Gemeinschaft hegen und pflegen. Im Westen werden Sie ein Leben lang nur belächelt werden, hier gibt es keinen Platz für Glauben und Gemeinschaft. Wir sind eine wertfreie Gesellschaft. Wertfreiheit ist aber nur ein anderes Wort für Gleichgültigkeit, und Gleichgültigkeit nur ein anderes Wort für Kälte, verstehen Sie? Deswegen sind die jungen Menschen im Westen so furchtbar unglücklich, deswegen laufen überall diese armseligen Hippies herum, die nach ein bisschen Wärme suchen ... Aber sie werden sie nicht finden, sie sind längst dem System einverleibt worden, sind ein Teil dieser kalten Welt von Angebot und Nachfrage, Waren und Preisen, Leistung und Gegenleistung geworden. Kaufen und verkaufen, nur darum geht es bei uns.»

«Wie traurig.»

«Ein wenig prosaisch, sicher. Doch hat man das Prinzip einmal verstanden, kann man gut damit leben, es ist nur eine Frage der Gewöhnung. Nur ... nur habe ich bei Ihnen nicht den Eindruck, dass Sie sich je daran gewöhnen werden, verstehen Sie? Es schreit einem geradezu entgegen, dass Sie der falsche Typ für den Westen sind, Sie sind … wie soll ich sagen … Sie sind zu jung dafür, zu unschuldig. Der Westen ist alt, steinalt. Steinreich und steinalt.»

Teréz starrte ihn unsicher an. Worauf wollte er hinaus, was hatte das alles mit ihr zu tun? Sie musste an die Vorlesungen und Seminare in Marxismus-Leninismus denken, die sie hatte besuchen müssen, an Parolen wie «Wer nicht für uns ist, ist gegen uns! Wer nicht arbeitet, soll auch nicht essen! Jeder nach seinen Fähigkeiten, jedem nach seinen Bedürfnissen», aber Signor Montes Worte hatten mit alledem ja nichts zu tun. Und er sprach auch nicht im überzeugten Ton ihrer Dozenten oder dem der Priester und Schwestern, von deren Lippen sie als junges Mädchen im Internat St. Margarete den Glauben, die Wahrheit so begierig empfangen hatte. Er schien sie nicht von etwas überzeugen zu wollen, im Gegenteil, ihr war, als würde er seine eigenen Überzeugungen selbst belächeln, das konnte sie nicht begreifen.

«Aber da Sie schon einmal hier sind», sagte Signor Monte plötzlich und erhob sich, «müssen wir dafür sorgen, dass Sie auch an Ihr Ziel kommen, nicht wahr?»

Teréz nickte erleichtert.

«Ich habe mir Ihre Dokumente angesehen. Das ist alles sehr schön, aber an sich wertlos, völlig wertlos. Wir sind eine große Behörde und Teil einer noch weitaus größeren, internationalen Behörde, und Ihr Fall ist einer unter Zehntausenden, letztlich unter Millionen. Ein Asylantrag geht bei uns ein, wird auf einem Stapel anderer Anträge abgelegt, die seit Wochen, Monaten oder Jahren auf Bearbeitung warten, vielleicht wird er auch falsch eingeheftet oder geht verloren, so etwas kann vorkommen, auch wenn man sich noch so sehr bemüht, Fehler zu vermeiden. Und schon sind Sie und Ihre Familie vergessen, Sie existieren nicht mehr, es *gibt* Sie nicht mehr. Es gibt Sie nur noch hier in Capua und nirgends sonst ...»

Teréz versuchte, seinem Redefluss zu folgen, aber seine Worte verschwammen in ihren Ohren.

Er legte seine Hand auf ihre Schulter.

«Das ist, wie gesagt, der offizielle Weg der Dinge. Aber es gibt auch eine Abkürzung, eine große, und das bin ich. Ein Wort von mir, und Ihnen stehen alle Türen offen. Denn ob Sie morgen aus Capua fortkommen oder in einem Jahr oder in zehn Jahren oder nie wieder, hängt von mir ab ... Nicht ausschließlich, aber Sie sollten meinen Einfluss nicht unterschätzen.»

«Nie wieder?»

«Wenn ich Ihren Fall positiv bescheide und mich für Sie einsetze, sind Sie schon so gut wie am Ziel. Ich kann das natürlich nicht für jeden tun ...»

«Ach, Signor Monte, ich weiß gar nicht, wie ich Ihnen danken soll ...»

«Nicht bedanken, Sie wissen schon.»

Teréz stand auf, um ihm die Hand zu drücken, musste sich aber an der Tischkante festhalten, weil ihr auf einmal so schwindelig war. Sie schüttelte den Kopf.

«Was haben Sie?»

Sie griff nach der Stuhllehne.

«Langsam, langsam.»

Signor Monte legte den Arm um sie.

«Entschuldigen Sie. Der Wein ... Das ist mir wirklich ...»

«Legen Sie sich einen Moment hin. Bleiben Sie ruhig liegen, gleich geht es Ihnen besser.»

Teréz schloss die Lider, öffnete sie wieder. Sie lag auf der Couch, das Zimmer drehte sich. Signor Monte beugte sich über sie, seine dunklen Augen strahlten sie an.

«Sie sind die Hitze bei uns nicht gewohnt. Sie brauchen Luft ...»

Sie spürte seine Finger an ihrem Hals, auf ihrer Brust, er knöpfte ihre Bluse auf. Plötzlich hielt er inne.

«Was ist mit Ihrer Schulter passiert?»

«Meiner Schulter?»

«Die Haut ... sieht schlimm aus.»

«Ach das ... Ich habe mich als Kind verbrannt.»

«Das sind keine Verbrennungen, das sind ... Bisswunden. Als hätten Sie mal mit einem Tiger gekämpft.»

«Ich habe mich verbrannt ... habe mich ...» Sie wollte sich aufrichten. «Ich möchte aufstehen ... Lassen Sie mich bitte los!»

Sie schob seine Hand weg, doch die Hand hielt dagegen.

«Machen Sie doch keine Faxen», sagte er plötzlich scharf. «Mit ein bisschen Uhrenreparatur lasse ich mich nicht abspeisen. Ich bin auf Ihrer Seite, aber Sie müssen auch auf meiner sein ... Sie wissen, dass Sie keine Wahl haben!»

«Lassen Sie mich, bitte.»

«Dieses Lager ist Ihr Fegefeuer, Sie entscheiden, wohin Sie kommen, ins Paradies oder in die Hölle.»

Teréz zog ihre Hand weg, stand auf.

Er lag auf der Couch und schüttelte den Kopf.

«Teréz, was soll das? Wem wollen Sie etwas vormachen? Wir sind doch allein. Ich weiß, was Sie für mich empfinden, und Sie wissen es auch.»

Teréz hielt sich aufrecht und ging schwankend auf die Tür zu.

Sie drückte die Klinke herunter. «Vielen Dank für ...»

«Sie können es einfach nicht lassen.»

«Entschuldigen Sie.»

«Beruhigen Sie sich.»

«Ich bin ganz ruhig. Öffnen Sie bitte die Tür.»

«Beruhigen Sie sich, wir fahren gleich zurück.»

«Ich gehe zu Fuß.»

«Einen Moment, ich bringe Ihnen Ihr Geld.»

«Nein, danke, mein Mann würde es doch nur zurückbringen! Ich muss jetzt ...»

Er schloss die Tür auf, legte die Hand auf ihren Arm.

«Sie werden wiederkommen, Sie folgen doch immer Ihrem Herzen. Hier, vergessen Sie Ihre Handtasche nicht, das soll nicht der Grund sein, warum Sie zurückkehren.»

«Danke.»

Teréz hielt sich am Geländer fest, ging die Treppe langsam hinunter, Stufe für Stufe. Draußen lehnte sie sich gegen die Wand. Sie atmete tief durch, atmete die frische Luft, den Regen und kam ein wenig zu sich.

Auf der Landstraße, auf halbem Weg zum Lager, überholte sie ein eleganter roter Mercedes mit hoher Geschwindigkeit, sie trat zur Seite, den Kopf abgewandt, ließ sie ihn passieren.

14.

Am Nachmittag, als sie ohne ihre Mutter von der Kantine nach Hause schlenderten, hörte Bori wieder das Lied. Ein Fahrrad lehnte am Zaun des Spielplatzes. Sie ging schneller, lief voraus, weg von dem schwarzen Dickicht, aber das

Lied folgte ihr, über den Platz, durch das offene Fenster, ins Zimmer, summte ihr noch in den Ohren, als sie sich schon auf ihrem Bett ausgestreckt und sich das Kissen über den Kopf gezogen hatte.

Sie lag eine Weile so da. Dann spähte sie unter dem Kissen hervor.

Der kleine Vorhang flatterte, einst ihr Kleid, das sie bei der Abfahrt in Budapest getragen hatte. Wenn er sich hob, sah sie hinter den bunten Blumenmustern die schwarzen Zypressen. Dort spielte die Musik, dort wandelte Attila in der Luft und wartete auf sie.

Sie schlüpfte aus dem Bett. Ging hinaus. Krapek wollte mit, aber sie zog die Tür vor seiner Nase zu.

Das Fahrrad war noch da. Sie hörte ein Rascheln, aus dem Schatten trat ihr Attila entgegen.

«Borbála! Komm, wir fahren in die Orangen, ich wollte gerade aufbrechen.»

«Ich darf nicht allein aus dem Lager.»

«Du wirst nicht allein sein.» Er hievte sich auf sein Fahrrad. «Schleiche dich zum Künstlereingang hinaus, dann wird es niemand bemerken. Weißt du, wo das ist?»

«Dort, wo wir früher gewohnt haben, wo der Einbruch war.»

«Ich fahre außen herum, und dann treffen wir uns dort. Ich warte auf dich bis halb drei. Hast du eine Uhr?»

Bori schüttelte den Kopf.

«Bis du bis … fünfhundert gezählt hast.»

«Bis fünfhundert», wiederholte Bori und begann mit leiser Stimme zu zählen. Eins … zwei … drei … vier … fünf … sechs …

Sie stand inmitten der staubigen Straße, in ihrem Kopf rasten die Zahlen, die Gedanken. Eigentlich durfte sie das

Lager nicht verlassen. Aber sie wollte. Sie musste. Als Misis Lieblingsserie «Belle und Sebastian» im Fernsehen lief, durfte er sogar von der Sonntagsmesse frühzeitig heimgehen, noch vor der heiligen Kommunion, nur damit er ja keine Episode verpasste, obwohl das nur eine alberne Kindersendung war. Er hatte so lange gejammert und Szenen gemacht, bis ihre Mutter es ihm erlaubt hatte. Wenn jemand etwas so leidenschaftlich wollte, müsse man eine Ausnahme machen und nicht auf der Regel beharren, hatte sie damals gesagt. Und was für Misi galt, musste auch für sie gelten, dachte Bori, nur hatte sie bislang noch nie etwas so leidenschaftlich gewollt, aber jetzt.

Sie lief los, verlangsamte dann aber sogleich ihre Schritte, um ja nicht aufzufallen. Künstlereingang nannten die Leute im Lager ein Loch im hinteren Zaun, das Mafiosi bei einem nächtlichen Einbruch in den Laden einige Wochen zuvor in den Maschendraht geschnitten hatten. Sie und Misi hatten am Morgen danach die Carabinieri bei der Spurensicherung beobachtet, sie hatten auch ihre Eltern befragt, aber die hatten nichts gesehen. Seitdem hieß das Loch Künstlereingang und wurde als Abkürzung nach Capua benutzt, ein verschlungener Weg führte durch die Obsthaine.

Sie eilte weiter, sie hatte sich längst schon verzählt. Als sie die Stelle erreichte, wo ihre Mutter in der Nacht von dem Autofahrer angesprochen worden war, sah sie auf dem Feldweg jenseits des Zauns bereits Attilas Fahrrad, er fuhr wie immer, ohne das Lenkrad zu halten, auf den kreisenden Speichen blitzten die Sonnenstrahlen, und sie begann zu laufen, und der Zaun lief mit, und Attila sah so hell und luftig aus, dass sie, wenn sie einen älteren Bruder gehabt hätte, ihn sich genau so gewünscht hätte, sie staunte jedes

Mal, wie er es schaffte, inmitten von so viel Schmutz und Staub immer so strahlend weiß auszusehen.

An Baracke 73 dachte sie gar nicht, bis sie daran vorbeilief und auf der anderen Seite ihre Freundinnen bemerkte. Sie spielten «Himmel und Hölle» in Kästchen, die sie aus Steinchen ausgelegt hatten, vor ein paar Tagen hatte auch sie noch mitgespielt, jetzt wunderte sie sich darüber. Sie schlüpfte mit Schwung durch das Loch im Zaun, blieb aber mit ihrem Kleid an einem Draht hängen und riss sich ungeduldig los.

«Spring auf!»

Bori rutschte auf den Gepäckträger, Attila nahm seinen Rucksack vom Rücken vor seine Brust.

«Halt dich fest!», rief er und stieß sich ab. «Leg die Arme um mich!»

Bori streckte ihre Füße aus und warf einen Blick nach hinten. Die Mädchen hatten ihr Spiel unterbrochen und sahen ihnen hinterher. Jetzt war sie doch aufgefallen, dachte sie, aber es war ihr gar nicht zuwider, im Gegenteil. Ihre Freundinnen hätten bestimmt gern gehabt, dass sie mitspielte, aber sie dachte nicht daran, sie hätte sich dabei zu Tode gelangweilt.

15.

Sie rollten davon, auf dem holprigen Pfad, im Staub des Weges glitt ihr Schatten mit. Es war Anfang Oktober, aber immer noch heißer als an den wärmsten Sommertagen in Budapest. Bori hielt das Gesicht in den Fahrtwind, lachend versuchte sie, Attilas flatterndem Hemd auszuweichen. Mit Mühe klammerte sie sich an die schmale Kante des

Sattels, aber der wacklige Gepäckträger warf sie hin und her, bei jedem Ruck drohte er ihren Händen zu entgleiten. Doch es ging gar nicht anders, sie konnte ja unmöglich die Arme um Attila legen.

Es ruckelte immer heftiger, plötzlich lösten sich ihre Finger, sie wollte schreien und lag schon im Gras.

Attila bremste, sprang ab. Das Fahrrad kippte scheppernd um.

«Nicht wieder verletzt, oder?»

Bori war sofort wieder aufgestanden.

«Nein, diesmal nicht. Glück gehabt.»

«Hier ist es auch schön», sagte er.

Bori sah sich um. Neben ihnen erstreckte sich ein großer Orangenhain. Attila versteckte das Fahrrad hinter einem Busch und ergriff ihre Hand, zog sie eine kleine Böschung hinunter. Er legte den Finger auf die Lippen, manchmal würden dort Wächter mit Gewehren patrouillieren und auf alles schießen, was sich bewegte, flüsterte er.

Er ließ ihre Hand nicht los, auch unter den Bäumen nicht, und sie widersetzte sich nicht, obwohl es merkwürdig war, Hand in Hand mit einem Mann zu gehen. Das hatte sie noch nie getan, außer mit ihrem Vater, aber das war anders, und mit Misi, aber der zählte nicht, zum Glück war niemand da, der sie hätte sehen können. Ihr Puls schlug heftig, es war so schön und aufregend dort allein mit Attila, auch wenn es verboten war, es hätte ihr in dem Moment nicht einmal etwas ausgemacht, von einem Wächter erschossen zu werden.

Sie ging tiefer und tiefer in den Hain hinein. Wie ein Zeltdach schloss sich über ihren Köpfen das dunkel schimmernde Laub, schloss sie ein und den Rest der Welt aus. Bori wischte über ihre Stirn, unter den Bäumen staute sich die Hitze noch mehr als draußen. Als Attila stehen blieb, löste sie vorsichtig ihre Hand aus seinem Griff. Die Orangen erfüllten die Luft mit süßem Duft, Zikaden ratterten, Schmetterlinge flatterten im grünlichen Licht, wie verzaubert kam die ganze Welt Bori plötzlich vor.

Attila griff in die Blätter und riss eine Orange ab, Bori reckte sich und pflückte auch eine. Das Zirpen war fast ohrenbetäubend, und doch war ihr, als sei es völlig still, als sei das Zirpen die Stille selbst. Sie beugte sich über ein Grasbüschel, wo sie eine Zikade zu hören glaubte, doch der Laut verstummte sofort.

«Die erwischt man nie», lachte Attila.

Er breitete sein Hemd auf dem Boden aus.

«Setz dich!»

Bori wollte sich setzen, wollte es sogar sehr, verharrte jedoch stehend. Attila zog ein Klappmesser aus seiner Hosentasche und begann, seine Orange zu schälen. In langen Ringen löste sich die Schale, sie baumelte in der Luft wie eine kleine Schlange. Bori ließ sich auf den Saum seines Hemdes nieder und bohrte den Daumen in ihre Orange, um sie mit den Fingern zu schälen. Attila breitete ein rot kariertes Tuch auf dem Gras aus, legte noch mehr Orangen darauf, zog ein Stück Käse, eine Tüte Oliven und Brot aus seinem Rucksack und stellte eine schon halb leere Flasche Wein daneben. Bori beobachtete ihn verstohlen von der Seite. Seine Füße und sein Oberkörper waren sonnengebräunt, dunkel, ganz anders als seine Haare.

Er zog den Korken aus der Flasche, schenkte in zwei Gläschen ein.

Bori schüttelte den Kopf.

Sie erstarrte, ein Schmetterling hatte sich auf der Wundkruste auf ihrem Knie niedergelassen. Er klappte seine blaubraunen Flügel auf und zu, wedelte mit seinen Fühlern.

«Er riecht das Blut», sagte Attila.

Der Schmetterling tupfte seinen langen Rüssel auf ihre Haut.

«Warum seid ihr eigentlich abgehauen, Borbála?», fragte Attila, während seine Hand sich vorsichtig dem Schmetterling näherte.

«Weiß nicht. Unser Zimmer war zu klein, glaube ich … Ah, jetzt ist er weg!»

«Warum habt ihr euch nicht eine Wohnung gesucht?»

«Es gab keine. Papa und Mama haben sogar geweint.»

Attila schnaubte verächtlich.

«Sie weinten, weil sie keine Wohnung fanden?»

«Weil sie nicht wegwollten, weil sie Ungarn lieben, nur die Kommunisten nicht, außer Onkel Géza.»

«Liebst du Ungarn auch?»

«Natürlich.»

«Aber du weinst nicht.»

«Warum sollte ich? Ich weine nie.»

«Weil du noch nie Grund dazu hattest. Ich könnte dich zum Weinen bringen.»

«Warum sollten Sie? Außerdem könnten Sie das nicht.»

Sie biss in die Orange. Der süße, saure Saft zerlief in ihrem Mund. Sie schleckte ihre klebrigen Finger ab.

Er schnitt den Käse in kleine Stücke.

«Hast du kein Heimweh?»

«Weiß nicht.»

«Möchtest du nicht wieder nach Ungarn? Nach Hause zurück? Zu deinen Freundinnen? Sie vermissen dich sicher sehr.»

Bori dachte an ihre Klassenkameraden, und mit einem

Mal wurde sie wehmütig. Es war Oktober, sicher saßen sie jetzt alle gemeinsam im Schulzimmer, spielten zusammen im Pausenhof, alle miteinander, Tag für Tag, nur sie fehlte. Alles ging weiter, auch ohne sie, und vielleicht vermissten sie sie nicht einmal, vielleicht erinnerten sie sich gar nicht mehr, dass da noch jemand gewesen ist, der jetzt nicht mehr da war.

«Iss, Borbála!»

«Warum nennen Sie mich immer Borbála? Alle anderen nennen mich Bori.»

«Findest du, dass du noch ein Kind bist?»

«Ganz bestimmt nicht!»

«Na also … Und außerdem stecken zwei schöne Dinge in Borbála, denk mal nach.»

Bori griff sich an die Stirn.

«Ah! *Bor!* Wein!»

Attila nickte und reichte ihr ein Glas.

Wieder schüttelte sie den Kopf.

«Und was noch?»

«*Bál!* Ball!»

«Warst du schon mal auf einem Ball?»

«Ich glaube, nicht.»

«Und das *a*?», hob sie plötzlich den Kopf. «Wofür steht das?»

Attila zuckte mit den Schultern.

«Für nichts, das *a* ist nur zur Tarnung da. Wer klug ist, tarnt sich.»

«Ich glaube, meine Eltern tarnen sich nicht», sagte Bori nach einer Weile nachdenklich.

«Das ist die beste aller Tarnungen», lachte Attila.

Bori winkelte ihre Beine an und legte das Kinn darauf. Sie schwieg und tat, als hätte sie seine Worte verstanden.

16.

Bori stand auf und strich mit den Händen ihr Kleid glatt.

«Ich glaube, ich muss jetzt leider zurück, sonst wird man mich vermissen.»

«*So* willst du zurückgehen?»

«Wie, *so*?»

«Du müsstest dich mal von hinten sehen.»

Bori griff sich an den Rücken und erschrak. In der Mitte ihres Kleides klaffte ein großer Riss. Es war am Zaun passiert, sie hatte es nicht beachtet.

«Zieh es aus, ich nähe es dir.»

Bori lachte auf, als hätte sie sich verhört.

Aber Attila hatte bereits einen Lederbeutel aus seinem Rucksack gezogen und den Inhalt auf das Hemd gekippt: Taschenlampe, Kompass, Schere, Schnüre, Rasierklingen, eine halb aufgerollte Tube *Technokol Rapid*, Nadeln und Zwirn lagen dort auf einem Haufen.

«Siehst du, ich habe für jeden Notfall etwas dabei.»

Bori erschrak, dass er es vielleicht ernst gemeint haben könnte. Sie hatte doch nichts anderes zum Anziehen dabei.

«Das ist nicht nötig, danke.»

Attila drehte ihr im Sitzen den Rücken zu und streckte die Hand aus.

«Nur keine Angst, wirf mir das Kleid hin, und wenn ich fertig bin, werfe ich es zu dir zurück. Ich werde auch nicht gucken, versprochen.»

«Ich weiß, was Sie von mir wollen, ich bin nicht dumm. Sie sind einer wie Anatol.»

«Wer?»

«Anatol … in ‹Krieg und Frieden›. Haben Sie das nicht gelesen?»

«Zufällig nicht.»

«Anatol ist ein Verführer. Ich weiß, was das ist.»

«Ist das alles, was du darüber weißt?»

«Worüber?»

«Über Männer und Frauen und so was.»

«Nein, ich habe auch ‹Anna Karenina› gelesen.»

«Na dann.» Er schüttelte den Kopf, raffte sich auf. «Dann fahren wir eben zurück, wie du bist. Deine Freundinnen werden sich gut amüsieren.»

«Warten Sie!»

Bori überlegte fieberhaft. Sie könnte das Kleid auch selbst nähen. Aber auch dazu müsste sie es ausziehen, und das kam nicht in Frage. Es sei denn, Attila ging ganz weit weg. Oder er nähte das Kleid an ihrem Rücken. Aber dann würde er vielleicht bemerken, dass auch ihr Unterhemd löchrig war, und auch das nähen wollen.

Attila hatte sich wieder hingesetzt.

«Na?»

Bori wischte sich einen Schweißtropfen von der Stirn.

«Aber … Sie dürfen sich wirklich nicht umdrehen.»

Attila schnaubte, als hätte sie etwas Dummes gesagt.

«Warum sollte ich? Ich bin ein Mann, und du bist ein kleines Mädchen. Ein Mann, ein erwachsener Mann, interessiert sich für Frauen, verstehst du, nicht für Schulmädchen wie dich. Das tun nur Perverse.»

Bori zog sich das Kleid über den Kopf, es klebte an ihrer verschwitzten Haut. Sie schämte sich, der Riss war noch viel länger, als sie gedacht hatte, ihr altes Unterhemd musste die ganze Zeit herausgelugt haben. Und auch für ihren Körper schämte sie sich, diesen Körper eines kleinen

Schulmädchens. Sie warf das Kleid auf seinen ausgestreckten Arm und setzte sich schnell hinter einen Stamm, der viel zu dünn war, um sie zu verstecken. Sie machte sich so klein und schmal, wie sie nur konnte, und wartete. Es blieb still hinter ihr. Attila nähte. Er müsste doch bald fertig sein, dachte sie nach einer Weile und sah sich, gerade so als dürfe sie und nicht er sich nicht umsehen, heimlich nach ihm um.

Sie war allein.

Sie sprang auf, drehte sich um die eigene Achse.

Attila war weg, spurlos verschwunden. Und auch ihr Kleid war weg, und das war noch viel schlimmer. Jetzt stand sie da, in Unterhemd und Unterhose, und konnte nicht einmal mehr ins Lager zurückkehren. Jetzt war ihr wirklich nach Weinen zumute.

«Bor-bá-la», lallte eine Stimme.

Sie blickte nach oben. Attila kauerte im Geäst eines Orangenbaums und wedelte mit ihrem Kleid. Bori hüpfte hinter ihren Baumstamm. Er hatte sich also doch umgedreht. Sie hätte es wissen müssen.

Sie hörte, wie er hinuntersprang.

«Jetzt bist du erschrocken, was?»

«Überhaupt nicht!»

Er hockte sich wieder hin und beugte sich über ihr Kleid.

«Wie kommt es, dass du mit fünfzehn schon ‹Krieg und Frieden› gelesen hast?»

Bori überlegte immer noch, wie er so lautlos auf den Baum hatte klettern können. Lautlos wie der kleine, schwarze Käfer, der vor ihren Füßen gerade die Spitze eines Grashalms erreichte und sie nun zu umkreisen begann.

«Wenn man ‹Krieg und Frieden› gelesen hat, kennt man das ganze Leben, dort steht alles drin, was man fürs Leben wissen muss, hat meine Großmama gesagt, und da habe ich es gelesen.»

«Arme Borbála!»

«Ich bin nicht arm.»

«Du wirst sie nie wiedersehen, deine Großmama. Sie ist für dich so gut wie gestorben.»

«Ist sie nicht!»

«Sie ist alt, ihr werdet nie nach Ungarn einreisen dürfen, sie wird nie ausreisen dürfen, also wirst du sie nie wiedersehen.»

Bori runzelte die Stirn. Daran hatte sie noch nicht gedacht. Ihre Mutter hatte immer gesagt, es würde schon werden, sie würden sich schneller wiedersehen, als sie dächten, nichts im Leben sei für ewig, doch als ihre Großmama jetzt in Gedanken plötzlich vor ihr stand, in ihrem hellblauen Seidenkleid, mit den hochgesteckten Haaren, die gar nicht alle echt waren, und den gichtigen Fingern und ihrem stets leicht verwunderten, leicht bekümmerten Lächeln, schossen ihr Tränen in die Augen. Sie presste die Lippen zusammen und verbarg das Gesicht in ihren Armen. Er sollte es nicht schaffen, sie zum Weinen zu bringen. Aber bei der Vorstellung, dass sie ihre Großmama nie wiedersehen würde, konnte sie sich nicht beherrschen.

«Borbála … was hast du?»

Sie erstarrte.

Er hatte seine Hände auf ihre Schultern gelegt, drehte sie sanft zu sich. Sie ließ es geschehen, sie wollte sich wehren, sie sollte es, das wusste sie, aber ihr Körper tat etwas anderes. Er bettete ihren Kopf vorsichtig ins Gras, streichelte mit seinen Fingern ihre feuchten Wangen, streifte ihre Tränen ab.

Sein Mund berührte ihren Mund.

Sie fasste sich an die Lippen.

Er hatte sie geküsst.

Sie lag da, wie benebelt durch seine Berührung, den fremden, betörenden Geruch seines Körpers, und er küsste sie, küsste sie immer wieder, die Küsse rieselten durch ihren Körper wie kleine Kugeln, durch Brust und Bauch, Arme und Beine, Finger und Zehen, ihr ganzer Körper kribbelte und kitzelte, als würde er durch alle Poren ihrer Haut zugleich in sie strömen, ihre Lippen hingen an seinen Lippen, und alles, was sie wollte, war mehr davon.

Hinter seinem Kopf spielten die Sonnenstrahlen im zitternden Laub der Orangen, manchmal schoss einer an Attilas Kopf vorbei und stach ihr in die Augen, dann drehte sie sich geblendet zur Seite.

Ihr Körper glühte. Gedankenlos erschöpft wie nach einem langen Lauf, lag sie unter ihm. Alles war von selbst geschehen, ohne dass sie etwas dazu getan hätte.

Sie legte den Arm über ihr Gesicht. Wunderbare Ermattung und Schläfrigkeit bemächtigten sich ihrer, und sie überließ sich ihr wie einem schönen Traum.

17.

«Was ist das?»

Bori öffnete die Augen.

Attila drehte ihr Medaillon zwischen seinen Fingern.

Sie gähnte.

«Erkennen Sie es nicht?»

«Eine Feder?»

«Das Auge einer Pfauenfeder. Mein Talisman. Meine Großmama hat es mir geschenkt.»

«Einen Glücksbringer könnte ich auch gebrauchen ...»

Bori stützte sich auf ihren Ellbogen auf.

«Ich schenke ihn Ihnen!», rief sie aufgeregt. «Das ist eine gute Idee!»

Sie setzte sich auf und wollte die Kette abnehmen.

Er hielt ihre Hand fest.

«Borbála, man verschenkt doch nicht seinen Talisman!»

«Ich schenke ihn ja *Ihnen*.»

Es war schattig geworden und kühler, sie musste eingeschlafen sein, vielleicht waren Stunden vergangen und bald Abendessenszeit.

«Wir müssen zurück!», rief sie erschrocken. «Was tun Sie da?»

Er hatte eine Kerze aus seinem Rucksack genommen, sie in die Erde gesteckt und angezündet. Knisternd streckte sich die Flamme und kam zur Ruhe, kein Lüftchen regte sich unter den Bäumen. Es war eine lange, schlanke, beige Kerze.

«Die sieht aus wie die Kerzen in der Kirche.»

«Da ist sie auch her», sagte er.

«Sie haben Kerzen aus der Kirche gestohlen?»

«Die brennen besser, sie sind geweiht ... Siehst du, welche Kraft in dieser winzigen Flamme steckt? Sie steht senkrecht, flackert nach oben, ist stärker als alles, stärker noch als die Schwerkraft. Weißt du, wie sie heißt, diese Kraft, die stärker als alles andere ist?»

«Weiß nicht.»

«Aber sicher weißt du es! Die Liebe. Diese Kerze, diese

Flamme ist unsere Liebe, deine und meine. Siehst du, wie stark sie ist?»

Bori blies die Kerze aus.

«Was machst du?»

«Sie soll nicht abbrennen.»

Attila erhob sich, stopfte seinen Rucksack mit Orangen voll, warf auch die Schalen hinein, bis nichts mehr verriet, dass sie dort gewesen waren. Bori starrte noch immer auf den Docht, als brenne die Flamme noch, dann zog Attila die Kerze aus dem Boden und steckte sie ein.

Langsam, wie in Trance, kleidete Bori sich an.

Der Riss in ihrem Kleid war gut genäht, kaum mehr sichtbar.

Plötzlich hielt sie inne.

«Woher wussten Sie, dass ich fünfzehn bin?»

«Wie?»

«Sie sagten vorhin, ich hätte schon mit fünfzehn ‹Krieg und Frieden› gelesen.»

«Ach … ich habe geraten … Es war nicht schwer, man sieht es dir an.»

«Aber eigentlich bin ich fast schon sechzehn, in einem Monat habe ich Geburtstag.»

«Dann bist du während des Aufstands geboren worden?»

«Am vierten November. Meine Mutter sagt, ich sei ein Kind der Revolution, deswegen sei ich so spröde.»

«Und dein Vater, hat er mitgekämpft? Bei der Revolution?»

Bori zuckte mit den Schultern.

Das Fahrrad rollte über den Pfad. Bori hielt Attila fest umarmt, schläfrig schaukelte sie mit seinem schaukelnden Körper mit. Über den Dächern Capuas ging die Sonne unter, auch sie eine große Orange, über dem Lager gegenüber ging der Mond auf, eine fleckige Oblate.

Die Mädchen, die hinter ihrer alten Baracke gespielt hatten, waren nicht mehr da.

Bori bückte sich und schlüpfte durch das Loch.

Attila legte den Finger auf die Lippen. Bori nickte, sie wusste, dass sie nichts verraten durfte.

Ihre Beine trugen sie von selbst. Nach drei, vier Schritten drehte sie sich um.

«Werden Sie die Frau in Dänemark besuchen, wenn Sie aus dem Lager herausgekommen sind?»

«Wen?»

«Die Dänin.»

«Was für eine Dänin?»

«Karen.»

Er sah sie verständnislos an.

«Na, die Frau, die Sie über die Grenze gebracht hat.»

«Ach, die», sagte er plötzlich und griff sich an die Stirn, «ja, natürlich ... natürlich werde ich sie nicht besuchen, warum sollte ich? Ich hatte sie schon ganz vergessen.»

Bori atmete durch.

Alles um sie herum erschien ihr neu, unwirklich, noch nie gesehen, und vielleicht träumte sie wirklich noch, und dann würde sie gleich erwachen, und alles wäre wieder gut, so wie früher, dachte sie, während sie zwischen den Baracken nach Hause stapfte, aber sie erwachte nicht.

18.

Am späten Abend, als sie in einen erschöpften Halbschlaf gesunken war, fiel ihr wieder ihre Großmama ein und das, was Attila gesagt hatte, und ihr Herz zog sich zusammen. Sie dachte an das letzte Jahr zurück, als sie und Misi, während ihr Vater in Deutschland war, bei ihren Großeltern am Donauufer gewohnt hatten. Sie erinnerte sich an die langen, trägen Nachmittage, die Misi und sie auf der Couch kniend am Fenster verbracht hatten, an den Ausblick auf den Szent-István-Park, die hohen Linden, deren Schatten durchs Fenster fiel, die schwarze Statue des «Sackträgers» am Ende der Grünfläche, den blassen Strich der Margareteninsel in der Ferne; am deutlichsten erinnerte sie sich aber an das Fenster selbst. Wenn sie durch die alte, gewellte Scheibe blickten und den Kopf hin und her bewegten, schien sich die Welt draußen zu verzerren, die geraden Linien verzogen sich, die Bäume, die Hecken, die Laternen sahen zerbrochen aus, als spiegelten sie sich im kräuselnden Wasser eines Sees, in den man gerade einen Stein geworfen hat.

So kauerten sie auf der Couch, die ihre Großmama «Biedermeiersofa» nannte und mit einem Schutzbezug bedeckt hatte, damit sie sie nicht «zerschunden», und blickten hinaus und wackelten mit den Köpfen, um die Welt fließend zu machen. Mit der Zeit wurde es kalt, die Blätter fielen ab, Schnee bedeckte die kahlen Äste, die Dächer der Autos, die unter dem Fenster parkten, den Rasen und die geschotterten Wege, die ihn säumten, die hölzernen Parkbänke. Die Sonne war eine kraftlose Scheibe, das Licht nur noch ein Schatten seines Selbst. Krähen saßen im Geäst und stießen krächzende Schreie aus, daran erinnerte sie sich genau.

Schon seit September wohnten sie unter der Woche bei ihren Großeltern. Am Sonntagabend brachte ihre Mutter sie hin, am Freitagabend holte sie sie wieder ab. Sie holte sie ab, sie brachte sie wieder hin. Sie arbeitet den ganzen Tag bis zur Erschöpfung, eure arme Mutter, sagte ihre Großmama oft. An den Wochenenden, wenn sie zu Hause waren, war ihre Mutter nie müde oder schlecht gelaunt, erst wenn sie sie schlafend wähnte. Abends, wenn sie im Bett lagen, saß sie im Schneidersitz auf der Liege, auf der sie seit dem Weggang ihres Vaters schlief, um das aufklappbare Bett, das den letzten freien Fleck in der Mitte des winzigen Zimmers verstellt hätte, nicht aufklappen zu müssen, und schrieb auf einem Zeichenbrett Briefe nach Deutschland, die alle mit den Worten begannen: «Mein geliebter, einziger Karcsi».

Am Freitag holte ihre Mutter sie ab, am Sonntag brachte sie sie wieder hin. Sie blieb immer nur kurz, sie musste am nächsten Tag zeitig aufstehen. Großmamas Schlafzimmer befand sich neben dem Wohnzimmer, in dem sie schliefen, eine hohe, schmale Flügeltür trennte die beiden Räume. Wenn es bei ihnen dunkel war, sah sie im Spalt unter der Tür das Nachttischlampenlicht der Großmama, hörte manchmal ihre Schritte, das Krächzen ihres Radios. Bevor sie selbst schlafen ging, kam ihre Großmama immer noch an ihre Betten und sah nach ihnen, und dann taten sie, als würden sie schlafen, und manchmal schliefen sie wohl tatsächlich. Ihre Großmama hörte einen Sender, der *Freies Europa* hieß, bald kannten sie die Stimmen aller Sprecher.

In den ersten Wochen brachte ihr Großpapa sie zur Schule. Er nahm Misi an die Hand, sie trottete neben ihnen her, die Pozsonyistraße hinunter, im Schatten der Allee und der Miethäuser mit den finsteren Fassaden. Am

Ende der Straße bestiegen sie die Straßenbahn und fuhren über die Margaretenbrücke nach Buda, wo sich ihre Schule befand. Als sie den Weg gut genug kannten, begleitete ihr Großpapa sie nur noch bis zur Straßenbahn, dort nahm sie dann Misi an die Hand. Nach der Schule wartete Großpapa immer neben dem Haltestellenschild, mit seinem weißen Haar, in soldatischer Haltung, in einem kastanienbraunen Ledermantel, der ihm, der nicht großgewachsen war, fast bis zu den Füßen reichte. Den Mantel hatte er schon im Ersten Weltkrieg getragen. Nicht ein einziges Mal verspätete er sich in all den Monaten.

Nach dem Mittagessen durften sie sich im Park hinter dem Haus «austoben», aber sie verhielten sich ruhig, es gab keinen Grund, sich aufzuführen. Frische Luft und Bewegung seien das Wichtigste im Leben, sagte ihr Großpapa, denn nur in einem gesunden Körper könne ein gesunder Geist stecken, Misi wollte aber überhaupt nicht, dass ein Geist in ihm steckte. Sie schlenderten um die Rasenfläche herum und beobachteten den Parkwächter, der mit seinem nadelgespickten Stock die Abfälle am Boden aufspießte, und der Park war wirklich sauber. Wenn ihr Großpapa dabei war, half er mit, hob die Abfälle auf, die auf ihrem Weg lagen, und warf sie in die Müllbehälter, und sie machten es ihm nach. Ihr Großpapa verstand Leute nicht, die Straßen und Parkanlagen mit ihren Abfällen verschmutzten.

Ihre Großmama begleitete sie nie, sie spielte auch nicht mit ihnen. Sie kochte auch nicht gern, sie verabscheute jede Art von Hausarbeit, nur wenn sie mit ihrem fedrigen Staubwedel die alten Möbel und die Kunstgegenstände darauf abstaubte, schien sie zufrieden. Mit ihren langen Seidenkleidern und ihrem hochgesteckten Haar, das sie, wie Bori wusste, färbte, da es eines Tages im letzten

Kriegsjahr über Nacht ergraut war, sah sie aber auch nicht wie eine Putzfrau oder eine Köchin aus. Meistens lag sie auf ihrem Bett und studierte Bücher und Zeitschriften, die sich auf dem Betpult stapelten, das ihr als Nachtkästchen diente. Sie handelten von Antiquitäten. Ihr Vater schickte ihr aus Deutschland jeden Monat ein Magazin mit dem Titel *Collector's Guide*, das ihre Großmama mit besonderer Vorliebe las, obwohl sie kein Englisch konnte.

An manchen Nachmittagen machte sie sich «vorzeigbar» und fuhr in die Stadt. Sie stöberte in Antiquitätenläden, kaufte das eine oder andere Stück oder bot selbst etwas zum Verkauf an. Auch im Salon, wie sie das Wohnzimmer nannte, empfing sie manchmal Käufer und Händler, dann durften Misi und sie nach nebenan gehen und etwas malen oder lesen. In den ersten Jahren nach dem Krieg – denn im Krieg war «alles dahingegangen» – hatte sie die ganze Wohnung mit wertvollen Möbeln und Antiquitäten ausgestattet, für nur wenig Geld, dank ihrer großen Kenntnis. Misi und Bori gewöhnten sich mit der Zeit an die seltsamen Worte, die ihre Großmama für diese Möbel gebrauchte. Mal fragte sie sie, ob sie ihre Brille auf der Cassapanca liegen gelassen habe, mal bat sie, ihr einen Bleistift aus dem Tabernakel zu bringen, mal ermahnte sie Misi, nicht auf der Chaiselongue herumzuhüpfen. Sie lernten, was ein Kanapee war und was eine Kredenz, ein Diwan, eine Vitrine, ein Paravent, ein Sekretär, eine Récamière. Sie hatten keine Ahnung, was die Wörter bedeuteten, aber sie wussten, wohin sie laufen mussten.

Die Großmama spielte nicht mit ihnen, aber sie erzählte viel. Von berühmten Malern und Musikern, von einem russischen Schriftsteller mit dreizehn Kindern, dessen Romane sie später unbedingt lesen sollten, weil sie alles beinhalteten, was man über das Leben wissen musste. Sie erzählte von der Belagerung Budapests und von ihrer Flucht vor der heranrückenden Front im letzten Kriegsjahr, als ihre Mama noch ein junges Mädchen und Tante Jolán ein richtiges Kind war. Und sie erzählte von ihren Antiquitäten, aus welcher Zeit und welchem Land sie stammten und woran man erkannte, ob sie wertvoll oder nur Imitate waren, und von Geheimfächern in Tabernakeln, die so gut versteckt waren, dass nicht einmal die Besitzer von ihnen wussten.

Es gab ein weiteres Zimmer in der Wohnung, eine schummerige Kammer gleich neben der Eingangstür. In ihr lag ihr Urgroßpapa. Er war sechsundneunzig, darunter konnten sie sich aber nichts vorstellen. Schon seit vielen Jahren sorgte ihr Großpapa für ihn, er wusch und rasierte ihn jeden Tag, bezog sein Bett jede Woche frisch. Der Urgroßpapa lag nur da und rauchte seine Pfeife, der Raum stank nach Tabak. Er war nicht krank, er war nur alt und aß nur Brei. Wenn Misi oder sie sich an sein Bett setzten, hielt er ihre Hand oder strich ihnen über den Kopf, aber meist blieben sie nicht lang. Urgroßpapas Bett blickte auf ein Fenster mit Trübglas, hinter dem sich der Innenhof mit den Abfalltonnen befand. Nie erreichte ein Sonnenstrahl diesen Hof, der wie ein senkrechter Tunnel aussah, er war finster und hässlich und stank. Wenn die Hausbewohner die metallenen Abfalltonnen zuklappten, schepperte es.

Nach Weihnachten verschwand auch ihr Urgroßpapa.

Das Zimmer sah aus wie immer und roch wie immer, nur das Bett war nun leer. Es war frisch bezogen, aber leer. Ihre Großmama trug Schwarz. Die Älteren gingen ohne sie und Misi zur Beerdigung, Kinder hätten auf Beerdigungen nichts verloren, sagte ihre Mutter. Nachdem der Urgroßpapa weg war, betraten sie die Kammer nie wieder.

Nach Weihnachten war alles anders. Das Licht wurde schärfer, klarer, die Luft frischer. Die weiße Schneedecke im Park zerschmolz, von den Autodächern rann Schneewasser und sammelte sich in Pfützen. Ein kalter Wind wehte von der Donau her und brachte Regen, in der großen Pfütze unter ihrem Fenster kräuselte das Wasser sich, bei richtiger Windrichtung konnten sie vom Fenster aus hineinspucken, obwohl ihre Großmama sagte, dass sich das nicht gehörte. An den Zweigen brachen die Knospen auf, es wurde Frühling.

Sie warteten auf die Rückkehr ihres Vaters.

Wenn ihre Großeltern fanden, dass Misi und sie müde waren, «durften» sie in ihrem Doppelbett Mittagsschlaf halten, auch wenn sie nicht wollten, und sie wollten nie. Ihr Großpapa ließ jedes Mal das Rouleau herunter, und auf einen Schlag war es Nacht. Aber nach einigen Minuten gewöhnten Boris Augen sich an die Dunkelheit, Konturen traten hervor, sie konnte sogar das Pendel in der Wanduhr erkennen, und spätestens da hörte sie auch schon Misis regelmäßige Atemzüge. Wenn die Sonne schien, drangen Lichtpfeile voller schwebender, tanzender Staubkörner durch die dünnen Ritzen des Rouleaus, und Bori war verblüfft, die Luft so zu sehen, wie sie wirklich war. Sie schlüpfte aus dem Bett und schlich auf Zehenspitzen zur Tür. Sie war zu alt, um noch Mittagsschlaf zu machen.

Sie lauschte. Um diese Zeit pflegten ihre Großeltern auszugehen. Sobald sie den Knall der Wohnungstür und das Knirschen des Schlüssels hörte, lief sie zur Wohnungstür und blickte ihnen durch den Briefschlitz hinterher. Wenn sie außer Sicht waren, ging sie in den Salon zurück, schloss die Tür zum Schlafzimmer, um Misi nicht zu wecken, und öffnete beide Flügelfenster. Der Luftzug bewegte den Damastvorhang, die Kristallbehänge des Lüsters begannen sich zu drehen, klingelten und bimmelten, und sie lauschte ihnen wie einem Glockenspiel. Es war die Stimme der Wohnung, die so zu ihr sprach.

Sie wusste immer etwas zu tun, wenn sie allein war. Sie versuchte zum Beispiel einen Punkt im Salon zu finden, von dem aus sie sich in keinem der vielen Spiegel mehr sehen konnte. Sie verglich die Muster der Perserteppiche. Sie betrachtete die Gemälde, seltsame Bilder eines ungarischen Grafen, Szenen aus der Weltgeschichte. Sie durchstöberte die Schränke, wühlte in den Schubläden der Kommoden. Sie öffnete die Vitrine mit dem Schlüssel, den ihre Großmama in einer Schublade versteckt hielt, nahm die prunkvollen Gläser und Becher heraus und stellte sie auf den Tisch. Das Glas, das ihr am besten gefiel, nannte ihre Großmama Lebensglas. Misi würde es bekommen, wenn er groß war, hatte sie einmal gesagt, als sie vor der Vitrine gestanden hatten, und Bori das wunderschöne Rubinglas. Bori hatte das Rubinglas betrachtet, aber ihr Blick war schnell zum Lebensglas zurückgewandert. Misi dagegen hatte nach dem Rubinglas geschielt. Sie würden tauschen, wenn sie groß waren.

Ihren Schmuck bewahrte ihre Großmama unten in der Vitrine in einer Schublade auf, die auf den ersten Blick gar nicht als solche zu erkennen war. Dort lagen in Etuis und Schachteln Ringe, Armreife, Halsketten, Broschen, Edelsteine, die hell erstrahlten oder dunkel glühten, sobald sie sie ins Licht hielt. War Bori allein, probierte sie alles an, besah sich in den vielen Spiegeln. Einmal klemmte das Schloss einer Perlenkette, die sie gerade umgelegt hatte. Sie mühte sich noch damit ab, als sie plötzlich die Tür hörte. Erst wollte sie sich die Kette vom Hals reißen, dann fiel ihr ein, dass es besser war, einen Pullover überzuziehen. Ihr blieb gerade noch Zeit, die Schublade zuzuschieben, als ihre Großeltern eintraten, das Fenster stand noch sperrangelweit offen. Sie wischte sich die Stirn ab. Ihr Großpapa lobte sie, dass sie ans Lüften gedacht habe.

Die Schatten der Linden wurden von Tag zu Tag dunkler, der Duft ihrer Blüten drang ins Zimmer, es war Sommer geworden. Ihre Mutter holte sie noch immer ab, brachte sie noch immer hin. Die Fenster im Salon und im Schlafzimmer blieben nun den ganzen Tag geöffnet, die Rouleaus waren lose heruntergelassen, damit zwischen den Latten Luft hereinströmen konnte, die Hitze aber draußen blieb. Und die neugierigen Blicke ebenfalls, flüsterte ihr Großpapa, der auch behauptete, dass die Wände Ohren hätten, obwohl Misi nie eines finden konnte. Die Ohren, erklärte der Großpapa, seien auf der anderen Seite der Wand, und niemand wisse, wer wem was von dem erzählen würde, was er bei ihnen hörte. Darum sollten sie sich immer leise unterhalten, genauso leise, wie ihre Großmama Radio hörte. Sie nickten. Die Fenster blieben auch nachts geöffnet. Auf dem Diwan liegend lauschte sie der Musik, die von der Insel herüberklang. Sie spürte ein seltsames Kribbeln, wenn sie sich vorstellte, wie die Leute zu der Musik tanzten. Die fernen Töne ließen sie nicht schlafen, sie lag nur da und träumte mit offenen Augen.

Ihr Vater kehrte und kehrte nicht heim, obwohl sie ihn in jedem Brief sehnsüchtig fragten, wann er denn endlich zurückkäme. Eines Tages nahm ihre Mutter ihre Hände in ihre Hände und sagte, sie selbst würde in drei Tagen nach Deutschland fahren und ihn nach Hause holen. Sie sah ihnen fest in die Augen, ihr Gesicht strahlte. Du fährst also auch weg, sagte Misi. Nur kurz, sagte ihre Mutter. Wir kommen mit, riefen sie. Ihre Mutter schüttelte den Kopf. Die Behörden würden das nicht erlauben. Drei Tage später, am ersten Tag der Sommerferien, begleiteten sie mit ihren Großeltern ihre Mutter zum Ostbahnhof. Sie stieg in den Zug, den gleichen, der schon ihren Vater mitgenommen und nie zurückgebracht hatte. Ihr weißes Taschentuch flatterte aus dem Fenster, bis es sich am Ende des Bahnsteigs im gleißenden Licht auflöste. Wortlos trotteten sie zum Ausgang, Durchsagen und die vertraute Signalmelodie der Bahn hallten durch die riesige Bahnhofshalle. Während der Fahrt im 76er-Trolleybus schwiegen sie beharrlich, obwohl ihre Großeltern ihnen lauter spannende Sachen erzählten, Bori jedoch weinte nicht.

An jenem Tag nach dem Mittagessen, das Misi unangetastet stehenließ, nahm ihr Großpapa sie endlich auf die Insel mit. Ein bisschen eilig, fast schon überstürzt. Mach einen Ausflug auf die Insel mit ihnen, hatte ihre Großmama beim Essen zu ihm gesagt, leise, aber nicht leise genug.

Sie liefen, um die Fähre zu erwischen. Das kleine weiße Fährboot näherte sich bereits, quer über den Fluss, gegen die Strömung ankämpfend. Sie stiegen ein, es fuhr sofort ab. Misi hielt seine Hand in die Gischt. Ihr Großpapa schüttelte den Kopf und erzählte ihnen von den Donauhaien, die schon vielen Kindern die Hände abgebissen hätten. Dabei steckte er kurz die Hand ins Wasser, zog sie dann wieder heraus – und die Hand war nicht mehr da, am Ende des Ärmels nur ein schwarzes Loch! Misi starrte den leeren Ärmel an, da kam die Hand plötzlich zum Vorschein, und sie lachten alle darüber, dass ihr Großpapa sie hereingelegt hatte, und ihr Großpapa lachte lautlos in sich hinein. Es gäbe keine Haie in der Donau, sagte er später, nur Menschenhaie am Ufer.

Die Fähre legte auf der anderen Seite an, doch Misi wollte nicht von Bord gehen, wollte unbedingt weiterfahren. Bori und Großpapa stiegen vom Boot und winkten ihm, doch erst als einer der Männer die Metallkette einhängte und der Motor aufbrummte, hüpfte Misi an Land. Sie verbrachten den ganzen Nachmittag auf der Insel, aßen ihre belegten Brote im Schatten der Platanen mit ihren abblätternden Rinden und bestaunten das Spiel der Fontäne, die in den Himmel schoss, sobald aus den krächzenden Lautsprechern eine Melodie erklang. In einem kleinen Zoo, den nur Eingeweihte kannten, wie ihr Großpapa sagte, vergaßen Bori und Misi ihre Eltern dann ganz. Am Abend gingen sie früh zu Bett und schliefen sofort ein.

Am nächsten Morgen fiel Boris Blick beim Erwachen auf das Tabernakel an der Wand gegenüber. Sie hatte sich plötzlich erinnert, dass ihre Großmama ihnen von Geheimfächern in Tabernakeln erzählt hatte. Als sie am Nachmittag allein war, begann sie alles zu untersuchen, klappte die Schreibplatte herunter, öffnete die Tür in der Mitte des oberen Teils, zog die Schubläden links und rechts heraus, tastete alles ab. Irgendwo musste er doch sein, der versteckte Hebel, der das Geheimfach bediente. Sie durchsuchte die drei langen Schubläden im unteren Teil, alles vergeblich. Als sie sich aufrichtete, bemerkte sie Misi hinter sich. Er solle sich wieder hinlegen, sagte sie verärgert. Er schüttelte den Kopf. Erst müsse sie ihm verraten, was sie suche, sonst würde er sie verraten. Sie sagte es ihm. Seine Augen leuchteten vor Aufregung. Er wandte sich ab, sprach kein Wort mehr davon.

In der Nacht riss ein Geräusch sie aus dem Schlaf. Das Zimmer war dunkel, aber über die Wand irrlichterte ein heller Strahl. Verblüfft setzte sie sich auf. Der Diwan quietschte unter ihr, das Licht strahlte sie an. Sie hielt sich die Hände vors Gesicht.

«Ich habe es gefunden!», flüsterte Misi.

«Was?»

«Das Geheimfach.»

Er leuchtete in sein eigenes Gesicht, damit sie ihn sehen konnte. Er stand auf einem Stuhl.

«Ich wusste, dass ich es finden würde.»

Bori sprang aus dem Bett, das Parkett knarrte.

«Komm sofort da herunter!»

Das Licht schwenkte auf die mittlere der drei kleinen Figuren, die oben auf der gewölbten Deckplatte des Tabernakels standen. Misi begann, die Figur zu drehen, und die Rückwand des Faches darunter, dessen Tür er geöffnet hatte, drehte sich mit.

Er griff hinein und nahm etwas heraus.

«Nimm es!»

Seine Stimme zitterte vor Anspannung. Sie streckte die Hand aus, er legte ein gewickeltes, schweres Bündel hinein.

Er leuchtete darauf.

Ein rotes Tuch, aus dem ein Rohr ragte.

Sie schlug das Tuch zurück. Es war eine schwarze Pistole, auf dem Griff ein großer, grauer Stern. Noch nie hatte sie eine echte Pistole gesehen.

«Die ist sicher aus dem Krieg», flüsterte Misi, «ich habe sie …»

«Kinder! Kinder!»

Sie zuckten zusammen. Ihr Großpapa stand in der Flügeltür, hinter ihm das fahle Licht seiner Nachttischlampe, er war in Pyjama und Pantoffeln. Er machte einen Schritt vor und nahm Bori das Bündel aus der Hand.

«Jetzt aber husch ins Bett, ihr Schlafwandler, ihr erkältet euch noch … Schnell, schnell, zurück in die Federn. Schlaft weiter, ihr habt nur geträumt.»

Sie gehorchten, huschten ins Bett. Misis Feldbett knarrte noch eine Weile, dann nicht mehr. Bori lag da, alles war still, aber ihr war, als sähe sie eine Silhouette am Fuß ihres Bettes, einen Schemen, noch ein bisschen dunkler als alles andere ringsum. Stumm und reglos, als wäre sie gar nicht da.

Sie wartete, stemmte sich gegen die Müdigkeit, versuchte, wach zu bleiben, bis der Schatten sich rührte, doch umsonst. Ihre Sinne begannen zu ermatten, die Augen fielen ihr zu, sie sah nichts mehr, hörte nur noch die Musik auf der Insel, ferne Melodien, süße Klänge, die in einer langen Kolonne über den Fluss schwebten, das Ufer hinauf, durch den Park und durch das offene Fenster bis zu ihrem Bett, und da wusste sie, dass ihr Großpapa recht gehabt hatte, dass alles nur ein Traum gewesen war.

Teil fünf

WAS MISI SAH

1.

Károly begann, sich Sorgen zu machen. Seit drei Monaten lebten sie in Italien und waren der neuen Heimat ferner denn je. Sein einstiges Institut in Deutschland, auf das er so große Hoffnungen gesetzt hatte, hatte auf keinen seiner Briefe geantwortet. Dabei hatten sie ihm bei seinem Abschied im Mai zu verstehen gegeben, dass sie ihn, sollte die Situation sich ergeben, jederzeit mit offenen Armen empfangen würden. Und nun wurde er nicht einmal einer Antwort gewürdigt.

Aus Ungarn traf ein sorgfältig verschnürtes Päckchen ein, ein Lebensmittelpaket von Béla, ein paar «heimische Geschmäcker», wie er schrieb, eine große Schinkenkonserve, runde, kleine Leberwurstkonserven, *Parenyica*-Käserollen, vier Tüten Paprikapulver, süß und scharf, vier Tuben *Piros-Arany*-Paprikacreme und ungarische Mayonnaise.

Ein paar Tage später kam ein zweiter Brief. Ein wattierter Umschlag von Signor Monte, der eine silberne Taschenuhr mit Bitte um Reparatur sowie ein großzügiges Entgelt für die letzte Reparatur enthielt.

Károly prüfte die Uhr, konnte aber keinen Defekt entdecken. Dennoch öffnete er das Gehäuse und säuberte das Uhrwerk mit einem Pinsel. Dann brachte er sie Signor Monte zurück. Teréz wollte, dass er selbst ging, es sähe seltsam aus, wenn er immer sie vorschickte.

Er polierte seine Schuhe, zog seine graue Hose und das karierte Sakko an, die Teile gehörten nicht zusammen und ergaben doch eine Art Anzug, seinen einzigen. Er steckte auch den Umschlag ein, um Signor Monte das Geld für die erste Reparatur zurückzugeben, Teréz bestand darauf.

Am Mittag war er noch immer nicht zurück, Teréz, Bori und Misi gingen ohne ihn zur Kantine.

Als sie heimkamen, stand er an der Herdplatte und machte Pfannkuchen. Er sei von Signor Monte aus gleich in die Stadt gelaufen, um ein paar gute Sachen zu besorgen, frisches Brot, Zucker, Mehl, Eier, Kakao, Marmelade, Mohn.

«Du wolltest doch kein Geld von ihm annehmen», sagte Teréz leise, sie hatte den Umschlag auf dem Tisch gleich bemerkt.

«Er bestand darauf, was hätte ich tun sollen?»

«Du hättest es nicht nehmen dürfen.»

«Er hat es mir förmlich aufgezwungen, ich wollte ihn nicht beleidigen. Er war sehr freundlich. Und den Kindern schmeckt es, nur das ist wichtig ...»

Er schenkte Bori und Misi heißen Kakao ein.

«Ja, und?», fragte Teréz.

«Was und?»

«Unser Antrag. Was hat er gesagt?»

Das Öl zischte in der Pfanne, Károly goss frischen Teig hinein.

«Du hast ihn doch gefragt, oder?»

«Es hat sich nicht ergeben, ich wollte nicht aufdringlich erscheinen.»

«Es wäre nicht aufdringlich gewesen, es wäre ganz normal gewesen! Es versteht sich doch von selbst, dass wir wissen wollen, wie es weitergeht und wann ...»

«Wir können doch nicht erwarten, dass er sich ständig mit unserem Fall beschäftigt.»

«Aber du hast es nicht einmal versucht! Du hättest wenigstens fragen können!»

Teréz wandte sich ab, aber das Zimmer war zu klein, um sich wirklich abzuwenden, unerträglich klein. Sie trat ans Fenster und blickte hinaus. Man könne so etwas nicht beschleunigen, man müsse eben geduldig sein, raunte Károly hinter ihr, Signor Monte sei ihnen wohlgesinnt, das sei doch das Wichtigste. Bori und Misi mampften ihre Pfannkuchen, ihr Vater fragte immer wieder, ob es ihnen auch wirklich schmeckte, und sie sagten ja, aber er selbst kostete sie nicht, nie aß er mit, wenn es etwas Feines gab, nicht einmal, wenn er es selbst gekocht hatte, dann erst recht nicht, nicht einen Bissen, das sei alles nur für sie, sagte er dann immer. Dabei hätten sie nichts lieber gewollt, als dass er mitaß.

Teréz setzte sich an den Tisch. Sie hatte kein Recht, so streng mit Károly sein. Es war nicht selbstverständlich, dass er Uhren richten konnte, nichts war selbstverständlich, nicht die Pfannkuchen, nicht der gedeckte Tisch, nicht der Kakao, nicht die Alarmanlage, die er für das Auto gebaut hatte, um es gegen nächtlichen Diebstahl zu schützen, warum vergaß man immer, dass nichts selbstverständlich war.

Die alte Espressokanne begann zu blubbern. Der Griff war abgebrochen, Károly nahm sie schnell mit Hilfe eines Handtuchs vom Herd, verbrannte sich dabei den Finger und fauchte auf, Kaffee schwappte über, Misi lachte, Teréz wischte die vergossene Brühe auf. Am Abend vor dem Zubettgehen riss sie das Kalenderblatt für Oktober ab. Es war der erste November, in drei Tagen würde Bori sechzehn sein.

Am 4. November 1956 war sie auf die Welt gekommen

und damit nichtsahnend mitten in die Wirren einer blutigen Revolution hineingeraten.

2.

Schon die siebte Nacht in Folge herrschte in jener Nacht Ruhe, und nach dem tagelangen Dröhnen der Panzerkanonen, das auch die Budaer Hügel erschüttert hatte, lag in dieser Ruhe etwas Unwirkliches, Zartes, Verletzliches. Die ganze Stadt schien den Atem anzuhalten, als könne jede falsche Bewegung tödlich sein.

Teréz bangte, betete, wie alle anderen konnte auch sie nicht glauben, was in den letzten Tagen geschehen war. Eine harmlose Solidaritätskundgebung von Studenten der Technischen Universität mit dem politisch bedrängten polnischen Volk war zu einer Massendemonstration angewachsen, die im Lauf des Tages die gesamte Hauptstadt erfasst hatte. Am Abend war das Stalindenkmal am Stadtwäldchen umgestürzt, von einem Traktor durch die Stadt geschleift und mit Metallsägen geköpft worden. Am nächsten Tag waren die sowjetischen Truppen aus den Kasernen angerückt, in ganz Budapest entflammten Straßenschlachten. Auch am Großen Ring, unweit der Wohnung ihrer Eltern, tobten die Kämpfe, Béla berichtete von Barrikaden, ausgebrannten Panzern und verkohlten Leichen und beschwor sie und Károly, der Innenstadt fernzubleiben.

Oben in den Budaer Villenvierteln, in ihrem Zimmer in der Székácsstraße, das sie nach langem Warten erst wenige Wochen zuvor bezogen hatten, schienen die Kämpfe noch weit weg zu sein und waren doch allgegenwärtig. Die

Nachrichten waren widersprüchlich, mal wurde von Verbrüderungen zwischen Aufständischen und russischen Soldaten berichtet, mal von heimtückischen Massakern, die Scharfschützen der Staatssicherheit aus Gebäuden heraus unter unbewaffneten Demonstranten angerichtet hätten. Doch trotz der schrecklichen Ereignisse empfand Teréz ein Glück, das sie selbst nicht für möglich gehalten hätte, das Gefühl einer ungeheuren Befreiung, als wäre eine drückende Last von ihr abgefallen, als könnte sie plötzlich wieder durchatmen, als wäre die Luft wieder sauber und klar, als hätte sich die erstickende Giftwolke aus Lügen und Propaganda, die ihnen allen seit Jahren den Atem raubte, endlich verzogen. Denn schlimmer noch als die Verbrechen des Systems waren die Lügen gewesen, mit denen sie gerechtfertigt und schöngeredet wurden.

Jetzt war die Stunde des Volkes gekommen, das empfand Teréz stärker als alles andere. Jetzt war Schwarz wieder Schwarz und Weiß wieder Weiß, jetzt geschah endlich wieder das, was das Volk wollte, und nicht das, was «im Namen des Volkes» die kommunistische Elite wollte. Zehn Jahre lang hatte man ihnen von morgens bis abends vorgesagt, was sie zu wollen und was sie nicht zu wollen hätten, und nie war es das gewesen, was sie wirklich gewollt und nicht gewollt hatten. Jetzt waren sie am Zug, jetzt war der Moment gekommen, in dem – vielleicht zum ersten Mal in ihrer langen, zerstrittenen Geschichte – die ganze oder fast die ganze Nation an einem Strang zog. Endlich gab es kein Hin und Her, kein Taktieren, keinen Eigennutz, nur den einen Willen, nach den Jahrhunderten der Fremdherrschaft Freiheit und Unabhängigkeit zu erlangen, die sowjetischen Besatzer und ihre kommunistischen Kollaborateure, die nach dem Krieg aus Nacht und Nebel aufgetaucht waren, mit fanatischer Beharrlichkeit Stück für Stück jede politische Macht an sich gerissen hatten und das Land seitdem terrorisierten, davonzujagen.

Selbst die kleinen Tritte, die sie von innen gegen ihre Bauchwand spürte, empfand Teréz als einen Ausdruck dieser kollektiven Leidenschaft. Wenn sie schon nicht zu mehr in der Lage war, sollte wenigstens die Geburt ihres Kindes ihr winziger, hilfloser Beitrag zum großen Kampf um die Freiheit und eine andere Zukunft sein. Und selbst wenn man ihnen eines Tages alles wieder nehmen würde, diese paar Tage des blinden Vertrauens, des Zusammenhalts und der Redlichkeit würden ihnen immer bleiben. Sofern sie das Glück hatten, sie zu überleben.

Dann, nach Tagen des Kampfes, wurde es ruhiger.

Es war der 28. Oktober. Die Waffen verstummten, das Radio verkündete die Absetzung der Regierung, die Auflösung der Staatssicherheit und den Abzug der sowjetischen Truppen aus dem Land. Eine neue Regierung wurde ernannt, die sofort damit begann, die Forderungen der Revolutionäre umzusetzen. Mit jedem Tag wuchs die Hoffnung, dass tatsächlich etwas passiert sein könnte, das eigentlich ausgeschlossen war, dass sie gesiegt hätten.

Sie hatten gesiegt, aber sie wollten es nicht glauben, obwohl sie es doch mit eigenen Augen sahen. Die sowjetischen Panzer zogen aus der Stadt und ostwärts aus dem ganzen Land ab, Teréz zog mit einem Handkoffer ins Sportkrankenhaus in der Alkotásstraße. Károly begleitete sie und blieb bis zum Abend, der Kaiserschnitt war für den nächsten Morgen angesetzt.

Eine Krankenschwester ging herum und löschte die Lichter. Sie waren zu viert im Zimmer, vier Frauen, alle unmittelbar vor der Niederkunft. Sie unterhielten sich, lachten, die drei anderen schliefen der Reihe nach ein. Teréz lag auf der Seite, eine Hand auf ihrem bewegten Bauch, sie schlief nicht. Mitternacht war vorbei, der 4. November brach an, der Tag, der fortan für alle Zeiten der Tag der Geburt ihres ersten Kindes sein würde. Die Monate ihrer Schwangerschaft hatte sie in einem Zustand geheimnisvoller Glückseligkeit verbracht, in Erwartung von etwas, das eigentlich längst angekommen war, langsam in ihrem Körper Gestalt annahm. Sie hatte nicht unter Unpässlichkeiten gelitten oder konnte sich daran nicht erinnern, sie hatte sich wunderbar stark und gesund gefühlt und war noch am Vortag zur Arbeit gegangen.

Jetzt beschlich sie ein Gefühl von Wehmut. In wenigen Stunden würde das alles zu Ende sein, mit einem einzigen Skalpellschnitt. Sie ahnte, dass die Geburt nicht nur ein Anfang, sondern vor allem ein Ende sein würde. Nie mehr wäre die Zweisamkeit mit ihrem Kind inniger, ungestörter und vollkommener als in den zurückliegenden Monaten, nie erginge es ihrem Kind im Bauch der Welt so gut wie in ihrem Bauch, und ihr selbst auch nicht.

Sie gähnte, ihre Lider wurden schwer, sie wollte schlafen, immer empfand sie diese große, nie gestillte Sehnsucht nach Schlaf, einmal, irgendwann einmal würde sie eine lange, lange Schlafkur machen, sich ausruhen, einmal richtig ausruhen, das war ihr Traum.

Als sie erwachte, dämmerte es draußen bereits, und die monotonen Atemzüge der anderen Frauen schienen sich in ein dumpfes Raunen verwandelt zu haben. Teréz lauschte, stutzte, das Geräusch verwirrte sie, sie richtete sich auf. Ihre Nachbarin im Bett gegenüber hatte sich ebenfalls aufgesetzt.

«Das sind doch ...»

«Panzer, oder?»

Die Worte blieben ihr in der Kehle stecken. Sie war sich sicher, dass dieses Rumoren das heimtückische Geräusch rollender, knatternder Panzerketten war, dass irgendwo in der Stadt und gar nicht weit weg Panzer durch die Straßen rollten und dass es dann nur sowjetische Panzer sein konnten und damit alles, alles vorbei war.

Wieder kam eine Schwester, zog die Vorhänge beiseite, lüftete, machte das Zimmer für die Morgenvisite bereit, was in der Stadt vor sich ging, konnte oder wollte sie nicht sagen. Die Visite war kurz. Auf der Türschwelle drehte sich der Professor noch einmal um.

«Meine Damen, bedenken Sie bitte, was draußen geschieht, geht uns nichts an, wir haben hier drinnen Wichtigeres vor, wir müssen dafür sorgen, dass da draußen auch in Zukunft etwas geschieht.»

Als sie durch die Flure geschoben wurde, sah Teréz noch einmal Károly, er drückte ihr mit einem schüchternen, ermutigenden Lächeln die Hand, und sie staunte, wie jung er aussah, wie ein Schüler, obwohl er schon einundzwanzig war und für dieses Alter an ihrem Institut bereits viel galt. «Zählen Sie langsam von eins bis zehn», sagte eine Schwester und hielt die Maske an ihren Mund, und sie begann zu zählen und betrachtete die mundschutzverhüllten Gesichter über sich und den runden Strahler, unter dem sie jetzt schlafen, endlich schlafen durfte.

Später, als sie zu sich gekommen war und das Kind, sauber eingewickelt, als wäre es tatsächlich vom Storch bei ihr abgesetzt worden, an sich drückte, überwältigte sie ein Glücksgefühl, wie sie es noch nie empfunden hatte und auch später nie mehr empfinden sollte, auch nicht, als ihr Jahre später im selben Zimmer desselben Krankenhauses ein Sohn an die Brust gelegt wurde, aber da wusste sie bereits, dass jedes erste Mal im Leben eine eigene Reinheit besaß, die spätere Male nicht mehr hatten, den Nimbus des Noch-nie-Dagewesenen, der Unschuld.

Károly trat in ihr Zimmer, mit einem Blumenstrauß in den Armen, einem riesigen Strauß roter Rosen, der ihn sicher ein Vermögen gekostet hatte, aber mit Geld hatte er noch nie umgehen können, es war noch ein Glück, dass sie keines hatten, dachte Teréz. Und da die Fensterscheiben gerade im selben Augenblick unter einem krachenden Kanonenschuss erzitterten, brach sie in Tränen aus, Tränen des Glückes über den kleinen, japsenden Sieg in ihren Armen, und Tränen der Trauer über die große Niederlage draußen.

Das Böse hatte immer eine Kolonne mehr.

Warum das so war, wusste sie nicht, sie wusste nur, dass sie dennoch, vielleicht gerade deswegen lieber auf der Gegenseite, in der ewig unterlegenen Armee des Guten stehen wollte. Warum das so war, wusste sie nicht, vernünftig war es nicht, vielleicht weil ihr Bauch es ihr so einflüsterte und sie dafür mit einem guten Gefühl belohnte, einem Lächeln nach innen. Vielleicht sog man das ja mit der Muttermilch ein, wie sie es in «Anna Karenina» gelesen hatte, das weiterzugeben, dafür war sie nun also verantwortlich. Das Kind lag in ihren Armen, und da es ein Mädchen war, würde es den Namen Borbála bekommen. Sie hatte ihn ausgewählt, aber wenn er es recht bedachte, hatte Károly damals gesagt, fand auch er, dass Borbála die beste Wahl sei.

3.

Bori wartete vor der Tür, bis sie gerufen wurde. Sie machte sich nichts aus Geburtstagen, plötzlich war man ein Jahr älter und fühlte sich doch genauso wie am Tag zuvor. Aber als sie jetzt das Zimmer betrat und die winzige Schokoladentorte mit der Sechzehn aus Marzipan erblickte und dem Geburtstagslied lauschte und die Kerze ausblies, musste sie doch lächeln, weil ihr plötzlich so behaglich zumute war.

Sie wickelte ihre Geschenke aus, einen braunen Rock, einen roten Pullover und zwei dunkelgrüne Wollstrumpfhosen für den Winter, und tat überrascht, obwohl sie die Kleider erst Stunden zuvor bei der Caritas in Capua gegen Kleidermarken zusammen ausgesucht hatten. Sie aß mit Misi die Torte, während ihre Mutter und ihr Vater ihnen zufrieden zusahen, als schmeckte es auch ihnen.

Es klopfte.

Krapek, der vor der Tür gelegen war, schnellte hoch und begann, wütend den Türspalt anzubellen.

Károly zerrte ihn weg, während Teréz öffnete.

«Ich möchte nicht stören ...», hörten sie die Stimme eines Mannes.

Bori rollte die Augen, das war wirklich der allerdümmste Spruch, warum tat er es dann?

Sie lehnte sich vor, um den Besucher zu sehen.

«Der Flieger!», flüsterte sie.

Misi schob blitzschnell das letzte Tortenstück auf seinen Teller, damit es nicht am Ende noch der Gast bekam. Krapek fletschte die Zähne. Ihre Mutter bat den Gast herein, bot ihm einen Platz an, er reichte ihren Eltern die Hand und setzte sich. Ihre Mutter schenkte ihm Kaffee ein, doch der Flieger rührte seine Tasse nicht an. Er sei gekommen, um Károly um die Übersetzung eines kleinen Briefes zu bitten, er habe von seiner Hilfsbereitschaft gehört. Es handele sich um einen besonderen Brief, einen Brief an Präsident Nixon.

Mit einem Mal war es totenstill im Zimmer. Misis Blick wanderte von einem Gesicht zum anderen.

Ihre Mutter schlug vor, dass Bori und er mit Krapek eine Runde drehten. Bori stand sofort auf, Misi folgte ihr lustlos, er wäre lieber im Zimmer geblieben, um zu sehen, was jetzt geschah. Als sie draußen waren, beruhigte sich Krapek endlich. Er beschnüffelte die Hauswand und markierte sie.

«Wer ist Präsident Nixon?», fragte Misi.

Bori drückte ihm die Leine in die Hand.

«Nimm du ihn. Ich muss schnell weg …»

«Ich weiß, wohin du gehst», warf ihr Misi hinterher. «Ich kenne dein Geheimnis.»

Bori blickte sich um.

«Was denn für ein Geheimnis?»

«Du hast dich verliebt! Und jetzt triffst du dich mit ihm.»

«Rede keinen Blödsinn. Ich treffe mich mit niemandem.»

«Wetten, doch! Warte auf mich!»

Bori ließ sie stehen, rannte über den Platz.

Misi runzelte die Stirn.

Und doch hatte er sie einmal gesehen, einmal zufällig beobachtet, wie sie sich am hinteren Zaun mit dem Zirkusmann getroffen hatte, und er hätte wetten können, dass sie auch jetzt dorthin wollte.

Er lief hinter Bori her, neben ihm lief Krapek, mit hechelnder Zunge und fliegendem Fell. Als sie die letzte

Baracke erreichten, schlüpfte Bori gerade durch das Loch im Zaun. Auf der anderen Seite stand der Mann mit dem Fahrrad, Bori sprang auf den Gepäckträger und legte die Arme um ihn, im nächsten Augenblick waren sie zwischen den Bäumen verschwunden.

Misi hechtete durch das Loch, Krapek war ihm schon vorausgerannt. An der ersten Weggabelung im Orangenhain blieben sie stehen. Misi kratzte sich am Kopf. In welche Richtung mochten sie gefahren sein? Es ließ sich nicht sagen. Hätte er sich zweiteilen können, wäre er mit einem Bein nach links, mit dem anderen nach rechts gegangen. So aber blieb ihm nichts anderes übrig, als mit beiden Beinen umzukehren.

Er hörte einen Schuss, blieb stehen. Es musste Branko sein, dachte er und lief los. Als er den Zaun erreichte, sah er ihn, das Gewehr in der Hand schlich er durch das Gestrüpp.

Krapek schlüpfte durch das Loch. Misi bückte sich, stolperte und fiel auf die Knie, Krapeks Leine glitt ihm aus den Fingern.

«Krapek!»

Er griff nach dem Leinenende, erwischte es aber nicht und fiel wieder hin.

«Krapek, bleib hier!»

Krapek blieb ein paar Meter von ihm entfernt stehen und knurrte. Er sah den großen, fremden Mann mit weiten Schritten auf sich zukommen.

«Krapek!», rief Misi.

Krapek hörte ihn nicht, er sprang vor und stürzte auf den Mann, die lose Leine flog durch das Gras hinter ihm her. Branko stieß einen Schrei aus, streckte die Arme und schoss.

Misi riss die Augen auf.

Krapek stürzte, purzelte, seine Beine knickten weg. Er stand wieder auf, drehte sich winselnd und fiel noch mal um. Branko trat mit dem Fuß auf seinen Hals, beugte sich über ihn und schoss ein zweites Mal.

Misi kniete am Zaun, den Mund aufgerissen. Zehn Schritte vor ihm sah er Krapek liegen, ein regloses, schwarzes Bündel im dürren Gras, und plötzlich tauchte das Bild vor ihm auf, wie sein Vater ihn zum ersten Mal aus der Kiste genommen und ins Gras gestellt hatte, damals in ihrem Garten, an seinem Geburtstag, zu Hause in Budapest.

Er stand auf, näherte sich Krapek. Branko war weitergegangen, aber Krapek rührte sich nicht, er sprang nicht auf, wedelte nicht mit dem Schwanz, nicht einmal den Kopf hob er, als bemerkte er ihn gar nicht, und Misi begann zu weinen.

4.

Bori hob den Karton an. Er kam ihr leicht vor, viel leichter, als wenn sie früher Krapek selbst hochgenommen hatte. Konnte Krapek so schnell so leicht geworden sein, nur weil er nicht mehr lebte? Hatte das Leben ein echtes Gewicht, obwohl es nur ein Wort war?

Sie gingen auf der Landstraße Richtung Capua, schlugen sich querfeldein, durch einen Olivenhain. Die Wolken hingen tief, ihr Vater trug den Karton, sie sprachen kein Wort.

An einem der letzten Olivenbäume, fast schon im Uferdickicht des Volturno, begann ihr Vater zu hacken, zu graben, sie halfen mit, räumten mit bloßen Händen die lose Erde, die Steine weg. Sie kamen nicht tief, der Boden war zu steinig, nur mit Mühe konnte ihr Vater den Karton hineindrücken.

Die Tüte mit den Knochen legte Misi obendrauf.

Sie schütteten das Loch zu, bildeten schweigend einen Kreis um Krapek, auch wenn er nicht mehr zu sehen war, wäre er doch da und würde sie sehen, sagte ihre Mutter. Misi verbarg das Gesicht in ihrem Rock, als böte er eine letzte Zuflucht vor allen Bosheiten und Bedrohungen der Welt, dann nahm ihn seine Mutter bei der Hand und ging mit ihm voraus, sie hatte ohnehin nicht gewollt, dass er mitkam. Bori schielte zu ihrem Vater, er weinte nicht, ihm standen nur Schweißperlen an den Wangen, vom Graben. Er war es gewesen, der frühmorgens und spätabends, immer dann, wenn die anderen Krapek nicht mehr ausführen wollten, wortlos die Leine genommen und ihn erlöst hatte.

Der Fluss plätscherte, Bori und ihr Vater betrachteten stumm den kleinen Erdhügel, als wäre dort etwas anderes zu sehen als eben das. Als sie aufbrachen, wickelte ihr Vater die Hundeleine um einen Ast über dem Grab, damit sie Krapek immer finden würden, wenn sie ihn besuchen wollten, aber schon nach vierzig, fünfzig Schritten war sich Bori, als sie sich noch einmal umblickte, nicht mehr sicher, welcher Baum es war.

5.

Mit dem Gesicht zur Wand lag Misi auf seinem Bett. Er antwortete nicht, was man ihn auch fragte. Am nächsten Morgen ging er nicht mit in die Kantine, sie brachten ihm das Frühstück im Henkelmann mit. Er rührte es nicht an, Bori aß es für ihn auf. Zu Mittag wollte er wieder nichts, am Abend aß er sein Mittagessen, weil er hungrig war, und verkroch sich wieder in sein Bett.

Am nächsten Morgen weckte ihn sein Vater mit sanfter Stimme.

«Misi … Misi … schau mal!»

Misi wandte sich dem Zimmer zu. Neben der Tür stand ein struppiger, schwarzer Hund und fraß gierig aus Krapeks Napf.

«Sieh mal, wer uns zugelaufen ist, Misi, er heißt …»

Misi zog sich die Decke über die Ohren.

Alles hatte sich verändert. Er ging nicht mehr hinaus, spielte nicht mehr, las nicht mehr, durchblätterte nicht mehr die Illustrationen in seinen Jules-Verne-Bänden. Er schien anfangs auch nicht zuzuhören, als seine Mutter ihm «Zwei Jahre Ferien» vorzulesen begann, erst mit der Zeit. Als sie den Roman zu Ende gelesen hatte, reichte er ihr «Kapitän Hatteras».

Wenn ihr beim Vorlesen vor Müdigkeit die Augen zufielen, stupste er sie. Jeden Abend schlief er in seinem eigenen Bett ein und erwachte am nächsten Morgen doch immer im Bett seiner Mutter.

Einmal vergaß er sich und lachte über etwas.

Sie taten, als hätten sie es nicht gehört.

Der Herbst ging zu Ende, aber das Wetter blieb mild. Misi hatte wieder angefangen, draußen zu spielen, oft blieb er stundenlang weg. Einmal entdeckte Bori ihn, als sie am wilden Streifen des Zauns entlangschlenderte. Misi kniete im Gestrüpp, was er machte, konnte sie nicht sehen, dann stand er auf, stampfte mit dem Fuß auf die Erde, ging weiter, die Augen zu Boden gerichtet. Dann kniete er sich wieder hin, stand nach einer Weile wieder auf, stampfte. Bori schlich sich von hinten an ihn heran, blickte ihm über die Schulter. Ein Kantinenmesser in der Hand, hackte er ein Loch in die Erde und schob irgendetwas hinein.

«Was machst du da?»

Jetzt erkannte sie den seltsamen Fetzen im Loch, eine tote Eidechse.

Misi schob mit erdigen Händen das Loch zu, stand auf und stampfte es glatt.

Bori stupste ihn.

«Hörst du nicht?»

Misi wischte sich mit dem Ärmel die Stirn ab. «Ich muss sie beerdigen, das macht man so, wenn etwas gestorben ist … Sonst kommt es nachts in dein Bett und krabbelt dir über das Gesicht.»

«Spinnst du!»

Bori schüttelte ihn.

«Wirst schon sehen! Bald werden wir alle sterben, und dann kommen wir alle in die Erde.»

«Was redest du für einen Blödsinn?»

«Wirst schon sehen! Und außerdem kenne ich dein Geheimnis. Ich habe euch gesehen …»

«Halt den Mund, davon verstehst du nichts, du bist noch ein Kind. Wenn du etwas verrätst, verrate ich, was du hier tust, und dann wird man dich in eine Irrenanstalt stecken. Wirst schon sehen …»

6.

Dezember. Die Tage wurden kürzer, die Nächte kühler, ein Schatten legte sich auf die Gemüter, der Winter kam,

kam auch, weil man wusste, dass er kommen musste. Nachts im Bett hörten sie das Pfeifen des Windes, Misi war, als schlichen Geister ums Haus. Es begann zu regnen und hörte nicht wieder auf, die Wege versanken im Schlamm. Die Leute zogen sich in ihre Baracken zurück, nur die Hunde streiften noch auf den leeren Plätzen umher. Ihr Fell plusterte sich im Wind, sie waren nervös, dachte Károly, als ahnten sie das Nahen des kosmischen Umschwungs.

Auch Teréz war nervös. Nachts lag sie wach und grübelte, wie Mühlräder drehten sich ihre Gedanken in ihrem Kopf. Immer hatte sie alles richtig machen wollen, so wie sie es von ihrem Vater gelernt hatte, für Károly, für die Kinder, immer hatte sie die Beste sein wollen, wie es sich für eine Sebestyén gehörte, jetzt wusste sie nicht mehr weiter. Sie saßen in der Falle, allein, am Ende der Welt. Sie waren aus allem herausgefallen, hatten alle Bande zu ihrer Heimat, ihrem bisherigen Leben gekappt, eine Rückkehr gab es nicht, sie lagen am Boden wie gefallenes Laub, jedem Windstoß und jeder Stiefelsohle ausgesetzt. Und das Schlimmste war, sie selbst hatte es so gewollt.

Träge schleppten sich die Tage im Lager dahin, Wochentage wie Wochenenden eine immergleiche Endlosschleife zwischen Baracke, Kantine und Kino. Essen, trinken, schlafen, nichts tun. Sitzen, lesen, sich ablenken, nicht ans Warten denken, ohne zu denken warten, in dumpfem Gleichmut, wie es alle taten. Nur das tägliche Aushändigen der Post unterbrach die Ereignislosigkeit. Doch auch dabei wurden sie enttäuscht. Nur Bélas sorgfältig und liebevoll zusammengestellte Lebensmittelpäckchen erreichten sie Woche für Woche, Hilfspakete von Ost nach West, die amtlichen Briefe, die sie so sehnsüchtig erwarteten, blieben aus. Abend für Abend durchstrich Teréz an ihrem Wandkalender das Datum, bald würden sie einen neuen benötigen.

Sie hielt es nicht aus, sie musste hinaus, weg aus dem Lager, weg vom Getümmel der Menschen, ihrem Geschwätz, ihrer Trivialität, ihren falschen Träumen, nichts verband sie mit ihnen. Das schlechte Wetter machte ihr nichts, stundenlang durchstreifte sie die silbrig schimmernden Olivenhaine und dunkel leuchtenden Orangengärten, bis Capua ging sie nie.

Als sie sich eines Abends dem Tor näherte, erblickte sie unter den Laternen am Zaun ihre alten Bekannten Tamás und Anita. Erstaunt blieb sie stehen. Anita stieg gerade in einen Wagen ein, der Wagen fuhr davon. Tamás drehte sich um und bemerkte sie. Er kam auf sie zu, bot ihr eine Zigarette an. Anita habe einen Kavalier, einen harmlosen alten Trottel, der sie über alle Maßen verehrte, erzählte er schmunzelnd.

«Er ist sehr spendabel, der alte Herr», sagte er und zuckte mit den Schultern. «Ein bisschen Taschengeld kann nicht schaden, man will ja nicht gleich als Bettler in der neuen Heimat ankommen.»

Teréz erwiderte nichts, ungläubig ging sie an Tamás' Seite ins Lager zurück, er klang kein bisschen verlegen.

An einem trüben, lichtlosen Morgen Mitte Dezember brachten Károly und sie Tamás und Anita mit ihrem Auto zum Bahnhof von Aversa. Sie reichten ihnen ihr Gepäck in den Zug, Anita strahlte, ihr runder Bauch drückte sich gegen das Zugfenster. Plötzlich war für sie beide alles ganz schnell gegangen. Erst zwei Wochen zuvor hatten sie ihre Papiere bekommen, nun saßen sie schon im Zug nach Rom und würden am Abend nach Toronto fliegen und am nächsten Tag weiter nach Edmonton. Weihnachten würden sie schon in Kanada feiern.

Sie winkten, während der Zug aus dem Bahnhof rollte, und Teréz dachte, dass Anita und Tamás doch eigentlich zu beneiden waren. Für sie konnte es genauso gut Kanada wie Australien, England oder Papua-Neuguinea sein, sie würden sich überall wohl fühlen, wenn sie nur genug Geld verdienten, wie auch immer sie es verdienten. Sie selbst lockte Kanada nicht, es klang nach Kälte und endlosen Weiten und Blockhütten und nach Ferne, Ferne von Europa, von Ungarn. Sie konnte sich nicht vorstellen, in einer Stadt wie Edmonton glücklich zu werden, ihr würde dort etwas fehlen, alles das, was Europa war und Amerika gerade nicht, Kultur und Schönheit und Tragik und Vielfalt, es war ihr unbegreiflich, wie man all dies für den Kult des Geldes und einen Schmelztiegel voll Einerlei eintauschen konnte.

Zwei Tage vor Weihnachten entdeckte sie frühmorgens, als Károly und die Kinder noch schliefen, einen Stapel Bücher auf ihrer Türschwelle. Obenauf lag ein Päckchen mit einem Umschlag. Sie trug alles ins Zimmer. Der Umschlag enthielt ein Bündel Lirascheine und ein ausgerissenes Blatt Papier: *Leben Sie wohl, Gottes Segen für Sie. János Újlaki.*

Der Flieger war also abgereist. Er hatte das Lager verlassen, so unbemerkt, wie er dort gelebt hatte. Auch er hatte es also geschafft, dachte Teréz, es wurde immer einsamer um sie.

Aus dem Päckchen kam eine Pistole zum Vorschein.

Teréz stockte der Atem. Sie stand da, die Waffe in der Hand. Wie einst im letzten Kriegswinter, als junges Mädchen, sie konnte sich erinnern, als wäre es erst gestern gewesen.

Hastig steckte sie die Pistole ins Papier zurück. Sicher hatte Újlaki die Waffe zurücklassen müssen, aber was sollten sie damit anfangen? Wegwerfen, einfach so, in die Abfalltonne?

Sie hörte ein Rascheln von den Kinderbetten und schob das Päckchen blitzschnell unter ihre Matratze.

Károly war stolz, dass sein Brief an Präsident Nixon Wirkung gezeigt habe, Teréz bezweifelte insgeheim, dass ihn der Brief je erreicht hatte. Misi sah die Bücher durch, die meisten waren langweilige Erwachsenenromane ohne Bilder, aber der rote Weltatlas gefiel ihm sofort. Im hinteren Teil konnte man auf sepiabraunen Fotos berühmte Städte, wilde Landschaften und wundersame Bauten aus allen Ländern der Welt sehen, und da er am Zaunstreifen nichts mehr zu tun hatte, weil alles schon beerdigt war, beschloss er, der Reihe nach alle Karten im Atlas abzupausen, alle Länder, alle großen Städte, Flüsse und Gebirge einzuzeichnen und sie am Ende farbig auszumalen, Kontinent für Kontinent, die ganze Welt.

7.

Teréz kehrte zum Olivenhain am Ufer des Volturno zurück. Sie kannte den Weg, sie war ihn noch einmal mit Misi gegangen, als er sich eines Tages plötzlich eingebildet hatte, Krapek könnte vielleicht auferstanden sein, genau wie Jesus; aber sie hatten das Grab vorgefunden, wie sie es verlassen hatten.

Nicht weit davon stieß sie auf eine Öffnung im Uferdickicht, die zu einem kleinen, morschen Steg führte. Sie setzte sich und starrte in die schmuddeligen Fluten, die an ihr vorbeizogen, rauchte eine Zigarette nach der anderen. Immer hatte sie um den kleinen Hund Angst gehabt, er war so unbändig, so eigenwillig gewesen, nie hatte er zu folgen und zu kuschen gelernt. Wer so war, den ließen die Menschen nicht lange gewähren, die Gesellschaft belohnte nur die, die Pfötchen gaben und Angst um ihr Leben hatten. Der Hund hätte in die Weiten der Puszta gehört, jetzt hatte er in der steinigen Erde Kampaniens seine letzte Heimstatt gefunden. Wären sie in Budapest geblieben, würde er noch fröhlich seine Bäume und Häuserecken markieren. Es war ihre Schuld, dass er nicht mehr da war, an allem war sie schuld, weil sie nicht länger den Mund halten und gute Miene zum bösen Spiel hatte machen können, Jolán hatte recht gehabt, immer hatte sie recht gehabt.

Gedankenverloren irrte sie durch den Hain, heimwärts, und fand sich plötzlich vor einer Kapelle am Rande der Felder wieder, *Santuario di San Lazzaro* stand auf einem Schild. Das Gittertor war geöffnet, sie stampfte durch den verwachsenen Vorgarten, auch die Tür war offen. Sie setzte sich in die hinterste Bankreihe und überließ sich der Stille, fand aber nicht die Ruhe, lange sitzen zu bleiben, und stand wieder auf. Am trockenen Weihwasserbecken bekreuzigte sie sich, blickte sich um. Schon seit sie die Kapelle betreten hatte, war ihr, als hörte sie leise Geräusche über sich, Geräusche, die nicht nach dem ziellosen Stöbern eines Tieres klangen. Sie zögerte, etwas kam ihr merkwürdig vor, plötzlich drehte sie sich um und begann, die Stufen zur Empore hinaufzusteigen.

Auf halber Höhe flog ihr Bori entgegen.

«Bori!»

Bori lachte überschäumend.

«Haha, ich habe dich beobachtet, Mama!»

Teréz starrte sie mit großen Augen an.

Bori kam ihr mit Schwung entgegen, Teréz musste auf der engen Treppe vor ihr zurückweichen.

«Was machst du hier?»

«Ich war spazieren, oh, ich sterbe vor Hunger ... Lass uns nach Hause gehen, beeilen wir uns!» Ihre Stimme überschlug sich fast.

Teréz trat hinaus, plötzlich blieb sie stehen. Aus dem Dickicht am Zaun ragte ein Fahrrad. Sie sah Bori an, das Fahrrad, dann wieder Bori, deren Gesicht rot geworden war. Sie drehte sich um und kehrte in die Kapelle zurück.

«Ma-ma!», schrie Bori.

Teréz stieg die Wendeltreppe hinauf, langsamen Schrittes, als wäre sie ganz ruhig.

Die Empore war verlassen.

In der Mitte stand eine Orgel, davor eine Orgelbank, dahinter eine Tür, niemand war zu sehen.

Sie drückte die Klinke herunter.

Die Tür war abgesperrt.

Sie klopfte.

Wartete. Klopfte wieder.

Nichts rührte sich. Und doch wusste sie, dass hinter der Tür, einen Meter vor ihr, jemand stand und den Atem anhielt.

Sie machte kehrt und stieg wieder hinab. Plötzlich hatte sie alles verstanden, Boris Abwesenheiten in letzter Zeit, ihre langen Nachmittagsspaziergänge trotz Wind und Regen, ihre fahrige, abwesende Art. Sie wunderte sich, wie sie so blind, so stockblind hatte sein können, es nicht schon früher bemerkt zu haben.

8.

«Ich verstehe dich, Bori, meiner damals hieß Józsi.»

«Dein was?»

«Mein großer Schwarm. In deinem Alter haben alle Mädchen einen.»

«Ich weiß nicht, wovon du redest.»

«Willst du mir nicht von deinem erzählen?»

«Ich wüsste nicht, was.»

«Irgendwas ... Du möchtest sicher von ihm sprechen.»

«Was du dir nicht alles einbildest.»

«Józsi wurde im Frühjahr 44 eingezogen, nur seine Soldatenmarke kam zurück, fast postwendend. Das war ein Grund, traurig zu sein, du hast keinen ...»

Bori senkte das Buch.

«Ich weiß, insgeheim wünschst du dir, er wäre tot, das würde dir so passen. Aber jetzt gibt es keinen Krieg, Pech gehabt! Ich könnte dir etwas erzählen, aber ich tue es nicht.»

«Warum nicht?»

«Wozu?»

«Wir hatten doch bisher keine Geheimnisse voreinander, oder?»

Bori schwieg.

«Du möchtest ihn heiraten, wenn du groß bist, ist es das?»

Boris Augen blitzten.

«Ich möchte nicht, ich habe schon! Dazu braucht man nämlich keinen Priester, man muss nur die richtigen Worte sprechen, und das hat er ...»

Ihre Mutter sah sie nachsichtig an.

«Ich weiß, ich bin noch ein Kind, ich bin unerfahren,

naiv, dumm …» Bori stöhnte auf. «Du verstehst es nicht, du verstehst es einfach nicht. Du willst es gar nicht verstehen.»

Teréz stand auf.

«Wir bringen dir etwas im Henkelmann mit.»

«Ich bin nicht hungrig, hab ich doch gesagt.»

«Für später, falls du es noch wirst.»

Teréz nahm ihren Mantel und eilte Károly und Misi hinterher. Kalter Wind schlug ihr ins Gesicht. Sie war in hellem Aufruhr. Hätte sie wenigstens gewusst, wer der Mann war, dann hätte sie mit ihm sprechen, an seine Ehre appellieren können, doch aus Bori war nichts herauszubekommen.

Als sie die Kantine erreichte, hatte sie nur noch den einen Gedanken abzureisen, das Lager zu verlassen, so schnell wie möglich, auch illegal, wenn es sein musste, bevor es zu spät war.

9.

«Es geschah Weihnachten 39, im ersten Kriegswinter», flüsterte Teréz, als Misi endlich eingeschlafen war.

Sie begann zu erzählen.

Draußen heulte der Wind, Bori lauschte ihr im Dunkeln, den Kopf aufgestützt, Teréz war froh, sie ablenken zu können. Es war der 23. Dezember.

«Ich war neun in jenem Jahr, Jolán vier. Wir lebten in Putnok, auf dem Land, in einem Nebengebäude der höheren Töchterschule, in der dein Großpapa Direktor war. Es war eine schöne Wohnung mit Parkettböden und hohen Decken. Die letzten Tage vor Weihnachten vergingen immer in großer Aufregung, am Heiligen Abend war die Spannung groß. Die Tür zum Wohnzimmer, eine hohe Flügeltür, war schon seit dem Morgen abgeschlossen, wir durften uns ihr nicht einmal nähern. So warteten wir, Stunde um Stunde, das Warten war eine Qual, aber eine schöne, denn wir wussten, dass nach Einbruch der Dunkelheit das Glöckchen bimmelte und Bescherung wäre.

Wenn wir beim Läuten endlich das Zimmer betreten durften, roch es nach Tannenwald. Die Lichter waren aus, nur der Baum schimmerte im Schein der vielen Kerzen. Bunte Weihnachtskugeln, Lametta und Salonzucker, goldene und silberne Boas hingen an den Ästen, und alles umhüllte ein hauchdünner Schleier aus weißem Engelshaar. So hoch das Zimmer auch war, der Komet am Wipfel stieß jedes Mal an die Decke, es war mir stets ein Rätsel, wie das Christkind es geschafft hatte, den großen Baum ins Zimmer zu befördern. Vom Christkind selbst war nie eine Spur zu finden.

So war es immer gewesen, aber in diesem Jahr kam es anders. Vater war schon am Morgen weggefahren, Mutter kochte, Jolán war bei ihr in der Küche. Ich vertrieb mir die Zeit, hielt am Fenster Ausschau nach fliegenden Objekten und geheimnisvollen Lichtern, horchte auf jedes Geräusch in der Wohnung. Die Vorstellung, dass sich vielleicht just in dem Moment, nur durch eine Tür von mir getrennt, das Christkind, das noch nie jemand zu sehen bekommen hatte, in unserem Wohnzimmer aufhielt, ließ mir keine Ruhe. Ich schlich zur Tür und wieder weg, das war strengstens verboten. Dann wurde die Versuchung doch zu groß, ich blieb an der Tür stehen und lauschte.

Tatsächlich, aus dem Zimmer drangen Geräusche. Ganz

leise, aber deutlich zu hören. Ich konnte meine Neugierde nicht mehr zügeln, plötzlich war mir alles egal, ich *musste* das Christkind sehen. Zitternd vor Aufregung stellte ich mich auf die Zehenspitzen, um das Schlüsselloch zu erreichen …»

«Und? Was hast du gesehen?», flüsterte Bori.

Die Zigarette ihrer Mutter leuchtete auf.

«Was ich gesehen habe?»

Sie seufzte.

«Vater. Ich habe meinen Vater gesehen. Er stand auf einer Leiter, fast auf Höhe der Decke, und befestigte gerade den Kometen auf dem Tannenwipfel. Mir blieb fast das Herz stehen, ich sackte zurück, dann reckte ich mich noch einmal nach dem Schlüsselloch, das konnte ja nicht sein. Aber da stand er, mein Vater, am Weihnachtsbaum, im verschlossenen Zimmer. Konnte es sein, dass insgeheim er selbst das Christkind war? Oder war alles gar nicht wahr, gab es das Christkind gar nicht? Aber das hätte bedeutet, dass meine Eltern uns immer belogen hatten, und das konnte auch nicht sein. Doch was suchte mein Vater dann in dem verbotenen Zimmer?

Ich schlich davon, am liebsten hätte ich sofort alles rückgängig gemacht, so getan, als hätte ich nichts gesehen, oder alles wieder vergessen, was ich gesehen hatte, aber das war nun nicht mehr möglich. Ich ahnte, dass etwas Schreckliches passiert war, die Wahrheit sich verwirrt hatte und nie wieder würde entwirren lassen. Noch bevor die erste Bombe auf Budapest fiel, war meine Welt eingestürzt …»

Ihre Mutter verstummte.

«Nie wieder habe ich durch ein Schlüsselloch geschaut», fügte sie nach einer Weile leise hinzu.

Der Wind ging ums Haus, Bori zog die Decke enger um sich, es war kalt geworden.

Am nächsten Tag mussten Misi und sie nach dem Mittagessen ihren Vater nach Capua begleiten, wo er etwas zu erledigen hatte. Als sie später zurückfuhren, trafen sie am Tor ihre Mutter, die gerade von einem Spaziergang kam. Es war Punkt sechs Uhr.

Im Haus, vor ihrer Zimmertür legte ihre Mutter plötzlich den Finger auf die Lippen: Sie habe etwas gehört. Ein Glöckchen.

«Habt ihr es auch gehört?»

Misi nickte, auch er glaubte, etwas bimmeln gehört zu haben.

Er durfte als Erster hineingehen. Als er die Tür öffnete, strömte ihnen Wärme entgegen, Kerzen brannten. An der hinteren Wand stand ein zerrupfter Weihnachtsbaum. Er war viel kleiner, als ihre Tannenbäume zu Hause gewesen waren, seine Spitze hing schief, und die beiden längsten Äste links und rechts knickten ab, von fern sah er wie eine Vogelscheuche aus. Er war auch nur spärlich behängt, statt Weihnachtskugeln und Salonzucker schmückten ihn nur runde Scheiben aus Silber- und Goldpapier, und doch fand Misi, dass sie noch nie einen schöneren Baum gehabt hätten als eben diesen.

10.

Das kleine Transistorradio von Grundig, das sie vor ihrer Rückreise nach Ungarn in München gekauft hatten, zählte piepsend die letzten Sekunden bis Mitternacht, und inmitten des Glockengeläutes aus dem Äther umarmten sich

Teréz und Károly. Das Radio stimmte knisternd «Happy Days» an und verkündete das neue Jahr 1973. Hoffnungsfrohe, zukunftstrunkene Menschen fielen sich im Laternenschein des Vorplatzes vor ihrem Fenster um den Hals. Auch Teréz und Károly hatten sich kurz zu ihnen gesellt, waren dann aber wieder in ihr Zimmer zurückgekehrt, wo Misi und Bori bereits schliefen, sie waren sich selbst genug.

Teréz zog Misi die Decke über die Schulter, sie dachte an Budapest, das sicher unter einer dicken Schneedecke lag, in ihrem Garten war der Schnee immer hoch und voller Kinderfußspuren gewesen, einen Winter ohne Schnee konnte sie sich gar nicht vorstellen. Auch Bori hatte sich fest eingewickelt, sie hatte nicht mitfeiern wollen, lieber war sie zu Bett gegangen und auch sofort eingeschlafen. Teréz beugte sich über sie und zog einen Zipfel der Decke weg, damit sie wenigstens frei atmen konnte, aber unter der Decke kam nicht Boris Gesicht, sondern das Ende eines aufgerollten Plaids zum Vorschein.

Teréz blieb wie versteinert stehen.

Károly nahm seinen Mantel vom Nagel.

«Ich bringe sie zurück», sagte er leise.

Teréz setzte sich auf die Bettkante. Das aufgerollte Plaid hatte etwas Komisches, sie hätte lachen können, wäre ihr nicht nach Weinen zumute gewesen. Es war das erste Mal, dass Bori sie derart bewusst getäuscht hatte. Sie muss den Plan lange gehegt und geduldig auf eine Gelegenheit gewartet haben, das Zimmer unbemerkt zu verlassen. Sie hatte sich verstellt und mit heimlichen Gedanken unter ihnen gelebt, wie eine Gefangene unter ihren Wärtern.

Károly kehrte allein zurück. Wo hätte er auch suchen

sollen? Er ging im Zimmer auf und ab, stieß leise Flüche aus und drohte dem unbekannten Kerl mit der geballten Faust.

«Legen wir uns hin, sie wird schon heimkommen.»

Teréz mochte Károlys ohnmächtige Wutanfälle nicht, denn sie führten zu nichts. Sie deckte die Rolle wieder zu, als hätten sie nichts bemerkt, als sei nichts geschehen, Bori sollte kein schlechtes Gewissen haben, *lieber Schuld als Schuldgefühle*, hatte Onkel Barnabás immer gesagt, Schuldgefühle würden alles nur verschlimmern und seien ohnehin nur ein Kokettieren mit der Schuld. Sie löschte das Licht, vielleicht wartete Bori schon darauf.

Irgendwann öffnete sich die Tür, und ein Schatten huschte herein. Ein Bett knarrte, dann war alles wieder ruhig.

Am nächsten Morgen erwachte Károly mit Halsschmerzen. Vielleicht hatte er sich am Abend zuvor an der kalten Luft erkältet oder in der Menge angesteckt. Er legte sich ins Bett, drehte sich der Wand zu und wartete, wie immer, wenn er krank war, stumm und tatenlos auf die Genesung. Krankheiten kämen und gingen nach einem festen Schema, ein Eingreifen wäre sinnlos. Drei Tage lang hustete und schniefte er in seiner Ecke, dann bekam auch Misi Fieber und Ohrenschmerzen. Teréz legte ihm eine Packung warmes Salz auf das Ohr und wachte an seinem Bett. An den nächsten beiden Tagen stieg das Fieber unaufhaltsam an, Misis Zustand verschlechterte sich, in der dritten Nacht maßen sie 39,8 Grad.

Teréz und Károly befeuchteten das große Handtuch mit kaltem Wasser und wickelten es um Misis heißen Körper, legten weitere, trockene Tücher um ihn und deckten ihn fest zu. Károly setzte sich auf, um wach zu bleiben, aber als

Misi irgendwann in einen ruhigen Schlaf versunken war, schlief auch er ein.

Teréz blieb allein in der großen Stille. Es war die Stunde zwischen drei und vier, nun schon die dritte Nacht hütete sie den Schlaf der Schlafenden.

Als sie zu sich kam, fiel körniges Licht durch das Fenster. Es dämmerte. Sie befühlte Misis Stirn. Das Fieber war gefallen. Seine Gesichtszüge hatten sich entspannt, sein Atem ging gleichmäßig, er war über den Berg.

Teréz zündete sich eine Zigarette an.

Es hellte auf, Tropfen rannen die Fensterscheibe hinab, die Trübnis blieb pappen. Teréz wusch sich die Müdigkeit der letzten Nächte aus dem Gesicht, kämmte sich die Haare, zog ihren Mantel an. Vorsichtig lupfte sie Boris Decke, um sich zu vergewissern, dass die Fußspitze, die unter ihr hervorlugte, auch wirklich ihr gehörte.

Sie zog ein letztes Mal an ihrer Zigarette und drückte sie aus. Der Aschenbecher quoll über, als hätte sie in der Nacht Gäste empfangen. Sie zerknüllte die leere Zigarettenschachtel und schlüpfte aus der Tür. Es war kurz vor acht, niemand bemerkte es.

11.

Teréz schritt aus, als hätte sie Angst, stehen zu bleiben und auf der Stelle einzuschlafen. Alles erschien ihr unwirklich, wie hinter einem Schleier, der trübe Himmel, die nebelverhangenen Obstgärten, die einsame Landstraße, der regennasse Asphalt, die Pfützen, in denen Wolken trieben. Signor Monte hatte ihnen schon einmal geholfen, hatte sie aus dem Elend der Baracken gerettet, er würde auch diesmal helfen, er hielt seine schützende Hand über sie, das hatte er ihr zugesichert. Sie suchte im Kopf nach den richtigen Worten, aber sie fand keine, es war ihr zuwider, in Signor Montes Privatsphäre einzudringen, ihn mit ihren Problemen zu behelligen, wieder einmal die Bittstellerin zu sein, aber es musste sein, sie hatte keine Wahl.

Als sie die Brücke über den Volturno überquerte, hörte sie schon das Läuten der Glocken. Familien und alte Leute im Sonntagsstaat passierten sie auf dem Weg zur Kirche. Sie erkannte Signor Montes Haus an der dunkelroten Fassade und seinem roten Mercedes vor dem Eingang. Sie klingelte, musste geklingelt haben, denn im Fenster über ihr erschien sein Gesicht. An einer Schnur segelte ihr ein Körbchen entgegen, sie nahm den Schlüssel heraus und schloss auf.

Die Stufen knarrten, sie hielt sich am Geländer fest. Signor Montes Wohnungstür war offen. Keuchend lehnte sie sich gegen den Türstock, ihr war schwindelig, und sie fühlte sich furchtbar müde, vielleicht hatte sie sich auch schon bei Misi oder Károly angesteckt.

«Treten Sie ein, treten Sie ein, Teréz … was für eine Freude!»

Aus dem Dunkel der Diele kam ihr die Stimme Signor Montes entgegen, dann erschien er selbst, im Morgenrock, natürlich, es war Sonntagmorgen, sie schämte sich so.

Als sie die Augen aufschlug, sah sie Signor Monte. Er hielt ihr ein Glas an die Lippen.

«Trinken Sie … langsam, nur langsam.»

Er roch angenehm, seine Stimme war warm, so vertraut. Sie nahm einen Schluck, es brannte ihr in der Kehle.

«Es ist schon das zweite Mal …»

«Das zweite Mal?»

«Dass Ihnen übel wird, Sie scheinen eine Schwäche für Schwächeanfälle zu haben. Sie stehen Ihnen aber auch sehr gut, muss ich sagen …»

«Es tut mir leid, dass ich Sie so unerwartet aufsuchen muss.»

«Warum denn?»

Teréz drehte den Kopf zur Seite. Unter dem Stuhl standen ihre Schuhe, ordentlich nebeneinander, über der Lehne hing ihr Mantel, daneben ihre Bluse. Sie blickte an ihrem Körper hinunter, setzte sich erschrocken auf.

Er legte seine Hand auf die ihre.

«Langsam … Sie sind noch nicht bei sich.»

«Jetzt bin ich es.»

«Sie wollten zu mir.»

«Nein.»

«Doch, Sie wollten zu mir. Sie haben ein Anliegen.»

«Ich möchte nach Hause gehen.»

«In Ihr Heimatland zurück?»

«Zu meinem Mann.»

«Kommen Sie her, um mir das zu sagen?»

«Ich wollte Sie nicht stören, verzeihen Sie …»

«Sie stören mich nicht. Ich habe auf Sie gewartet. Bleiben Sie liegen, entspannen Sie sich. Merken Sie nicht, wie verkrampft Sie sind? Ich mache uns einen Kaffee …»

«Sie haben auf mich gewartet?»

«Sie mussten ja kommen, um den Schlüssel abzuholen.»

«Den *Schlüssel*?»

«Sie wollen doch fort aus Capua, aus diesem Lager, oder nicht? Und der Schlüssel zur Tür nach Deutschland liegt hier, dort in meinem Nachtkästchen.»

Teréz löste ihre Hand aus seinem Griff.

«Ich möchte nach Hause gehen.»

«Ihr Kopf möchte das, aber Ihr Herz will etwas anderes. Folgen Sie ihm doch. Sie sind ihm bis hierher gefolgt, so weit, warum nicht den Weg zu Ende gehen, in die Freiheit? Warum sich belügen? Sie wissen doch, was Ihr Herz will. Lassen Sie los, es ist so einfach ...»

«Ich möchte nach Hause.»

«Bitte, bitte, Sie wissen, wo die Tür ist, schließen Sie sie hinter sich.»

Teréz schlüpfte in ihre Schuhe, zog im Gehen ihre Bluse an, stopfte sich den Saum in den Rock. Sie zog und drückte an der Schließvorrichtung der Wohnungstür, sie ließ sich nicht öffnen.

Signor Monte trat heran, entriegelte das Schloss. «Sehen Sie, ich will Ihnen nur helfen. Ich will Ihnen nur die Augen öffnen, damit Sie sehen, dass Sie sich selbst im Wege stehen, sich ein Leben lang im Wege stehen werden, wenn Sie so weitermachen. Wenn ich Sie sehe, muss ich immer an eine Waage denken. In der einen Schale, die am Boden aufliegt, ist die Welt, in der anderen sind Sie, ganz allein. Sie springen in Ihrer Schale herum, strampeln, hängen sich an den Rand, mühen sich ab, die Schale hinunterzudrücken. Aber die Welt lässt sich nun mal nicht aufwiegen ...»

Teréz blickte durch den Türspalt hinaus.

«Haben Sie es je versucht? Die Welt aufzuwiegen?»

«Das muss ich nicht, ich kann denken, ich habe einen Verstand. Ihre komische Moral, Ihr Stolz, Ihre Ideale sind überholt, tot, merken Sie denn nicht, dass man Sie nicht für voll nimmt? Sie müssen lernen, sich zu verkaufen, wenn Sie hier überleben wollen, Sie müssen Ihre Haut auf den Markt tragen, es ist nicht halb so schlimm, wie es klingt.»

«Auf Wiedersehen … Verzeihen Sie.»

«Sie hätten alles von mir haben können. Jetzt empfehle ich Ihnen, Badesachen zu kaufen, wir haben wunderbare Strände in Kampanien, und die nächsten Sommer kommen bestimmt …»

Teréz schob sich durch den Türspalt.

«Aber ich bin geduldig. Der Schlüssel wartet auf Sie. Und nicht nur der Schlüssel, auch vieles andere, was Sie interessieren dürfte, Briefe …»

Teréz drehte sich um, wie von der Tarantel gestochen, die Tür schloss sich vor ihrer Nase.

12.

Ihre Mutter tat, als sei nichts geschehen, wie sie das immer tat, wenn etwas Unangenehmes geschehen war.

Bori spürte, dass sie beobachtet wurde.

Es gab keine Verbote, keine Ansprachen oder Aussprachen, ihre Mutter wirkte fröhlich wie immer, vielleicht sogar ein wenig fröhlicher als sonst, aber immer, wenn Bori spazieren gehen wollte, brachte sie plötzlich irgendwelche Gründe vor, warum das gerade jetzt nicht gut wäre, der kalte Wind, der drohende Regen, auch wenn es nicht nach Regen aussah, die Grippewelle, die doch im Lager grassierte, obwohl Bori nichts davon bemerkt hatte, und wenn sie dennoch auf ihren Spaziergang bestand, sagte ihre Mutter auf einmal, ach, eigentlich hast du recht, Bori, ich könnte auch etwas frische Luft vertragen, und schon nahm sie ihren Mantel vom Nagel, um sie zu begleiten, oder sie schickte Misi mit, wogegen sie sich nicht wehren konnte, passt aufeinander auf, rief sie ihnen hinterher, und dann wich Misi ihr nicht von der Seite, als hätte er verstanden, was seine Aufgabe war, obwohl er nichts verstanden haben konnte.

Und nachts, wenn sie wach dalag, hörte sie das Flüstern ihrer Eltern, die erregten Wortwechsel, sah die ständig aufglühende Zigarettenspitze ihrer Mutter im Dunkeln, und dann stellte sie sich schlafend, wie früher zu Hause, wenn sie die Gespräche ihrer Eltern, die nicht für sie gedacht waren, belauschen wollte, und wie damals merkten ihre Eltern auch jetzt nichts, weil sie sich so geschickt verstellte oder weil ihnen der Sinn für Misstrauen fehlte.

Plötzlich war wieder von Flucht die Rede. Einmal erzählte ihre Mutter, dass zwei Ungarn aus dem Lager in Latina die Flucht geglückt sei, versteckt in der Deckenverkleidung der Toilette eines Nachtexpresses von Rom nach Kopenhagen. Und München sei nur halb so weit. Vom Verkauf des Autos könnten sie einen Fluchthelfer bezahlen.

«Du würdest allen Ernstes das Auto verkaufen?»

«Ein neues Auto kriegst du an jeder Straßenecke, eine neue Tochter nicht. Wir müssen hier weg, Karcsi, bevor etwas Schlimmes passiert ...»

Boris Puls schlug schneller, die Stimme ihrer Mutter klang geradezu flehend. Sie wollte sie von Attila trennen, nur darum ging es ihr. Weil sie sie einfach nicht verstand. Ihr Vater sollte widersprechen, er musste den Streit gewinnen, aber er gab ja immer klein bei, nie sprach er ein Machtwort.

Doch diesmal zitterte seine Stimme vor Erregung.

«Und selbst wenn es klappt, was dann? Sollen wir auch in Deutschland als Illegale, als Kriminelle ankommen? Als Lumpenproletarier vom Balkan? Soll das ewig so weitergehen? Und wenn die Deutschen uns abschieben, was dann? Dann passiert etwas Schlimmes!»

Bori hielt den Atem an. Ihre Mutter schwieg.

«Wir müssen nur Geduld haben», fuhr ihr Vater fort, «es ist bloß eine Frage der Zeit, bis wir unsere Papiere bekommen, vielleicht schon morgen, vielleicht übermorgen …»

«Wir werden unsere Papiere nicht bekommen. Wir werden sie nicht bekommen, ich weiß es.»

«Woher willst du das wissen?»

«Glaub mir einfach.»

«Das kannst du nicht wissen. Wir müssen warten. Alles wird gut, du wirst sehen …»

Am Morgen schrieb Károly einen mehrseitigen Brief an die Ungarische Mission in Rom, schilderte ihre Lage und bat höflich um Unterstützung in ihrer Angelegenheit. Die Antwort kam postwendend, die Ungarische Mission bedauerte, dass sie auf Entscheidungen in Asylfragen keinen Einfluss nehmen könne.

Károly ließ den Kopf hängen. Wieder einmal ging alles schief. Das neue Jahr schien ohnehin unter keinem guten Stern zu stehen. Ein Flüchtling, der in der Silvesternacht bei einer Messerstecherei verletzt worden war, war im Krankenhaus verstorben und auf dem Friedhof von Capua beerdigt worden. Bei einem nächtlichen Einbruch war der Filmprojektor des Lagerkinos gestohlen und das Kino daraufhin geschlossen worden. Der allgemeine Unmut war mit Händen zu greifen, Gerüchte über einen geplanten Hungerstreik gegen die Zustände im Lager machten die Runde.

Auch Károly war nervös. Immer mehr drängte sich ihm das Gefühl auf, dass etwas geschehen müsse, er etwas tun müsse, aber die einzige Möglichkeit, die ihm einfiel, war die illegale Blutspende. Bis dahin hatte er sich stets geweigert, sich für ein paar Lire mit zehn, zwölf anderen in einen Transporter zu quetschen, quer durch Italien karren und in einem schmuddeligen Hinterzimmer eines Krankenhauses in Bari Blut für die amerikanische Cosa Nostra abzapfen zu lassen, doch jetzt hatte er keine andere Wahl mehr, etwas musste ja geschehen. Sie besaßen nur noch einen winzigen Rest von Onkel Barnabás' Geld, das er in seiner Schuhsohle versteckt hatte, ihre eherne Reserve für die Fahrt nach Deutschland.

Als Bori am nächsten Morgen erwachte, war es schon hell. Das Bett ihres Vaters war leer, über seinem Schreibtisch brannte die Glühbirne, als hätte er vergessen, sie auszumachen. Zigarettenrauch hing in der Luft, ihre Mutter stand am Fußende ihres Bettes, zog etwas unter der Matratze hervor und steckte es in ihre Handtasche.

Bori setzte sich auf.

Ihre Mutter blickte sie an. Sie hatte ihren kastanienbraunen Ledermantel angezogen, ihre Tasche hielt sie in der Hand.

«Ich muss schnell zur Lagerleitung, bin gleich wieder da. Ich habe euch etwas zum Frühstück hingestellt, falls es doch länger dauert …»

Das sagte sie, aber sie ging nicht, sie streckte die Hand aus, als wollte sie die Asche ihrer Zigarette abtippen, und blieb so stehen, wie erstarrt, die Hand in der Luft. Die Asche brach ab und fiel auf den Tisch, knapp neben den Aschenbecher.

«Mama?»

Bori musste aus dem Bett steigen, damit ihre Mutter sie ansah.

«Wie?»

«Ist was?»

Bori stand da, im sonnigen Quadrat des Fensters, barfuß in ihrem ausgewaschenen Pyjama. Als wäre sie soeben auf dem kleinen Sonnenteppich am Boden ins Zimmer geflogen. Es schmerzte Teréz, sie so zu sehen, so schutzlos, so unbedarft, eine kleine Lichtgestalt, die nicht ahnte, wie finster die Welt um sie herum war.

«Es ist nichts. Seid brav, ich bin bald wieder da.»

Und endlich drückte sie ihre Zigarette aus.

13.

Misi sprang aus dem Bett und presste sein Gesicht gegen die Fensterscheibe, als seine Mutter draußen vorbeiging, aber sie bemerkte es nicht.

Er freute sich auf den Tag, er wollte gar nicht frühstücken, sondern sich gleich ans Abpausen machen. Da sein Vater nicht da war, konnte er sich auf seinem Schreibtisch ausbreiten. Neben dem Aschenbecher lag die Asche einer unangetastet abgebrannten Zigarette, er spielte ein paar Sekunden damit, dann pustete er sie vom Tisch. Er schob den Aschenbecher weg und schlug den Atlas auf der markierten Seite auf, fixierte das Pauspapier mit zwei Wäscheklammern, drückte die rechte Hand darauf und begann mit der linken, die vage durchscheinenden Umrisse Indiens nachzuzeichnen.

Irgendwann hörte er das Plätschern von Wasser, Bori wusch sich. Das Pauspapier verrutschte, er schob es wieder an seinen Platz, sah nach, ob es auch richtig auflag, und zeichnete weiter. Mit angehaltenem Atem über den Tisch gebeugt, führte er den Bleistift, langsam und vorsichtig, um auch jeden Zickzack der Grenzlinien zu erwischen. Ab und zu hielt er inne, holte tief Luft, dabei fiel ihm plötzlich auf, dass Bori nicht mehr da war.

Erstaunt sah er sich um.

Eben war sie noch da gewesen. Jetzt war sie weg.

Er rutschte vom Stuhl, blickte, obwohl auch Boris Mantel fehlte, unter den Betten und im Schrank nach, den einzigen Orten, wo sie sich hätte verstecken können, aber sie war nicht da. Er setzte sich wieder an den Tisch und zeichnete weiter. Manchmal hob er den Kopf und horchte, allmählich wurde er unruhig. Er hätte auf Bori aufpassen müssen, das wusste er. Weil sie nicht allein weggehen durfte, weil sie verliebt war und das gefährlich für sie war, und jetzt war sie ihm doch entwischt.

Er sprang auf, schlug die Tür zu und lief über den Platz. Auf halbem Weg bemerkte er, dass er vergessen hatte, seinen Mantel anzuziehen, aber er kehrte nicht um, er musste seiner Mutter Bescheid sagen, dass Bori weg war, bevor ihr etwas zustieß. Er wusste, wohin er gehen musste: zur Tür mit dem Schild *D-i-r-e-t-t-o-r-e*, vor der sie damals gewartet hatten.

Die drei Stühle waren noch da und auch die Buchstaben an der Tür. Er holte tief Luft und klopfte. Er klopfte ein zweites Mal, diesmal lauter, drückte zaghaft die Klinke herunter.

Die Tür öffnete sich. Das Zimmer war leer.

Er blieb dennoch stehen. Aus großen Glaskästen an den Wänden schillerten ihm von allen Seiten Schmetterlinge entgegen. Solch herrliche, in allen Farben leuchtende Schmetterlinge hatte er noch nie gesehen, immer nur kleine weiße und gelbe oder höchstens mal ein Pfauenauge. Lautlos ging er durch das Zimmer, betrachtete einen Kasten nach dem anderen, versank in den Anblick der Falter.

Am letzten Kasten stieß er gegen eine Couch, die darunter stand. Auf der Lehne lag ein Ledermantel. Er sah genauso aus wie der ihrer Mutter. Er bückte sich und schnüffelte daran, er roch auch so, nach Zigarettenrauch, wie seine Mutter.

Er wandte sich wieder dem Kasten zu, stieg auf die Couch, um die Schmetterlinge näher betrachten zu können, versuchte vorsichtig den Kasten zu öffnen, aber er war verschlossen. Plötzlich hielt er inne und drehte den Kopf. Stimmen drangen an sein Ohr. Er drehte den Kopf. Die Stimmen kamen von rechts, durch eine Tür hindurch, die er jetzt erst bemerkte.

Er stieg von der Couch und tapste zu der Tür. Er hätte klopfen sollen, aber aus irgendeinem Grund traute er sich nicht. Er stand nur da und lauschte, ratlos, was er tun sollte, dann beugte er sich auf einmal vor und drückte sein Auge auf den kleinen, hellen Pilz des Schlüssellochs.

Auf der anderen Seite schien die Sonne, er sah fast nur Licht, ein hell durchflutetes, weißes Zimmer, weiße Wände und weiße Laken, alles blendend hell, es dauerte eine ganze Weile, bis er etwas zu erkennen begann.

14.

Zu Hause wartete bereits Bori auf ihn. Sie lag auf ihrem Bett und hielt ihr Deutschbuch in der Hand.

«Wo warst du, während ich geduscht habe?», fragte sie beiläufig, ohne ihn anzusehen.

«Nirgends. Und außerdem hast du nicht geduscht. Deine Haare sind nicht nass.»

«Ich habe sie getrocknet.»

«Und wo ist das nasse Handtuch?»

«Da, es hängt am Waschbecken.»

«Du hast es nur unters Wasser gehalten.»

«Und warum sollte ich so was Blödes tun?»

«Ich weiß, warum! Weil du verliebt bist und heimlich bei ihm warst.»

Bori schnaubte verächtlich, würdigte ihn keiner Antwort.

Misi brannte darauf, ihr zu erzählen, was er gerade gesehen hatte, er wollte sprechen, aber er brachte keinen Ton heraus, zu verwirrend war der Anblick gewesen, und außerdem wollte er nicht verraten, dass er durch ein Schlüsselloch gespäht hatte, weil seine Mutter das gar nicht mochte. Und je länger er zögerte und überlegte, ob und wie er es sagen sollte, desto unmöglicher wurde es ihm.

Lieber kletterte er wieder auf den Stuhl seines Vaters und kehrte zum Atlas zurück, jetzt galt es, das fertige Feld, das Indien war, hellgrün auszumalen.

15.

Teréz ging Richtung Capua. Sie hatte ihren Mantel wieder aufgeknöpft oder gar nicht erst zugeknöpft, sie wusste es nicht, sie spürte die Kälte nicht. Die Landstraße war wie ausgestorben. Sie lief in der Mitte, ein Wagen hupte, sie trat zur Seite, verließ die Straße ganz. Ein alter Mann grüßte im Vorbeigehen, zu spät drehte sie den Kopf nach ihm. Sie kannte den Weg quer durch den Olivenhain, zu

Krapek, alles war da wie zuvor, der Baum, das Halsband am Ast, die Erhebung im Boden, der dunkle, zugewachsene Pflanzentunnel über dem Fluss.

Sie betrat den Steg, raschelnd und kreischend brach eine Schar Vögel aus dem Dickicht über ihr, sie hätte erschrecken müssen, doch sie fuhr nicht einmal zusammen. Sie zog die Haarnadeln aus ihrem Haar, legte ihre Handtasche, ihren Mantel und ihre Kleider auf einen Haufen am Ende der Bretter, kniete sich hin, umfasste mit beiden Händen einen Pfahl des Stegs und glitt ins Wasser.

Es war eisig kalt, aber die Kälte tat gut. Sie klammerte sich an den Pfahl, die Strömung hielt ihren Körper, wie Seegras hing sie im Wasser, ließ sich von dessen trüber Reinheit waschen, reinigen. Der pelzige Rücken eines Tieres flutschte in den Fluten dicht an ihr vorbei, sie war nicht allein, schoss ihr durch den Kopf, nie war man allein. So hing sie dort, spürte, wie die Kälte ihren Körper immer mehr erfasste, bis es weh zu tun begann, da zog sie sich hoch, hievte sich zitternd, mit letzter Kraft, auf den Steg.

Sie zog sich an. Ihr Handgelenk war vom Festhalten wundgescheuert, aber das fiel ihr erst später auf, als sie unter dem Olivenbaum saß und ihre Hände wieder zu spüren begann und die blutigen kleinen Kratzspuren auf der Haut über ihren Adern, sie zählten nicht, diese Wunden des Körpers. Sie saß gegen den Baum gelehnt, im Schneidersitz, die Tasche in ihrem Schoß, den Klippverschluss zwischen ihren Fingern. Zu oder auf, hatte er sie gefragt, bei ihrer ersten Begegnung, als sie die Tasche so gehalten hatte, sehr überlegen und souverän hatte er gewirkt, er hatte ihr gefallen, daran konnte sie sich erinnern.

Sie klappte die Tasche auf, nahm die Pistole in ihre

Hand, eine wunderbare Wärme umhüllte ihren Körper. Zu oder auf, hatte er gefragt und gelächelt, sie belächelt, imponiert hatte er ihr, der Mann, der Direttore.

Sie blickte zum Himmel.

Die Sonne stand hoch, zwischen weißen Wolken, die Blätter flimmerten, säuselten im Wind, wie ein Laut aus einer anderen, friedlicheren Welt klang es in ihren Ohren. Sie schloss die Augen und streckte die Beine aus, stieß mit ihnen gegen einen kleinen Hügel. Und plötzlich fiel ihr Krapek ein, dort unter ihren Füßen, im Schoß der Erde. Das Rascheln der Bäume, das Plätschern des Flusses, die Wärme der Sonnenstrahlen, die Kühle der Brise, die ersten Düfte des Frühlings, nichts von alledem bekam er mehr mit. Aus einer Kiste war er gekommen, eines sonnigen Sommertages in einem blühenden Garten, in einer Kiste war er wieder verschwunden, eines wolkigen Wintertages in einem Olivenhain, fern der Heimat. Für nichts hatte er etwas gekonnt, niemand in der großen, weiten Welt konnte je etwas für etwas. Sie hatten ihn eines Tages gepackt und in die Fremde verschleppt, wie das Schicksal sie selbst gepackt und in die Fremde verschlagen hatte.

Imponiert, gefallen hatte er ihr damals, der Direttore, jetzt wusste sie, dass er in seiner schwarzen Seele lebenslänglich abzusitzen hatte, er konnte ihr nur leidtun, der Herr der Fliegen und der Falter.

Sie drückte ab.

Ihre Hand wurde zurückgestoßen, der Schuss hallte durch den Hain, erstarb.

Nicht er sie, sie hatte ihn in der Hand gehabt.

Als sie sich aufraffte, musste es schon spät sein. Die Waffe warf sie in hohem Bogen ins Wasser, im Vorbeigehen, ohne auch nur hinzusehen. Es platschte, als hätte ein Fisch nach einem Insekt geschnappt, sie beschleunigte ihre Schritte, es war Zeit, nach den Kindern zu sehen.

Misi hörte sie gar nicht eintreten. Er kniete auf dem Stuhl, über seinem Atlas gebeugt. Als seine Mutter vor ihm stand, hob er den Kopf und sah sie mit großen Augen an.

Sie lächelte.

«Ich mache euch etwas zu essen, ja?»

Sie strich Schmalzbrote, rührte Limonade an und sah ihnen zu, wie sie aßen und tranken, und war zufrieden, dass sie zufrieden waren.

16.

Einige Tage später bekamen sie einen Brief von der Lagerleitung. Eine Einbestellung für den folgenden Morgen. Károly begann sofort, seine schwarzen Schuhe zu polieren, stellte sie neben den Schrank, hängte seinen Anzug an die Schrankwand darüber.

Er musste sich am nächsten Tag allein auf den Weg machen, Teréz war mit schlimmen Kopfschmerzen aufgewacht und fühlte sich unwohl. Misi sah seinem Vater durchs Fenster hinterher und blieb dort stehen, er spürte, dass etwas Wichtiges im Gange war.

Keine Viertelstunde später kam sein Vater wieder heraus, ging im Laufschritt über den Vorplatz, stolperte fast über einen Hund, der seinen Weg kreuzte, stürmte ins Zimmer, setzte sich, ohne seinen Mantel abzulegen, an den Schreibtisch und breitete den Inhalt des Umschlags vor sich aus.

Bori und Misi sahen die Papiere, die Pässe, die Briefe, ihr Vater nahm der Reihe nach alle Dokumente in die Hand und benannte sie: Da war der Entlassungsschein von Capua, da das Transitvisum für die Schweiz, da die Einreiseerlaubnis für Deutschland, die Briefe vom Institut – er deutete auf Stempel und Unterschriften –, und da war das Wichtigste von allem, der entscheidende Stempel, ihre Anerkennung als politische Flüchtlinge, mit dem Briefkopf des Flüchtlingskommissariats der Vereinten Nationen. Es musste alles irgendwo hängengeblieben sein, in irgendeiner Behörde in Rom oder wer weiß wo, jetzt spielte das keine Rolle mehr.

«Es ist alles da, alles da!»

Er sah in die Runde. Bori spürte, wie ihr Herz zu flattern begann.

«Wir können packen», sagte er. «Na los, worauf warten wir noch ...»

«Zieh erst mal deinen Mantel aus», sagte Teréz.

Er zog seinen Mantel aus, schritt händereibend durch das Zimmer.

«Es ist vorbei, wir haben es geschafft, geschafft! Habe ich es nicht gesagt? Man muss nur geduldig sein, nur auf die Geduld kommt es an. Und fast hätten wir noch alles kaputt gemacht ... Vielleicht hat sich die Ungarische Mission in Rom doch eingeschaltet, aber natürlich wollen sie so etwas nicht an die große Glocke hängen ...»

Er stellte sich vor die Italienkarte an der Wand und begann, mit dem Finger ihre Reiseroute nachzuzeichnen. Am oberen Rand wechselte er zur Europakarte. Rom, Bologna, Mailand, Gotthardpass, Zürich, Deutschland. Bori sah zu ihrer Mutter, sie stand am Herd, ungerührt rührte sie die Suppe um, die sie aus Speck und Gemüseresten bereitet hatte, der Duft versprach ein köstliches Mittagessen.

Später am Abend nahm sie Gérard Philipe und Latinovits von der Wand, hängte Napoleon und die Bergpanoramen ab und verstaute sie vorsichtig in einer Mappe.

Am Tag vor der Abreise begann sie früh zu packen, teilte das Gepäck in sinnvolle Einheiten ein, je nachdem, was sie zwischendrin brauchen würden und was nicht, und stellte dabei wieder fest, dass sie einen Großteil ihres Lebens und ihrer Energie noch immer darauf verschwendete, dieses viele Leben auf viel zu wenig Platz unterzubringen und abzuwickeln, als ob es nichts Wichtigeres gäbe.

Teil sechs

PFAUENAUGE

1.

Es war ein trüber Tag. Rom lag unter dichten Wolken.

Noch nie hatte Misi einen solchen Lärm, ein solches Durcheinander erlebt. Der Verkehr schob sich blindlings vorwärts, hupend und knatternd drängten die Vespas in die Lücken zwischen Autos und Lastwagen. Die Vorstädte zogen sich endlos hin, immer wieder versperrten Baustellen den Weg und brachten den Verkehr zum Erliegen. Ihr Vater fluchte und trommelte nervös auf dem Lenkrad, genau das habe er vermeiden wollen, genau das, wiederholte er. Von riesigen Filmplakaten blickten große, halbnackte Frauen auf sie herab, ihre Mutter wandte sich jedes Mal ungläubig an ihren Vater und flüsterte ihm etwas zu.

Es begann zu nieseln.

Die Scheibenwischer zuckten, ihr Vater schimpfte, dass er keine Ahnung habe, wo sie jetzt seien, dass er nichts sehen könne und gleich aussteigen und das hupende Schwein hinter ihm «zu Scheiße schlagen» werde. Misi musste laut auflachen. Er hatte während der Fahrt auf der Autostrada 2 unablässig die Automarken aufgezählt, und immer wenn ein Porsche, ein Mercedes, ein BMW oder einer der komischen Citroëns, die wie gepanzerte Nashörner aussahen, überholen wollte, hatte er seinen Vater angetrieben, schneller zu fahren, und der hatte sich ins Lenkrad gestemmt und Gas gegeben und war doch jedes Mal abgehängt worden, woraufhin Misi enttäuscht in seinen Sitz zurücksank.

Um die Zeit totzuschlagen, übten sie die deutschen Artikel. Ihre Mutter zählte Wörter auf, und sie mussten erraten, ob es *der*, *die* oder *das* war, aber dieses Spiel gefiel ihnen nicht. Ein roter Alfa Romeo rollte in Schrittgeschwindigkeit neben ihnen her, und ihr Vater bemerkte süffisant, dass ein Stau wie der Tod sei, er mache alle gleich. Ihre Mutter, den Stadtplan im Schoß, kurbelte an jeder Ampel das Fenster herunter und fragte nach der *Via del Casaletto* im *Valle dei Casali*, aber man schüttelte nur den Kopf.

Sie hatten sich vollkommen verfahren.

An einer Ampel hatten sie Glück. Der Fahrer des Wagens neben ihnen, den Teréz fragte, machte ein Zeichen, ihm zu folgen. Alle Augen richteten sich auf den dunkelblauen Fiat vor ihnen. Auf einer zweispurigen Allee ging es stadtauswärts, dann durch ein hügeliges Wohnviertel. Schließlich hielt der Wagen vor ihnen, der Fahrer steckte die Hand aus dem Autofenster und signalisierte, dass sie angekommen seien.

Via del Casaletto 481.

Durch die verschmutzten Autofenster sahen sie ein rotes Haus mit grünen Rollläden, das ihnen nach den Baracken von Capua wie ein Palast vorkam. Ihr Vater ging hinein und kehrte in Begleitung eines älteren Mannes zurück, der eine Priesterkrawatte trug und ungarisch sprach. Ihre Mutter begrüßte ihn mit *Laudetur Jesus Christus*. Die *Casa di Santo Stefano* sei belegt, sagte er, aber sie könnten zwei Zimmer bei den Schwestern nebenan bekommen.

Er führte sie über die Straße und schloss eine schwere, alte Tür auf, er musste kräftig ziehen, um sie zu öffnen. Drinnen an der Pforte begrüßten sie zwei Schwestern in Schwarz, ein klappriger Fahrstuhl trug sie in den zweiten

Stock des alten Gebäudes. Oben durchquerten sie einen kleinen Salon mit einem Marmortisch und Rohrsesseln unter einem niedrigen Glasdach, dessen Hall den sacht plätschernden Regen in einen rauschenden Wolkenbruch verwandelte. Am Ende des Salons ging ein Flur mit einem Waschraum und Gästezimmern auf beiden Seiten ab. Alles war still, die Schlüssel steckten in den Türen, als steckten sie schon seit Jahrhunderten dort, Misi musste an Dornröschen denken.

«Hier werden Sie ganz ungestört sein», sagte der Pater.

Misi und Bori bekamen ein Zweibettzimmer, ihre Eltern ein weiteres Zimmer gegenüber, weiß getüncht und karg eingerichtet, mit schweren, alten Holzbetten, auf denen sich die Daunendecken einen halben Meter hoch wölbten.

Im Speisesaal der *Casa di Santo Stefano* nahmen sie ein einfaches Abendessen zu sich. Von einem Foto an der Wand blickte ein Priester auf sie herab, *Kardinal Mindszenty*, hieß es darunter, unter einem zweiten Foto stand *Pater Pio*. Bori erhob sich als Erste vom Tisch, und während ihre Eltern sich noch mit dem Pater unterhielten und Misi auf der Sitzbank neben ihnen döste, drehte sie eine Runde im tröpfelnden Park hinter dem Haus, dessen immergrüne Sträucher und Palmen gar nicht zum kalten, nassen Winterwetter zu passen schienen.

2.

Ihre Mutter lüftete, während sie Misis Bett machte. Bori lehnte sich aus dem Fenster. Der Regen fiel in dünnen Schnüren, zwischen den Häuserfassaden schaukelte eine

Laterne im Wind und streute gelbes Licht auf die glänzenden Dächer der Autos, die sie mit ihren Blicken absuchte.

«So, schlaft gut!»

Bori schloss schnell das Fenster.

Ihre Mutter gab ihr einen Kuss.

«Heute werden wir alle schlafen wie die Murmeltiere», sagte sie leise.

Sie ließ die Türen zwischen den Zimmern offen.

Bori kroch unter die Daunen, ihre Kleider ließ sie an. Im Zimmer gegenüber hörte sie ihre Eltern flüstern, der Kofferdeckel klickte, sie gingen ins Bad.

«Ich habe mir noch nicht die Zähne geputzt», rief Misi ihnen hinterher.

«Na, dann komm!»

Bori blieb liegen. Sie hatte ihren Talisman abgenommen und hielt ihn in der Hand. Vom Glasdach im Salon hörte sie das eintönige Prasseln des Regens, es klang wie früher, wenn sie im Garten übernachtet hatten, in einem schweren, dunkelgrünen Zelt, von dem ihre Eltern behauptet hatten, es sei eigentlich ein Soldatenmantel, was Misi und sie aber nie hatten glauben wollen.

Misi und ihre Eltern kehrten zurück, die Betten knarrten, dann erlosch im Zimmer gegenüber das Licht.

«Ich kann nicht einschlafen», winselte Misi.

«Versuche es, Misi», sagte ihre Mutter aus dem anderen Zimmer.

«Kann nicht. Ich habe einen Geist gesehen …»

«Es gibt keine Geister. Nur gute.»

«Doch, gibt es!»

Im Zimmer gegenüber raschelte es wieder, Bori schloss schnell die Augen und stellte sich schlafend, wie früher auf dem Diwan ihrer Großeltern, wenn ihre Großmama vor dem Zubettgehen noch einmal nach ihnen sah. Erst im vergangenen Jahr war das gewesen und schien ihr doch schon so weit weg.

Ihre Mutter tippelte ins Zimmer und setzte sich an Misis Bettrand. In Capua hatte er begonnen, schlecht zu träumen und sich im Dunkeln zu fürchten.

«Jetzt schlaf schön.»

«Erzählst du mir, wie die Großmama über Nacht weiße Haare bekommen hat?»

Bori hörte ein Rascheln, ihre Mutter legte sich zu Misi unter die Decke.

«Also gut, aber mach die Augen zu ... Hast du sie zu?»

Es wurde still. Bori atmete leise, lauschte.

«Es ist wahr», hörte sie nach einer Weile, «in der dritten Nacht unserer Flucht ... zwischen dem Einschlafen und dem Erwachen ... ergraute unsere Mutter. Wir hatten in einem Stall an der Landstraße geschlafen, und ich erinnere mich, wie Tante Jolán, sie war nicht viel älter als du jetzt, sich am Morgen im Stroh aufsetzte und erstaunt ausrief: *Mama, deine Haare sind ganz weiß!* Unsere Mutter griff sich erschrocken an den Kopf und drehte sich um die Achse, aber wir hatten keinen Spiegel, und sie lief aus dem Stall, denn unter dem Sitz des Wagens lag ein antiker Spiegel, den sie am Tag zuvor im Straßengraben gefunden hatte. Als sie zurückkam, sagte sie nur: *Ja, du hast recht, Jolán, meine Haare sind ergraut, aber deine sind voll Stroh, kämme sie bitte aus.* Und sie sprach nie wieder ein Wort davon ...»

«Und jetzt erzähl die ganze Flucht», flüsterte Misi nach einem Moment.

«Gut, ich erzähle, aber mach die Augen zu.»

Bori presste die Lippen zusammen. Warum konnte Misi nicht endlich einschlafen, warum musste er gerade jetzt wieder Geister sehen.

Nur zögerlich, als müsse sie jedes Wort erst in der Erinnerung suchen, begann ihre Mutter zu erzählen.

«Ja, braun waren sie gewesen, die Haare unserer Mutter … ein dunkles Braun mit einem leichten Rotschimmer. Drei Tage vor jener Nacht, in der sie ergraute, waren wir mit unseren beiden Wagen in Fűtelek aufgebrochen, westwärts, weg von der nahenden Front. Ich war etwa so alt wie Bori jetzt, Tante Jolán so alt wie du. Fűtelek war eine kleine Siedlung nahe der österreichischen Grenze, dorthin waren wir im Dezember mit einigen anderen Familien aus Budapest geflüchtet, gerade rechtzeitig, bevor die Rote Armee die Stadt einkesselte …»

«War die wirklich *rot*?»

«Ihre Fahnen waren rot … Es war alles rot, es war Krieg. Versuch zu schlafen …»

«Und wie weiter?»

«In Fűtelek wohnten wir im alten Schulgebäude neben dem Schloss, harrten aus, warteten Tag für Tag auf die Nachrichten, die uns von der Front erreichten. Die Nachrichten waren schlecht, unsere Lage wurde immer bedrohlicher, der Krieg rückte näher, die Rote Armee hatte Budapest erobert und war auf dem Vormarsch, schlimme Gerüchte eilten ihr voraus. Davon wussten wir Kinder aber nichts, denn immer wenn es bei den Unterhaltungen der Erwachsenen um etwas Wichtiges ging, das wir nicht hören sollten, sprachen sie ganz leise oder schickten uns hinaus.

Mir war es sowieso egal, was sie redeten, ich war glücklich, ich war frei, endlich steckte ich im Leben, im echten Leben. Vorher im Internat hatte ich nicht einmal aus dem

Fenster schauen dürfen, ohne dass eine Schwester mit wehendem Schleier herbeigeeilt wäre und mich mit einem *Husch, husch, Fräulein! Man stellt sich nicht in die Auslage!* fortgejagt hätte. Aber an einem Novembermorgen hatte mich Vater unerwartet aus der Schule abgeholt: Es gäbe jetzt keine Schule mehr, es gäbe jetzt Krieg, hatte er leise gesagt, und ich jubelte, dass ich nach Hause gehen durfte. Und seitdem war alles ein wundersames Abenteuer.

Es wurde Januar, es wurde Februar, verschneite Tage auf dem Land, wir saßen in Fütelek und warteten, warteten auf Nachricht von unserem Vater, von der Front. Er würde bald vorbei sein, der Krieg, der verdammte Krieg, der ohnehin nie unser Krieg gewesen war, sagten die Erwachsenen. Ich spielte mit Jolán im Hof oder im verlassenen Klassenzimmer, das wir bewohnten. Wir spielten Schule, Schülerin und Lehrerin, während in der Küche nebenan unsere Mutter mit den anderen Frauen kochte und plauderte und Tee trank.

Eines Morgens Mitte März tauchte unser Vater auf. Er hatte zwei Tage Fronturlaub bekommen, um uns bei der Abfahrt zu helfen. Es sei höchste Zeit, die Russen stünden wenige Tagesmärsche östlich, sagte er.

Wir hatten zwei Pferdewagen, einen für uns, den anderen beladen mit unseren letzten Habseligkeiten und dem Proviant, Zucker und Salz, Fett, Mehl, Marmelade, zwei großen Speckseiten, Wasser in Kanistern, warme Kleidung, Heu für die Pferde und zwanzig Kilo Silber, das Service, das unsere Mutter zu ihrer Hochzeit bekommen hatte und um keinen Preis der Welt, *nur über meine Leiche*, zurücklassen wollte. Der alte Hausmeister von Vaters Schule in Putnok sollte diesen zweiten Wagen lenken, er war mit uns gekommen.

Jolán und ich sahen zu, halfen, wo wir durften. Es war nichts Neues für uns, schon zu Hause hatten wir beobachtet, wie unser Vater Wertsachen im Garten vergraben und die alten Möbel in die Apfelkammer eingemauert hatte. Wir sollten uns die Verstecke gut einprägen, damit wir alles wiederfänden, falls er nicht von der Front zurückkäme, hatte er damals gesagt, aber ich war mir sicher, dass er zurückkommen würde.

Am nächsten Tag nahm unser Vater mich nach dem Mittagessen beiseite und führte mich zu einem nahegelegenen Wald, Jolán durfte nicht mitkommen. Dort streckte er mir eine Pistole entgegen. Ob ich keine Angst hätte? Die Pistole war klein und schwarz mit einem grauen Stern auf dem Griff, ich wog sie in meiner Hand, nein, ich hätte keine Angst. Er zeigte mir, wie man sie richtig hielt und entsicherte und lud, und ließ es sich von mir zeigen, und wir übten Schießen, bis es zu dämmern begann.

Zwischen den Schüssen glaubte ich immer wieder, ein fernes Rumoren zu hören. Der Wind blies, unser Vater fasste mich bei den Schultern.

‹Du musst jetzt der Mann im Haus sein, Teréz›, sagte er. ‹Jolán ist erst neun, ein Kind, und Mama … du weißt, sie ist in solchen Sachen nicht so geschickt, sie wird deine Hilfe brauchen.› Er zögerte, sah mir tief in die Augen. ‹Ich lasse sie dir da, Teréz›, sagte er, ohne die Pistole zu nennen. ‹Fass sie nie an, es sei denn, man greift euch an, in letzter Not, wenn … wenn etwas Schreckliches passieren könnte … Dann darfst du nicht zögern, auf den Angreifer zu schießen.›

Ich nickte. Es machte mich stolz, dass Vater mich wie eine Erwachsene behandelte, ich wusste, dass eine solche Verantwortung eine große Auszeichnung war. Ich fragte mich, welche Not er wohl im Sinn hatte, aber ich traute mich nicht nachzufragen, ich würde es schon merken, wenn es so weit war, dachte ich.

Wir kehrten zum Hof zurück, der Schnee knirschte unter unseren Stiefeln. Vater wickelte die Pistole in ein Brottuch und steckte sie in die Seitentasche meines Rucksacks. Ich allein sollte wissen, dass es sie gab und wo sie war. Am Abend kehrte er nach Székesfehérvár zurück. Beim Abschied brach unsere Mutter in Tränen aus, und da musste auch Jolán weinen, und als ich sah, dass sogar unser Vater Tränen in den Augen hatte, kam mir plötzlich der Gedanke, dass es vielleicht nicht nur so dahingesagt war, sondern wirklich sein konnte, dass unser Vater von der Front nicht mehr heimkehrte, aber ich weinte nicht.

Dichter Nebel lag über den Feldern, als unsere Wagen am nächsten Morgen aus dem Hof rollten. Die Hufe der Pferde klapperten auf dem Schotter, die Wagen knarrten, ich durfte die Zügel halten. Ich genoss es, die beiden Braunen zu lenken, erst letzten Sommer hatte unser Vater mir an der Schulbritschka beigebracht, wie man einen Wagen lenkte, nur so zum Vergnügen, hatte ich damals gedacht.

Wir saßen Seite an Seite, Jolán in der Mitte, in unsere Wintermäntel und die schwere Langhaardecke aus Siebenbürgen gehüllt. Fűlelek verblasste im Nebel hinter uns, die Krähen in den kahlen Baumkronen am Wegesrand schickten uns lange, krächzende Schreie hinterher. Ich hielt den Atem an. Der Schnee, die Stille, der weiße Nebel, die Schreie der Krähen, das ferne Rumoren, plötzlich schien mir das alles ein und dasselbe zu sein, als walte in all dem ein Geheimnis.

Als wir die nordwestwärts führende Landstraße erreichten, sah ich zum ersten Mal den Flüchtlingstreck, von dem man sich schon seit Tagen erzählte. In einem nicht enden wollenden Zug schleppten sich unter den Pappeln Wagen, Karren, Fuhrwerke dahin, ein schwarzer Strom von Pferden, Männern, Frauen, Kindern. Manche waren zu Fuß unterwegs, mit einem Sack auf dem Rücken und einem Koffer in der Hand, andere zogen Karren hinter sich her, beladen mit ihren letzten Habseligkeiten. Ich zügelte die Pferde, staunend blickten wir dem ratternden, knatternden, schnaubenden Zug hinterher. Ich fädelte ein, und schon riss uns der Strom mit sich … Schläfst du, Misi?»

«Nein.»

«Aber ich war glücklich, auf der ungehobelten Sitzbank des Wagens fühlte ich mich wie auf einem Thron. Bald zerrann der Nebel, und plötzlich lag etwas Frühlingshaftes in der Luft. Die Böschung, die Gräben links und rechts der Straße waren übersät mit Gegenständen, die die Menschen zurückgelassen hatten, um schneller voranzukommen. Aus geplatzten Kisten und aufgesprungenen Koffern ergossen sich Kleider, Betttücher, Bücher, Gläser, Teller, Puppen und Spielzeuge in den Schnee, lagen dort in wildem Durcheinander mit Teppichen, Bildern, Lampen, Uhren und Möbeln aller Art. Einmal passierten wir einen großen Kristalllüster, der aus dem weißen Feld ragte wie ein halbversunkenes Schiffswrack aus dem Wasser. Unsere Mutter konnte sich beim Anblick der *wunderbaren* Stücke, die sie immer gleich beim Namen nannte, gar nicht beruhigen, am liebsten hätte sie auf der Stelle alles aufgeladen.

Gegen Mittag hielten wir und verkrochen uns in die Büsche, um unsere Notdurft zu verrichten, wir taten in jenen Wochen vieles, wovon wir früher nicht einmal geträumt hätten. Der Schnee glitzerte, es roch nach nasser Erde, durch das Geäst beobachtete ich, wie der Zug Wagen für Wagen zum Stehen kam.

Und plötzlich geriet alles in Aufruhr. Die Menschen sprangen von ihren Fahrzeugen und stürzten die Böschung hinunter, liefen ins Unterholz oder warfen sich zu Boden. Ich fasste Jolán instinktiv bei der Hand, schon hörte ich das schreckliche Summen, das ich von den Luftangriffen in Budapest so gut kannte, diesmal noch lauter, noch näher. Unsere Mutter kam zurückgelaufen, drückte uns zu Boden und warf sich über uns. Jolán begann zu weinen, halt die Ohren zu, schrie ich sie an und presste die Hände auf meine Ohren. Das Dröhnen wurde immer lauter, unheimlich laut, als bebte die Erde. Ich drückte mein Gesicht in den Schnee und wartete, wartete zitternd, dass die Bomben fielen.

Aber nichts geschah, das Dröhnen verhallte.

Ich öffnete die Augen, nahm die Hände von den Ohren. Die Flugzeuge waren weg. Die Menschen krochen hervor und eilten zur Landstraße zurück, Wagen für Wagen setzte sich wieder in Bewegung. Jolán wischte sich die Tränen ab, sie schniefte, ihr Zopf hatte sich gelöst, ihre Kleider waren beschmutzt, hätte sie früher so ausgesehen, hätte unsere Mutter mit ihr geschimpft, jetzt war das egal. Ich blickte den Flugzeugen hinterher, nur das Summen ihrer Motoren hallte in der Ferne noch nach. Waren es die Deutschen gewesen? Die Amerikaner? Oder wieder die Engländer, deren Bomben letzten Sommer Tante Vilma getötet hatten?

Und warum waren sie so tief über uns hinweggeflogen, wenn sie keine Bomben abwerfen wollten? Vielleicht war es ein Versehen gewesen, weil die Piloten uns für feindliche Soldaten gehalten hatten, dachte ich, vielleicht hatten sie uns auch nur beeindrucken oder erschrecken wollen.

Als wir die Böschung erreichten, bückte sich Mutter plötzlich und zog etwas aus dem Schneematsch. Es war ein Spiegel mit verschnörkeltem Goldrahmen. Sie wischte ihn ab, Glas und Rahmen waren wie durch ein Wunder unversehrt. Mutter strahlte und verstaute den Spiegel unter der Hinterbank im Wagen.

Es war für lange Zeit das letzte Mal, dass ich sie lächeln sah.

Kaum hatten wir uns gesetzt, bemerkten wir, dass unser zweiter Wagen sich nicht mehr hinter uns befand, nirgends zu sehen war. Hatten wir ihn abgehängt, oder hatte er uns im Gewühl unbemerkt überholt? Sollten wir auf ihn warten oder uns beeilen, um ihn einzuholen? Keiner von uns konnte sich erinnern, wann er ihn zuletzt gesehen hatte.

Der Strom wälzte sich wieder voran. Den ganzen Nachmittag über hielten wir Ausschau nach unserem Wagen, aber er tauchte nicht auf. Am Abend blieb ich am Straßenrand zurück, um weiter zu warten, während unsere Mutter sich mit Jolán auf die Suche nach einer Unterkunft für die Nacht machte. Quietschend rollten die Karren an mir vorbei, unserer war nicht dabei. Bei Einbruch der Dunkelheit holte mich unsere Mutter mit Jolán ab. Schlotternd vor Kälte krochen wir in einer Scheune unter unsere große Decke. So lagen wir da, eng aneinandergeschmiegt, und ich schlief sofort ein, meine Erschöpfung ließ mich sogar meinen Hunger vergessen.

In der Nacht weckte mich Mutters Flüstern, ich erschrak, denn außer uns war niemand da. Dann fiel mir ein, dass sie sicher mit Gott sprach. Zwei Tage lang bangten wir, hofften wir, den Wagen wiederzufinden, erkundigten uns bei jeder Gelegenheit, ob jemand einen Wagen mit auffällig hohen Seitenwänden gesehen hätte, aber niemand wusste etwas, und so wurde uns allmählich klar, dass wir ihn und mit ihm alle unsere Essensreserven, Kleider und Decken verloren hatten. Wir besaßen nur noch das, was wir anhatten, sowie eine Kiste Nahrungsmittel mit einer großen Speckseite, die unsere Mutter in unseren Wagen gelegt hatte, damit wir uns unterwegs versorgen konnten, und ihr Silberservice, das zu ihrem großen Glück in einer Kiste unter der hinteren Sitzbank lag.

Die Tage verstrichen. Am dritten Abend, während draußen die Fahrzeuge eines deutschen Militärkonvois vorbeidonnerten, hörte ich plötzlich die Stimme unserer Mutter vor dem Stall, in dem wir einen Platz für die Nacht gefunden hatten. Vor dem Tor machten sich zwei Soldaten gerade daran, die beiden Braunen auszuspannen. Ich hörte Mutter flehen, *nein*, *nein*, rief sie immer wieder auf Deutsch und erklärte, dass wir auf der Flucht seien und dass die Russen uns umbringen würden, wenn sie uns einholten, aber das alles sagte sie schon auf Ungarisch, und die Soldaten erwiderten immer nur, die Pferde seien *konfisziert*.

Als sie mit den Pferden abzogen, sank unsere Mutter auf die Deichsel des Wagens. Ich versuchte, sie zu trösten, sie sagte nur, ich solle mich hinlegen. Auf einmal tauchte wieder ein Soldat aus der Dunkelheit auf, er führte zwei Pferde, reichte Mutter die Zügel und verschwand in der Nacht.

Ich klatschte vor Glück in die Hände.

Unsere Mutter warf einen Blick auf die Pferde, sie klatschte nicht.

‹Ist das nicht gut, Mama?›

‹Das sind trächtige Stuten, siehst du das nicht, dummes Kind!›

Noch lange, auch als sie schon neben uns unter der Decke lag, seufzte unsere Mutter in jener Nacht: Was bloß aus uns würde, einer Frau mit zwei kleinen Kindern, ohne Essen, ohne Kleider, ohne Pferde, jetzt seien wir verloren, wären wir doch nur daheim geblieben, wäre doch Béla da, sie klagte und jammerte, bis auch Jolán zu weinen begann, da verstummte sie jäh.

Wie erstarrt lag ich neben ihr, auch mir war nach Weinen zumute. Nicht nur der Pferde wegen, nicht nur, weil wir seit zwei Tagen Hunger hatten, sondern weil ich verstanden hatte, dass wirklich alles zu Ende war. Wir würden verhungern oder dem Feind in die Hände fallen, und was das bedeutete, wusste ich zwar nicht, nur eben so viel, dass es das Ende war. Ich schloss die Augen und dachte an meinen Vater, jetzt wusste ich auch, dass er von der Front tatsächlich nicht heimkehren würde und auch ich aus dem Schlaf, in den ich gerade versank, vielleicht nicht mehr erwachen würde.

Aber der nächste Tag brach an, und meine Augen öffneten sich, wie sie es jeden Morgen taten, und die Stuten zogen den Wagen, wie sie sollten, und bis auf die plötzlich ergrauten Haare unserer Mutter, worin Jolán und ich ein großes Wunder erblickten, ging zu meinem Erstaunen, obwohl doch alles zu Ende war, alles weiter wie zuvor. Die Landstraße mündete in eine andere Landstraße, aus Ungarn wurde Österreich, aus März April, der Schnee ging in Regen über, der Regen wieder in Schnee, der große Flüchtlingszug löste sich immer mehr auf. Wir erreichten das Mürztal und das Murtal, eintönig zogen Felder und Tannenwälder an uns vorbei. Ein Tag war wie der andere, es gab kein Gestern und kein Morgen, nur den Augenblick, den nächsten Schritt, die nächste Straßenkurve, das nächste Dorf, die nächste Mahlzeit, die nächste Nacht und immer die Angst vor der hinter uns nachrückenden Front, dem Krieg, der noch immer nicht zu Ende war.

Alles ging weiter wie zuvor, wir gewöhnten uns an alles. Es machte mir nichts mehr aus, bei Wind, Regen und Kälte draußen zu sein, wochenlang dieselben Kleider zu tragen und schmutzig zu sein. Ich gewöhnte mich daran, in Ställen zwischen Kühen und Pferden zu schlafen, gewöhnte mich an Mäuse und Ratten, an Kakerlaken, die uns über Hände und Gesicht krabbelten, an Flöhe in unseren Kleidern und Haaren, ich kratzte mich geduldig, irgendwann merkte ich es gar nicht mehr.

Schlimm war nur der Hunger. An den Hunger gewöhnte man sich nicht. Unsere Mutter hatte begonnen, einzelne Stücke ihres Tafelsilbers zu verkaufen, um Essen und Kleidung und Heu für die Pferde einzutauschen, dennoch mussten wir am Morgen oft ohne Essen aufbrechen und am Abend hungrig einschlafen, manchmal aßen wir den ganzen Tag nicht. Jolán war mager geworden und weinte oft, und ich sah, wie unsere Mutter darunter litt. Ich klagte nicht, träumte von unseren Mahlzeiten vor dem Krieg, in unserem alten Leben, das nun für immer vorbei war.

Wenn wir uns einer Ortschaft näherten, lief ich voraus, um mich zu erkundigen, ob man im Rathaus oder in der Gemeindeverwaltung Lebensmittelmarken bekam. Und wenn es mir gelang, Brot, Schmalz, Zwiebeln oder Kartoffeln zu ergattern, aßen wir stumm und zufrieden, bis wir nicht mehr konnten oder bis alles aufgegessen war, obwohl wir uns vorgenommen hatten, die Hälfte davon für den nächsten Tag aufzuheben.

Nur Mutter blieb immer genügsam, selbst im stinkenden Stall benahm sie sich noch wie eine Dame bei Tisch. Abends trug sie die Ereignisse des Tages in ein zerfleddertes Schulheft ein, oft hörte ich, wie sie dabei Vaters Namen murmelte, als unterhielte sie sich durch das Tagebuch mit ihm. Wir sollten vor dem Einschlafen für ihn beten, dass er heil von der Front zurückkehrte, dann würde sich alles zum Guten wenden, sagte sie.

Der Krieg war verloren, das wussten alle, das sagten die Erwachsenen jetzt auch, wenn wir dabei waren. Man hatte ihn ohnehin nie gewollt, diesen Krieg, sagten sie, es hatte ihn nur gegeben, weil es den ersten gegeben hat, wegen des schändlichen Vertrags von Trianon, aber warum es zum ersten gekommen war, inmitten der schönen Friedenszeit, das konnte niemand sagen.

Der Krieg war verloren, aber ich wusste jetzt auch, dass das nichts zu sagen hatte. Es ging weiter, alles ging weiter, immer weiter, was auch geschah, selbst wenn alles zu Ende war, ging es noch weiter, erst wenn man tot war nicht mehr, dann ging es im Jenseits weiter.

Es war Mai geworden, der Himmel strahlte. Mit jedem Tag wurden die Berge um uns steiler und höher. Wir hatten das Kammertal erreicht, das Nadelöhr nach Westen. Abends lief ich von Bauernhof zu Bauernhof, um einen Schlafplatz zu erbetteln. Manche Bauern gaben uns Unterkunft und sogar zu essen, andere schickten mich weiter, sie hätten schon viel zu viele Flüchtlinge beherbergt, einmal beschimpfte mich eine Bäuerin, weil ihr Sohn als Soldat in Ungarn gefallen war, obwohl ich doch nichts dafür gekonnt hatte. Ich hatte immer etwas vom Silber bei mir, als Entgelt für eine Herberge, aber wenn ich an den traurigen Gesichtsausdruck dachte, mit dem Mutter sich über den Servicekasten beugte und überlegte, wovon sie sich als Nächstes trennen wollte, lief ich oft lieber von Hof zu Hof weiter in der Hoffnung auf eine Unterkunft, für die wir nichts zahlen mussten, und freute mich auf ihre lobenden Worte.

Eines Morgens weckte uns Mutter in aller Frühe, wir müssten augenblicklich aufbrechen. Der Wagen stand bereit, aber nur eine der Stuten war eingespannt. Wir hätten jetzt nur noch ein Pferd, sagte sie beiläufig. Wir starrten sie erstaunt an, das klang, als wäre das zweite in der Nacht einfach weggezaubert worden. Ich verschwand hinter der Scheune, als wollte ich meine Notdurft verrichten, stellte mich stattdessen auf die Zehenspitzen und spähte durch die Fensterscheibe. Die Stute lag auf dem Boden, ihr Kopf seltsam abgeknickt, ihr Bauch riesig, ich sprang erschrocken zurück.

Wortlos kehrte ich zum Wagen zurück.

Gesenkten Kopfes wartete die zweite Stute auf das Zeichen zur Abfahrt, sie allein wusste, was in der Nacht geschehen war. Ich griff nach den Zügeln, der Wagen ruckte und setzte sich in Bewegung, ich stellte keine Fragen, wollte nichts wissen, staunte nur, was in der Welt alles geschah, während die Menschen im Tiefschlaf waren.

Es ging weiter, wieder ging alles weiter wie zuvor. Langsam und mühsam, als könnte jeder ihrer Schritte ihr letzter sein, schleppte sich die Stute vorwärts. Unsere Mutter schwieg, sie tat, als sei alles in Ordnung, aber ich konnte ihr die Angst im Gesicht ablesen, die Angst, dass die Stute zusammenbrechen oder fohlen könnte. Am Abend kamen wir nach Rottenmann, erfuhren die erlösende Nachricht: Die Amerikaner hatten von Norden die Enns erreicht und in Liezen, nur zehn Kilometer vor uns, ihr Hauptquartier aufgeschlagen. Die Enns war zur *Demarkationslinie*, zur Trennlinie zwischen ihnen und den Russen erklärt worden – wären wir einmal auf der anderen Seite des Flusses, wären wir in Sicherheit. Unsere Mutter sank in sich zusammen, als wäre alle Anspannung der vergangenen sieben Wochen auf einen Schlag von ihr abgefallen.

‹Jetzt wird alles gut, Kinder, jetzt wird alles gut … Morgen überqueren wir die Enns und sind gerettet.›

Ich drückte Jolán an mich, küsste sie wie eine Puppe, ich konnte mich vor Freude gar nicht mehr einkriegen. In der Nacht heulte der Wind, und als wir am Morgen das Tor unserer Scheune öffneten, fanden wir die Landschaft unter einer tiefen Schneedecke vor. Der Winter war über Nacht zurückgekehrt. Ich machte Schneebälle und warf auf einen Baumstamm, Jolán sah mir zu, sie durfte nicht mitspielen, denn seit der Nacht hustete sie und fühlte sich unwohl. Ich warf und war glücklich, dachte an das Ende unserer Flucht, an das Ende des Krieges, an die Enns, die Brücke, die Linie, hinter der alles gut sein würde.

Am Mittag kam uns eine kleine Flüchtlingskolonne entgegen. Wir staunten, sie fuhren in die falsche Richtung. Ein Mann rief uns etwas zu, es waren Ungarn: Wir sollten nicht weiterfahren, die Röthelbrücke in Liezen sei nicht passierbar. Dort habe sich tags zuvor die 6. Armee der Deutschen den Amerikanern ergeben, seitdem strömten Tausende Soldaten, Pferde, Lastwagen und Panzer über die Enns, die Brücke wäre auf Tage hin blockiert. Bei Gröbming, etwas weiter flussaufwärts, gäbe es eine zweite Brücke, rief er und winkte, sie würden es jetzt dort versuchen.

Wir blieben zurück, starrten stumm den Wagen hinterher, die vor uns in ein Seitental einbogen. Der Wind trieb uns den Schnee ins Gesicht, wir zogen die große

Decke enger um uns, aber diesmal half es nichts, die Kälte kam von innen, eine Kälte der Erschöpfung, der Leere, das Gefühl, sich nicht noch einmal aufraffen zu können. Jolán blickte von mir zu unserer Mutter, noch größer, noch schwärzer als sonst wirkten ihre dunklen Augen in ihrem abgemagerten Gesicht. Unsere Mutter sagte kein Wort, als hätte sie nach ihren braunen Haaren nun auch ihre Stimme verloren. Jolán hustete. Die anderen Wagen zogen weiter, einer nach dem anderen verblassten sie im dichten Nebel des Tals. Nur die Spuren im Schnee blieben zurück und wurden auch schon wieder zugeschneit.

Ich richtete mich auf. Ich hatte Vater versprochen, der Mann im Haus zu sein, und auch wenn es kein Haus mehr gab und er vielleicht nie von der Front zurückkehrte, musste ich mich an mein Versprechen halten. Es gab kein Zurück. Wortlos nahm ich die Zügel und lenkte den Wagen weiter, in die Spur der kleinen Kolonne vor uns.

Wie in einem seltsamen Traum zogen die nächsten Tage an uns vorbei. Dichter Nebel verhüllte alles, wir folgten der Straße blind, mehr als ein paar Zipfel weißer Felder und Hänge konnten wir nicht erkennen. Links stieg die Flanke des Berges an, rechts musste das Tal sein, dort musste irgendwann die Enns kommen und die Brücke, die uns in Sicherheit bringen würde, irgendwann.

Jolán hatte Fieber, wir legten sie mit allem, was wir an Kleidern besaßen, zugedeckt auf den Boden des Wagens. Unsere Mutter setzte sich zu ihr, wenn ich sie vor sich hin murmeln hörte, bekam ich große Angst. Wie in Trance trottete die Stute mit ihrem aufgeblähten Bauch den schneebedeckten Weg entlang. Blieb sie stehen, so stockte mir der Atem, sie könnte im nächsten Moment zusammenbrechen.

Ein paarmal zweigte ein Weg nach rechts ab, dann hielten wir, und ich lief ein Stück hinein, aber die Wege verloren sich jedes Mal im Nebel. Ich blieb stehen, lauschte. Wie Stimmen aus einer anderen Welt hallten die Rufe der Krähen durch die taube Stille. Nichts regte sich, ich war allein, als wäre ich der letzte Mensch auf Erden.

Am Nachmittag des dritten Tages, während wir an einem verfallenen Schober rasteten, fiel ein Sonnenfleck auf den Schnee vor meinen Füßen. Ich sah nach oben. Der Nebel riss auf, der Himmel begann aufzuklaren. Ich sprang auf, lief mit der Karte auf eine kleine Anhöhe hinter uns und sah mich um.

Es war alles da, jenseits der Felder vor mir, das Tal, der Fluss, genauso, wie ich es mir vorgestellt hatte. Der Fluss konnte nur die Enns sein, der riesige Berg zur Linken war demnach der *Dachstein*, und irgendwo darunter musste laut Karte Gröbming liegen.

Ich lief zurück, drängte unsere Mutter in den Wagen und nahm die Zügel auf, wir müssten sofort weiter, wir seien fast da.

Die Stute rührte sich nicht.

Ich versuchte es noch einmal und noch einmal, immer wieder, sprang hinunter und zerrte, die Stute warf nur den Kopf hin und her, rührte sich nicht vom Fleck.

Mutter stieg ab, betrachtete ihren Bauch, befühlte mit ihrer Fingerspitze vorsichtig ihren Euter.

‹Es hat keinen Sinn, sie harzt›, flüsterte sie.

‹Aber wir müssen weiter!›, rief ich und stampfte mit dem Fuß.

‹Die Geburt beginnt bald, spätestens in der Nacht. Mein Gott, mein Gott …›

Sie sank gegen die Wagenwand und schloss die Augen.

Ich presste die Lippen zusammen. Als hätte sich alles gegen uns verschworen.

‹Ich gehe voraus und bringe aus dem Ort etwas zu essen mit›, sagte ich trotzig.

‹Bleib hier!›, sagte Mutter.

Sie murmelte vor sich hin, sie habe keine Kraft mehr, wolle nur noch ihre Ruhe haben, in Ruhe sterben.

Ich spannte die Stute aus. Ich konnte nicht dasitzen, wollte Mutter in dem Zustand nicht sehen, sie nicht so sprechen hören. Wenn sie und Jolán satt wären, würde es ihnen gleich viel bessergehen.

‹Ich beeile mich›, rief ich über die Schulter.

Ich lief, unter meinen Stiefeln platschte der Schneematsch, nasse Füße machten mir schon lange nichts mehr aus, der Himmel war blau, und die Brücke konnte nicht mehr weit sein.

Ich weiß nicht, wie lange es dauerte, vielleicht eine Stunde, vielleicht etwas mehr, vielleicht weniger, endlich machte die Straße eine Kurve, und mit einem Mal stand ich auf der Brücke. Ich lehnte mich über das Geländer. Die Fluten rauschten unter mir, traten fast über das Ufer, es musste Hochwasser sein. Ein paar Schritte noch, und ich war drüben, auf der richtigen Seite, in Sicherheit. Dann lief ich los, um Mutter und Jolán etwas zu essen zu beschaffen, ich musste mich beeilen …

Schläfst du, Misi?»

Misi schlief.

3.

Zwischen ihren halb geschlossenen Wimpern sah Bori die Silhouette ihrer Mutter an sich vorbeihuschen. Sie fing im Kopf zu zählen an, als sie bei fünfzig war, hörte sie sie im Zimmer gegenüber schnaufen.

Bevor ihre Mutter zu erzählen begonnen hatte, war sie wach und entschlossen gewesen, jetzt empfand sie eine bleierne Schwere, den Drang, der Wärme und Behaglichkeit der schweren Daunendecke nachzugeben und liegen zu bleiben, nicht in die kalte Nacht hinauszugehen, sondern am nächsten Morgen mit ihrem Vater, ihrer Mutter und Misi weiterzufahren, als sei nichts geschehen. Sie musste sich nur auf die Seite drehen und ihre müden Lider schließen.

Und würde ihn nie wiedersehen.

Sie setzte sich sofort auf und stieg aus dem Bett.

Es klirrte, sie erstarrte.

Ihr Talisman war ihr durch die Finger geglitten. Sie bückte sich, tastete den Boden ab. Der Talisman lag unter dem Bett, sie steckte ihn schnell in ihre Rocktasche und zog den Reißverschluss zu. Sie legte den Abschiedsbrief, den sie am Abend zuvor noch im Lager geschrieben hatte, auf ihr Kissen und klappte die Decke darüber. Das Bettzeug wölbte sich, in der Nacht würde niemand Verdacht schöpfen, dass sie nicht darunter lag.

Sie zog ihren Mantel an, hielt jedoch mitten in der Bewegung inne. Worauf wartete sie? Es musste ja sein, ihre Eltern würden es verstehen, sie *mussten* es verstehen. Hatte nicht auch ihre Mutter ihre Eltern verlassen, sie traurig gemacht? Es hatte eben sein müssen, manchmal musste etwas sein, weil es keine andere Wahl gab, das hatte ihre

Mutter selbst gesagt, und auch jetzt musste es sein, gab es keine andere Wahl.

Sie blickte ein letztes Mal Misi an, sah sein Gesicht im schwachen Licht der Nacht. Sein Mund war geöffnet, er schien tief zu schlafen, im Schlaf zu lächeln. Sie beneidete ihn um sein Lächeln. Er konnte noch glücklich sein. Weil er noch ein Kind war und nichts wusste, darum, dachte sie und seufzte leise.

Fünf Schritte auf Zehenspitzen, und schon war sie am Zimmer ihrer Eltern vorbei. Der Steinboden knarrte nicht, sie war fast enttäuscht – so einfach war es also, auszureißen. Im Salon brannte ein Nachtlicht an der Wand, um die offene Tür des Waschraums machte sie einen Bogen, als könne im Dunkeln dahinter jemand auf sie lauern.

Sie öffnete die Tür zum Treppenhaus, horchte hinaus. Es war eine seltsame Treppe, zwei Stockwerke hoch ohne Absatz, erhellt von dämmerigen Nachtlichtern, sie konnte bis nach unten sehen. Die Hand auf dem Geländer, stieg sie langsam hinab, Stufe für Stufe. Das kleine Fenster an der Pforte war dunkel, die Tüllgardine vorgezogen, alles schien zu schlafen.

Vor der Eingangstür blieb sie plötzlich stehen. Und wenn man sie für die Nacht abgesperrt hatte? Sie biss sich auf die Lippen. Daran hatte sie nicht gedacht.

Sie befühlte den Talisman in ihrer Rocktasche, schloss bange die Augen und zog den Riegel zurück. Nichts rührte sich. Sie zog noch einmal, fester, spürte, dass eine starke Feder dagegenhielt. Sie zog ein drittes Mal, der Griff rutschte ihr aus der Hand, der Riegel schnappte mit einem scharfen Klick wieder ein. Eine Schweißperle rann ihr die Schläfe hinunter, ein Gefühl plötzlicher Panik ergriff sie, sie konnte nicht mehr warten, vorsichtig sein. Sie stemmte den Fuß gegen die Wand, riss mit aller Kraft den Riegel zurück und zog an der Tür, so fest sie konnte.

Die Tür ging auf.

Einen Augenblick hielt sie die schwere Tür in der Schwebe, schlüpfte dabei durch den Spalt und klemmte, bevor die Tür mit einem Knall wieder zugefallen wäre, eine Bibel, die am Pfortenfenster gelegen hatte, in den Spalt. Das Buch fing die Tür auf, die Tür das Buch, Bori rannte über die Straße und verschwand in der Dunkelheit.

4.

Er würde in Sichtweite der Ungarischen Mission auf sie warten, in einem schwarzen Moskwitsch mit dem Kennzeichen ID-75–80, sie hatte die Nummer am vorletzten Tag im Lager in aller Schnelle auf ihren Arm gekritzelt. So war es abgemacht, und doch hatte ihr Herz einen Freudensprung gemacht, als sie das Auto, während ihre Eltern noch beim Abendessen saßen, tatsächlich vor dem Haus entdeckte. Es parkte unter einer schiefen Palme an der Ecke zum Park, Attila lief ihr entgegen und drückte sie an sich, küsste sie im doppelten Schatten des Abends und der Bäume, so heftig, dass ihr fast schwindlig wurde.

«Ich warte hier auf dich … Sei vorsichtig!», hatte er ihr hinterhergerufen, als sie zum Haus zurücklief.

Das war vor zwei Stunden gewesen oder vor drei oder vier, sie wusste es nicht genau. Das Auto stand noch da, die Fenster waren beschlagen, sie sah sich um, ob jemand sie beobachtete oder ihr gefolgt war, wie Attila es ihr aufgetragen hatte, erst danach klopfte sie an die Scheibe.

Er öffnete die Beifahrertür, sie schlüpfte hinein.

Attila hatte unter einem Plaid auf dem Fahrersitz gelegen, beide Rücklehnen waren nach hinten geklappt. Er hob einen Zipfel des Plaids, sie kroch zu ihm und schmiegte sich an ihn, so gut es in der Enge ging, suchte im Dunkeln sein Gesicht. Er legte den Arm um ihre Schulter und küsste sie, und wieder wurde ihr so wunderlich zumute, als würde etwas in ihr zergehen. Als er sich später aufsetzte und den Motor anließ, flüsterte er ihr ins Ohr, dass er so stolz auf sie sei, und sie lächelte im Halbschlaf, stolz darauf, dass er stolz auf sie war.

Dann schlief sie ein.

Als sie erwachte, hörte sie ein monotones Trommeln, und plötzlich war ihr, als habe sie alles nur geträumt, als läge sie in Wahrheit noch in ihrem Bett im Kloster, unter den warmen Daunen, dem plätschernden Glasdach, und sie empfand darüber fast so etwas wie Erleichterung. Aber dann spürte sie, dass sie sich bewegten, sah das Autodach über und Attila neben sich, und sich aufrichtend eine verlassene Landstraße im schalen Morgenlicht, eine graue Landschaft wie auf einem fremden Planeten. Sie winkelte die Beine an und legte den Kopf wieder in Attilas Schoß.

Attilas Hand ruhte auf ihrer Wange. Wohin sie fuhren, wollte sie fragen, *wohin … wohin fahren wir eigentlich?*, wollte sie sagen und sagte es vielleicht auch, aber was er antwortete, ob er überhaupt antwortete, wusste sie nicht mehr. Immer so weiterfahren und nicht mehr anhalten, nie mehr anhalten, nie mehr aussteigen, nichts vom Rest der Welt wissen, nur sie und er allein, bis in alle Ewigkeit, mit einem Lächeln auf den Lippen versank sie in einem schönen Traum.

5.

Als Bori erwachte, schien ihr die Sonne ins Gesicht. Eine Glocke läutete mit hallenden Schlägen, sie schnellte hoch und stieß mit dem Kopf gegen das Lenkrad.

Das Auto stand am Rande eines weiten Platzes, Fußgänger liefen an ihm vorbei, Attila war nicht da. Sie dachte an Rom, aber Rom hatten sie ja längst hinter sich gelassen. Sie öffnete die Tür und stieg aus. Es war ein schöner Platz mit gelben und orangefarbenen Fassaden und einem mächtigen Gebäude mit quadratischem Turm in der Mitte, die Uhr zeigte zehn. Am oberen, erhöhten Ende des Platzes stand eine Kirche, davor erhob sich das weiße Denkmal eines Papstes, Bori erkannte seinen Papstturban. Restaurants und Cafés säumten den Platz. Das Café, vor dem ihr Auto parkte, hieß *Bar Arlecchino*, das stand in goldenen Buchstaben über dem Fenster, und als in diesem Moment die Tür aufging und Attila in ihr erschien, sah er dem Clown in seinem Karo-Kostüm, der an die Wand gemalt war, plötzlich so ähnlich, dass Bori lachen musste.

Sie lief zu ihm, und er küsste sie, dort in der Tür, vor aller Augen, auf den Mund.

«Magst du Schokolade?», fragte er und führte sie an einen Tisch.

«Bitte?»

«Ob du Schokolade magst.»

«Ja, gern.»

Er nahm die Zellophantüte weg, die auf dem anderen Stuhl lag, damit sie sich setzen konnte, und bestellte eine Schokolade für sie und einen Kaffee für sich, obwohl sie auch gern etwas getrunken hätte.

«Ich habe warme Kleider für dich, du kannst dich hier

in der Toilette umziehen. Auf dem Schiff kann es windig werden.»

«Auf dem Schiff?»

«Ja, wir machen einen Ausflug.»

«Wohin denn?»

«Was glaubst du?»

«Ich weiß nicht … Auf eine Insel?»

Er schüttelte ungläubig den Kopf.

«Du weißt einfach alles.»

Die Schokolade kam in einer Tasse, Bori blieb vor Verwunderung der Mund offen.

«Trink», sagte Attila, «wir haben nicht viel Zeit, die Fähre legt um Mittag ab.»

Die Schokolade, die flüssige, war noch zu heiß.

«Ihr Auto hat ein ungarisches Kennzeichen», sagte Bori plötzlich.

«Na, klar.»

«Aber … sind Sie denn nicht in einem dänischen Auto über die Grenze gekommen?»

Er starrte sie an, als verstünde er nicht. «Ach ja, das …» Er lachte auf und lehnte sich zu ihr vor. Bori hielt ihm den Mund hin, aber anstatt sie zu küssen, senkte er nur die Stimme. «Du bist ein kluges Mädchen, Borbála, darum will ich es dir verraten. Die Geschichte mit dem dänischen Auto habe ich mir nur ausgedacht.»

«Sie haben gelogen?»

«Nein, ich habe etwas erfunden.»

«Meine Mutter sagt, dass alles Böse in der Welt mit einer Lüge beginnt.»

«Da hat sie recht … Aber es gibt Momente, in denen es zu gefährlich ist, die Wahrheit zu sagen, verstehst du? Wenn man abwägen muss. Trink deine Schokolade.»

«Meine Eltern sagen immer die Wahrheit.»

«Haben Sie euch nicht erzählt, ihr würdet an den Plattensee fahren? Na, also! Aber das ist eben so: Sie mussten euch die Wahrheit verschweigen, weil ihr den Plan sonst vielleicht ausgeplaudert hättet, und dann wären sie ins Gefängnis gekommen und ihr ins Waisenhaus. Das war also keine Lüge.»

«Eigentlich schon.»

«Aber eine notwendige, keine schlimme.»

Bori starrte nachdenklich vor sich hin.

«Aber wie soll man entscheiden, welche Lüge notwendig ist und welche böse?»

«Das musst du nicht, das sagt dir dein Gewissen. Denk nicht darüber nach.»

Als sie ihre leere Tasse hinstellte, gab ihr Attila die Tüte mit den Kleidern und zeigte ihr den Weg zu den Toiletten. Bori schlenderte durch das Lokal, plötzlich gut gelaunt und froh, dass es das dänische Auto, in dem Karen gesessen war, nie gegeben hatte, dass sie nur eine Erfindung, eine notwendige Lüge gewesen war.

6.

Die Toilette war eng, nicht einmal einen Haken gab es, auf dem man etwas hätte aufhängen können. Bori legte die Tüte auf den schmutzigen Boden, das hätte ihrer Mutter nicht gefallen, aber jetzt sah sie sie ja nicht. Aus der Tüte kamen ein Pullover und eine Jeans zum Vorschein. Auch das hätte ihrer Mutter nicht gefallen, Jeans hätten keine *Unschuld*, hatte sie immer gesagt, noch nie hatte Bori welche angehabt.

Sie zog ihre Schuhe aus, ihre Strumpfhose, ihren Rock. Der Boden war kalt. Sie schlüpfte in die Hose. Die Knie waren abgewetzt und die Enden der Hosenbeine ausgefranst, aber das gehörte sich wohl so. Außerdem war sie eine oder zwei Nummern zu groß, sie musste den Gürtel eng schnallen. Auch der Pullover war zu groß, sie zog ihn über ihren alten, damit er nicht so lose herunterhing. Dann faltete sie ihren Rock und legte ihn in die Tüte.

An der Wand im Gang hing eine Landkarte, Bori blieb stehen und betrachtete sie, sicher zeigte sie die Gegend, in der sie waren. Die linke Hälfte der Karte zeigte Land, in der Mitte war eine Stadt mit einem Hafen, *Ancona*, die rechte Hälfte war Meer, gestrichelte Linien führten vom Hafen in alle Richtungen über das Wasser, ganz rechts tauchten viele Inseln auf, dort stand *Iugoslavia* geschrieben.

Jugoslawien. Das war komisch, von dort waren sie ja gekommen.

Attila wartete schon an der Tür. Sie legte ihre Hand in die seine, sie mochte es, Hand in Hand mit ihm zu gehen, damit alle sahen, dass sie zusammengehörten, aber sie gingen nur bis zum Auto. Attila stopfte die Tüte mit ihrem Rock in einen Abfalleimer am Rand des Gehsteigs.

Sie setzten sich ins Auto, Attila reichte ihr ein Necessaire.

«Mach dich ein bisschen zurecht.»

Sie sah ihn mit großen Augen an.

«Hast du dich noch nie geschminkt?»

Sie schüttelte den Kopf. Sicher würde er sie jetzt für kindlich halten, dachte sie, aber während er ihr Lippenstift und Lidschatten auftrug und das Gummiband aus ihrem Haar zog und es aufkämmte und sie dabei zupfte und kitzelte, musste sie immer wieder lachen. Als sie in den Rückspiegel blickte, erkannte sie sich kaum wieder. Er nahm einen Schal aus dem Handschuhfach und legte ihn ihr um den Hals, sodass die untere Hälfte ihres Gesichts dahinter fast verschwand.

«Und vergiss nicht, du bist achtzehn, nicht sechzehn. Geboren am?»

«4. November, äh … 1954.»

«Genau. Aber niemand wird fragen.»

«Ist das auch eine notwendige Lüge?»

«Wenn du nichts sagst, musst du auch nicht lügen.»

«Ich werde nichts sagen.»

«Keine Sorge, im Westen interessieren sich nicht einmal die Grenzer für ihre Mitmenschen.»

Attila stieß zurück, an der Ecke des Platzes erhaschte Bori aus dem Augenwinkel eine Tafel an der Wand, *Piazza del plebiscito*. Sie fuhren bergab, durch enge, gewundene, von hohen Fassaden gesäumte Gassen, Einbahnstraßen. Unten bogen sie in einen langen Tunnel, auf der anderen Seite erblickten sie das Meer, eine Bucht mit Schiffen, die so riesig waren, dass alles andere wie Spielzeug aussah.

Die Sonne schien, Bori lächelte, Attila hielt ihre Hand in der seinen.

«Wir fahren nach Jugoslawien, stimmt's?»

«Auf dem Schiff erzähle ich dir alles.»

«Und wann kommen wir zurück?»

«Wenn wir Lust dazu haben.»

«Und wohin fahren wir danach?»

«Wohin wir wollen, wir sind frei.»

«Muss ich denn nicht wieder in die Schule?»

«Wir müssen gar nichts.»

Bori staunte. Bis dahin hatte in ihrem Leben immer alles

sein *müssen*, jetzt auf einmal nichts mehr. Vermutlich weil sie jetzt im Westen waren, in der freien Welt, wo alles erlaubt war. Es kam ihr dennoch seltsam vor, keine Pflichten zu haben, nie lernen oder arbeiten zu müssen, ein solches Leben konnte sie sich gar nicht vorstellen.

Attila kehrte in ein Hafengebäude ein.

Bori wartete. Sie musste wieder an das Lügen denken. Wenn Attila nur gelogen hatte, dass es eine Karen gäbe, konnte er genauso gut gelogen haben, dass es sie nicht gäbe, denn wer einmal log, log immer, hieß es. Sie seufzte. Wie kompliziert das alles war, sie wollte darüber nicht nachdenken, wollte am liebsten gar nicht denken.

Die Grenze war ein einfacher Maschendrahtzaun. Attila hielt die Pässe aus dem Fenster, der Grenzbeamte warf einen Blick hinein, schaute ins Auto und winkte sie durch, Attila hatte recht gehabt.

Bori blieb der Mund offen.

«Aber … aber wie sind Sie denn an meinen Pass gekommen?», fragte sie verblüfft.

Daran hatte sie bis dahin gar nicht gedacht.

Er sah sie nicht an, aber sein Mund lächelte.

«Ich bin doch ein Zauberer, hast du das vergessen?»

Sie rollten über den Kai, Ordner mit schrillen Trillerpfeifen wiesen ihnen gestikulierend die Richtung, mit einem Knall rollten sie auf eine Eisenplatte und verschwanden im Bauch des Schiffes.

7.

Liebe Mutter, lieber Vater,
macht euch keine Sorgen, mir geht es sehr gut.
Wir sehen uns bald wieder, sucht mich nicht.
Borbála.
PS: Es musste sein.

Misi runzelte die Stirn, las die Zeilen noch einmal. Langsam, Wort für Wort. Statt Bori hatte er beim Aufstehen in ihrem Bett den Zettel gefunden.

«Mama!»

Teréz kam aus dem Waschraum, erblickte den Zettel, und noch bevor sie ein Wort gelesen hatte, wusste sie alles. Sie überflog den Brief, schlug die Bettdecke vollständig zurück, als könne Bori doch noch irgendwo darunter versteckt sein.

«Károly!»

Fassungslos liefen sie von Zimmer zu Zimmer, suchten in den Schränken, unter den Betten, hinter den Vorhängen, liefen die Treppe hinunter, liefen, weil sie im Aufzug nicht hätten stillstehen können.

Die Schwestern waren in der Küche versammelt, auf einem Stuhl vor dem Ofen trocknete eine Bibel, die sie am Morgen in der Tür eingeklemmt gefunden hatten.

Von Boris Flucht hatten sie nichts bemerkt. Auch in der *Casa di Santo Stefano* wusste niemand etwas, niemand hatte Bori gesehen.

Károly sprang ins Auto und fuhr die Gegend ab, von Bori fehlte jede Spur. Teréz blickte ihm vom Fenster aus hinterher. So war es immer, kam ihr in den Sinn, eine Frau dachte nach, ein Mann handelte, um nicht nachdenken zu müssen, Männer dachten viel, aber wenig nach. Jetzt verstand sie, warum Bori die Abreise aus Capua so gleichgültig auf sich genommen, sich weder beklagt noch dagegen gesträubt hatte, sich nicht einmal von diesem Mann hatte verabschieden wollen, obwohl sie es ihr erlaubt hatte, da sie ihr heimlich hatte folgen und den Mann identifizieren wollen.

Sie las den Brief noch einmal. Boris schöne, runde Handschrift. Wie konnte das Kind so dumm sein, so bodenlos dumm? Aber noch dümmer war sie selbst gewesen. Wenn sie nur zurückkam, heil zurückkam, alles andere zählte nicht. Aber wohin sollte sie denn zurückkommen, sie hatten nicht einmal eine Adresse, einen festen Wohnort. Kein Zuhause, keine Heimat, keinen Hund, vielleicht auch bald keine Tochter mehr. Sie selbst hatte gehen, die Heimat verlassen wollen, nun war Bori gegangen, sie hatte nur das getan, was auch sie selbst getan hatte, was sie von ihr abgeschaut hatte, sie selbst trug an allem die Schuld.

Und dieser Mann?

Nichts wussten sie über ihn, nicht einmal seinen Namen kannten sie.

Sie mussten die Polizei alarmieren. Und sie mussten die Lagerleitung in Capua kontaktieren, um den Namen des Mannes und alles, was dort über ihn bekannt war, in Erfahrung zu bringen.

Sie stand da, völlig verloren, blickte hinaus, in die strahlend helle, totale Sonnenfinsternis.

8.

Attila stemmte sich gegen die Luke und stieß sie auf. Das Deck schimmerte im Sonnenlicht, sie traten hinaus, Hand in Hand, wie Mann und Frau. Passagiere warfen ihnen neugierige Blicke zu, doch Bori sah sie nicht, wollte sie nicht sehen. Sie hielt ihr Gesicht der Sonne hin, wie eine wärmende Liebkosung waren ihre Strahlen nach den letzten verhangenen Tagen in Capua.

Sie lehnte sich über die Reling. Das Schiff war kein Schiff wie die kleinen, weißen Fähren, die zwischen der Margareteninsel und den Donauufern in Budapest verkehrten, nicht einmal wie die größeren Ausflugsschiffe, die vor dem Fenster ihrer Großeltern nach Szentendre und Visegrád fuhren, dies war ein richtiges, schwimmendes Hochhaus. Möwen überflogen sie mit heiseren Schreien, als wollten sie alle Aufmerksamkeit auf sich lenken, während sie auf weiten Flügeln durch den Himmel glitten. Jenseits der Mole öffnete sich das Meer, ein Teppich aus goldenem Licht, so weit das Auge reichte. Konnte diese weite, lichte Welt wirklich dieselbe sein wie die des engen, schmutzigen Flüchtlingslagers? Wie schade, dass Misi das alles nicht sehen konnte, dachte sie.

«Schließ die Augen, Borbála.»

Sie schloss die Augen. Sie wusste, was kommen würde, drehte das Gesicht Attila zu und öffnete ihre Lippen, aber es kam nicht. Stattdessen spürte sie, wie er ihre Hand nahm und ihr einen Ring auf den Finger schob.

«Er ist noch ein bisschen zu groß, aber ich lasse ihn verkleinern.»

Bori öffnete die Augen und hielt ihre Hand in die Sonne. Es war ein einfacher, schmaler Ring, und doch war ihr, als hätte sie nie einen schöneren gesehen, nicht einmal im Schmuckkästchen ihrer Großmama. Sprachlos vor Stolz drehte sie ihre Hand hin und her.

Das würde ihr zweiter Talisman sein.

Sie griff nach der Kette an ihrem Hals, um sich auch den Ring umzuhängen, damit sie ihn ja nicht verlor, konnte die Kette aber nicht finden. Sie zog ihren neuen Pullover aus, dann den alten, tastete ihr Hemd ab, immer schneller, immer unruhiger, nervöser, ihre Kette mit dem Talisman war nicht da.

«Was hast du?», fragte Attila.

Sie erwiderte nichts, hielt erschrocken inne, die Hand auf dem Mund, versuchte verzweifelt zurückzudenken. Der Talisman war heruntergefallen, als sie im Kloster aus dem Zimmer schleichen wollte, sie hatte ihn auf dem Boden gefunden, und dann … dann hatte sie ihn in ihre Rocktasche gesteckt. Sie fasste hin, aber ihre Rocktasche war jetzt eine Hosentasche.

«Mein Rock … wo ist mein Rock?»

Sie stand da, wie vom Blitz getroffen.

Sie hatte sich im Café umgezogen, hinten in der Toilette, hatte den Rock in die Tüte gesteckt, dann hatte ihr Attila die Tüte abgenommen …

«Wo ist mein Rock, die Tüte mit meinem Rock?»

«Den brauchst du nicht mehr.»

«Wo ist die Tüte?»

«Ich habe sie in einen Abfalleimer geworfen. Vor dem Café, bevor wir ins Auto stiegen.»

Sie hatte es nicht bemerkt.

«Wir müssen zurück, mein Talisman ist weg!»

«Wie?»

«Mein Talisman!»

Tränen schossen ihr in die Augen.

«Wir können jetzt nicht mehr zurück.»

«Wir *müssen*! Jetzt, sofort!»

«Ich kann den Wagen nicht mehr herausfahren, er ist zugeparkt.»

«Dann müssen wir das Auto dalassen.»

«Wie stellst du dir das vor?»

«Dann gehe ich allein zurück! Ich muss!»

«Langsam … warte … warte! Was ist denn los?»

«Sie haben meinen Rock in den Abfalleimer geworfen, aber da war mein Talisman drin.»

«Wir kaufen dir einen anderen.»

«Einen anderen Rock?»

«Einen anderen Talisman.»

Sie starrte ihn an.

«Aber das geht doch nicht, der wäre doch nicht *meiner*!»

«Natürlich wäre er deiner. Was du kaufst, gehört dir.»

«Er wäre nicht *echt*!»

Attila schüttelte den Kopf.

«Wie kannst du überhaupt einen solchen Unfug glauben?»

«Das ist kein Unfug! Das hat mir meine …»

«Warte, ich habe eine Idee! Der Abfalleimer vor dem Café … Ich erinnere mich. Komm!»

Sie liefen die Treppe hinunter, durch das Gewusel der Passagiere, die ihre Kajüten suchten, zur Rezeption, wo sie bei der Ankunft ihre Pässe abgegeben hatten.

«Wie lange haben wir noch, bis das Schiff ablegt?», fragte Bori.

Sie hüpfte vor Nervosität von einem Bein auf das andere.

«Eine Dreiviertelstunde, das ist viel Zeit, beruhige dich.»

«Ich muss gehen.»

«Warte!»

Attila wandte sich an den uniformierten Steward, der hinter dem Pult stand, sie sprachen auf Italienisch, sosehr sie sich auch bemühte, Bori konnte nichts verstehen.

Attila reichte ihm einen Geldschein, der Steward griff zum Telefon auf dem Pult und schob es ihm hin. Attila wählte, wartete, begann aufgeregt in den Hörer zu sprechen, *si, si*, sagte er immer wieder und nickte, nickte auch lächelnd in ihre Richtung.

Endlich legte er auf.

«Alles in Ordnung», sagte er auspustend. «Ich habe mit dem Kellner gesprochen. Er wird die Tüte aus dem Abfalleimer nehmen und an unsere Adresse schicken.»

«Aber wir haben doch gar keine Adresse!»

«Ich regele das.»

«Und wenn der Rock schon weg ist?»

«Dann würden wir ihn auch nicht mehr finden. Aber warum sollte er weg sein?»

«Ich muss zurück … jetzt gleich … Au!»

Bori schrie auf, griff sich ans Handgelenk. Attilas Hand hatte auf einmal zugedrückt, kurz und scharf. Sie starrte ihn an, sein Gesicht hatte plötzlich einen seltsamen, ärgerlichen Ausdruck, als wäre er ein anderer.

Er ließ ihre Hand schnell los, lächelte.

«Mach dir keine Sorgen», flüsterte er, «es ist alles geregelt. Bald hast du deinen Talisman wieder, versprochen.»

«Rufen Sie den Mann lieber noch einmal an, ob er den Rock auch wirklich gefunden hat.»

«Also gut, aber du musst ruhig sein.»

Er schob noch einen Schein über das Pult und bekam vom Steward wieder das Telefon gereicht. Es war ein kurzes Gespräch, Attila lächelte sofort, *grazie*, *mille grazie*.

Er legte auf.

«Er hat den Rock und den Talisman, Gott sei Dank! Er hebt ihn für uns auf, bis wir zurückkommen.»

«Wann kommen wir zurück?»

«Bald … in ein paar Tagen.»

Er legte den Arm um ihre Taille und schob sie sanft durch den Korridor mit sich.

«Borbála, wie kann ein kluges Mädchen wie du so abergläubisch sein? Würdest du an solche Dummheiten nicht glauben, hätten sie auch keine Macht über dich, verstehst du?»

«Aber ich kann doch nicht glauben oder nicht glauben *wollen*. Entweder ich glaube, oder ich glaube nicht. Und ich glaube nun mal.»

Sie blieben vor ihrer Kabine stehen.

Bori hob den Blick, dann senkte sie den Kopf.

«Wir werden nicht zurückkommen», sagte sie leise.

«Was sagst du da?»

«Das Schiff wird untergehen. Es bringt Unglück, wenn man seinen Talisman verliert … Sehen Sie …»

Die Kabine hatte die Nummer 13.

9.

Bori stand auf der Schwelle und blickte hinein.

Als sie vorhin ihr Gepäck abgestellt hatten, war ihr die Kabine wunderbar vorgekommen und die Nummer an der Tür gar nicht aufgefallen, jetzt erschien sie ihr eng und muffig. Das verschmierte Bullauge ließ kaum Licht herein, die Neonröhre an der Decke flimmerte, der Teppichboden war voller Flecken, der Tischplatte fehlte eine Kante, alles erinnerte sie an das Lager. Attila legte die Arme um sie und zog sie an sich, während er mit der Hacke die Tür hinter sich zustieß.

Er nahm ihre Hand, küsste sie sacht auf das Handgelenk.

«Es tut mir leid, wenn ich dir weh getan habe. Das wollte ich nicht.»

«Es war die andere …»

Er nahm ihre andere Hand, hauchte sie an, küsste sie, küsste ihr Gesicht, strich ihr die Haare zurück, seine Stimme war ein Flüstern.

«Wir sind ein bisschen angespannt, du und ich, es ist die Aufregung der Reise. Ich wollte nur nicht, dass wir entdeckt werden, weißt du, ich habe immer diese furchtbare Angst, man könnte uns trennen …»

Bori spürte, wie ihr Körper dem Streicheln seiner Hände nachgab, sie liebte dieses Gefühl, wenn er sie so zu küssen und zu liebkosen begann, dann wollte sie nur noch, dass er weitermachte, nie mehr aufhörte. Ihr Körper schmiegte sich an seinen, ihre Lippen suchten seine, unwillkürlich, wie von einem Magneten angezogen. Sie hob den Kopf und blickte ihm in die Augen, und wie ein Vogel mit großen dunklen Schwingen, die alles verfinsterten, schoss ihr plötzlich Attilas seltsamer, zorniger Blick von vorhin durch den Kopf.

«Verraten Sie es mir jetzt?», flüsterte sie.

«Was?»

«Das mit meinem Pass. Mein Pass war doch in der Tasche meiner Mutter … Und jetzt ist er hier.»

Er schmunzelte.

«Das ist eben Magie, Borbála. Du weißt doch, dass ich zaubern kann.»

«Ist nicht auch das nur Aberglaube?»

«Das ist Magie, Telepathie.»

Er versuchte, sie auf den Mund zu küssen, aber sie drückte ihre Wange an seine Brust und sah an ihm vorbei. Der sonnige Meeresspiegel lag hinter einer schmuddeligen, trüben Glasscheibe, fast unsichtbar.

«Aber bei Telepathie werden nur Gedanken übertragen, nicht Dinge. Das haben wir in der Schule gelernt.»

«Du hast recht. Die Wahrheit ist, der Pass war in der Tasche deiner Mutter. Und dort … ist er immer noch.»

«Und der Pass, den Sie hier gezeigt haben?»

«Ist eben ein anderer. Eine Fälschung.»

«Aber für eine Fälschung braucht man doch das Original.»

Er hielt sie eine Armeslänge von sich weg, lächelnd.

«Wozu denn? Ich weiß doch alles über dich, du hast wunderschöne, blaue Augen, du bist so groß …»

Er hielt seine Hand flach über ihren Kopf.

«Und mein Geburtsdatum?»

«Das hast du mir selbst gesagt.»

«Habe ich das?»

«Sicher. Hast du es schon vergessen?»

«Und …»

Bori schluckte. Das Schiff lag noch im Hafen, aber der Boden unter ihr begann zu schwanken.

«Und was?»

«Und … woher … woher wussten Sie die Nummer des Cafés?»

Attila runzelte die Stirn.

«Borbála, es gibt Dinge, die ich dir nicht erklären kann, weil du sie nicht verstehen würdest.»

«Doch! Ich will verstehen.»

«Wenn die Welt einem das Glück nicht gönnt, muss man klüger als die Welt sein, verstehst du? Das ist alles. Was ist? Was hast du?»

«Mir ist so … ich weiß nicht … so schwindlig …»

Sie sank auf das Bett, ließ sich zurückfallen, rollte sich auf die Seite und zog die Beine an.

«Du bist müde, die lange Nacht im Auto …»

«Ach, ist mir schlecht. Oder vielleicht bin ich nur hungrig … Ich sterbe vor Hunger.»

Sie stöhnte, er breitete die Decke über sie und begann, sich auszuziehen.

«Wir kuscheln uns zusammen, dann geht es dir gleich besser.»

«Bitte, bringen Sie mir etwas zu essen …»

«Trink etwas Wasser … hier …»

Er reichte ihr eine Feldflasche. Sie trank und sank auf die Koje zurück.

«Etwas Frisches, bitte, Orangen, irgendetwas …»

«Ich bringe dir gleich etwas.»

«Jetzt, bitte, jetzt, können Sie etwas holen?»

«Also gut, aber bleib schön liegen.»

Als sie seine Schritte hörte, hob sie den Kopf. Er stand an der Tür, die Hand auf der Klinke, und mit einem Mal erfasste sie eine heftige Angst, als müsse sie ihn aufhalten, zurückhalten, nicht durch die Tür gehen lassen.

«Attila!»

«Was ist?»

Sie öffnete die Lippen, aber es kam kein Ton heraus. Sie schloss die Augen.

«Nichts.»

«Ich bin gleich wieder da. Ich schließe die Tür ab. Damit niemand hereinkommt.»

Die Tür fiel zu. Der Schlüssel drehte sich im Schloss. Er hatte die Tür abgeschlossen. Damit sie nicht hinausging.

10.

Bori starrte ins Leere, erstaunt über sich selbst.

Sie hatte gelogen, und es war ganz leicht gewesen, sie war verblüfft, wie leicht ihr die Lüge über die Lippen gekommen war. Alles war leicht gewesen, das Lügen, das Täuschen, das Ausreißen, alles ein Kinderspiel. Und dann waren vielleicht auch andere Dinge, die ihr jetzt so schlimm vorkamen wie früher das Lügen und Täuschen und Ausreißen, genauso einfach, genauso belanglos.

Sie setzte sich auf, ihr Herz raste.

Irgendetwas ging hier vor sich, das sie sich nicht erklären konnte. Eine Lüge hing in der Luft, die viel größer als die ihre war, eine ungeheuerliche Lüge, ein Geheimnis, das sie nicht begreifen konnte, das aber etwas mit ihr zu tun hatte. Seit diesem Morgen war ihr ganzes Leben rätselhaft und widersprüchlich geworden, als stünde sie in einem großen, unordentlichen Zimmer und könnte nicht mehr aufräumen, weil sie auf einmal nicht mehr wusste, wo alles seinen Platz hatte.

Seit diesem Morgen. Seitdem sie den Talisman verloren hatte.

Damit hatte alles begonnen, seither war alles schiefgegangen, genauso, wie ihre Großmama prophezeit hatte. Noch stand das Schiff, noch war es nicht zu spät, dort in der Stadt im Café wartete ihr Talisman auf sie, und wenn sie den nur wiederhätte, würde alles so sein wie zuvor.

Es musste sein. Alles, was sie tat, musste sein, ihre Lüge war eine notwendige Lüge gewesen.

Sie sprang aus der Koje, stellte sich vor die Kabinentür, ballte ihre Fäuste, holte Luft und hämmerte gegen die Tür.

Sie hielt inne, horchte. Schlug noch fester, rüttelte an der Klinke, horchte wieder, zählte die Sekunden, pochte, wartete.

Es klopfte.

«Ja! *Si!* Herein!»

Sie trat einen Schritt zurück, hielt vor Angst den Atem an. Das Schloss knisterte, die Tür ging auf, ein Steward blickte sie an.

«Grazie!»

Sie huschte an ihm vorbei und verschwand unter den Passagieren, die vor der Tür stehen geblieben waren.

Sie lief nach rechts, der Erinnerung nach. Vor der Rezeption drängelten sich die Fahrgäste, sie schlüpfte zwischen ihnen hindurch. Die Uhr an der Wand zeigte 11:40.

«Dokument, prego, Signor!», rief sie und zeigte auf die Kästchenwand.

Der Steward hinter dem Pult war mit einem anderen Gast im Gespräch, er schien sie nicht zu hören, nicht hören zu wollen. Sie lehnte sich weiter vor.

«Scusi, Signor … scusi, scusi!»

Der Steward blickte sie an, fragte etwas.

Sie schüttelte den Kopf.

«Non capisco … prego, Signor … Kal-la-y!»

Sie deutete auf die Kästen mit den Pässen hinter seinem Rücken, dann auf sich, dann Richtung Land, sie zitterte vor Ungeduld.

«Kallay! Kabine una … tre. U-na … tre.»

Sie malte die Ziffer in die Luft, auf sein Pult.

Er drehte sich um, seine Hand wanderte über die Wand und zog einen Pass heraus, er warf einen Blick hinein und reichte ihn ihr, rief ihr noch etwas hinterher, aber sie hörte seine Worte nicht mehr, sie hätte sie ohnehin nicht verstanden, schon lief sie die Treppen hinunter, jetzt würde sie niemand mehr aufhalten können.

11.

Sie rannte über den weiten, sonnigen Kai, direkt auf die Zollstelle zu, leichtfüßig, als hätte sie gerade einen schweren Rucksack abgeworfen. Plötzlich verlangsamte sie ihre Schritte, sie durfte ja keine Aufmerksamkeit erregen. Sie hatte einen Pass, für alle Fälle, aber der Pass war gefälscht, und wenn man sie erwischte, würde man sie vielleicht verhaften, oder es könnte sonst was passieren.

Der Beamte stand mit dem Rücken zu ihr und fertigte die Fahrzeuge ab. Gesenkten Kopfes, als würde er sie nicht ansehen, solange sie ihn nicht ansah, ging sie langsam hinter seinem Rücken vorbei. Sie passierte den Zaun, ging geradeaus weiter, blickte nicht nach links und nicht nach rechts, beeilte sich nicht, gleich hatte sie es geschafft; würde jetzt hinter ihr ein Schrei ertönen, würde sie laufen, laufen um ihr Leben, aber nichts geschah, niemand schien sie bemerkt zu haben.

Sie öffnete die Tür des nächstbesten Taxis und schlüpfte auf den Rücksitz.

«Buongiorno.»

Der Fahrer sah über die Schulter.

Sie lächelte ihn nervös an.

Noch nie hatte sie in einem Taxi gesessen.

Er fragte etwas, sie zögerte, überlegte, wie sie ihm erklären sollte, wohin sie wollte. Den Namen des Platzes hatte sie vergessen, weil sie immer alles vergaß, weil sie so dumm war. Nicht einmal den Namen des Cafés hatte sie sich gemerkt, außer dass er mit einem A begann.

«Café A … Piazza …»

Sie biss sich auf die Lippen. Wie sollte sie ihm auf Italienisch einen Clown in einem karierten Kostüm beschreiben?

Der Taxifahrer musterte sie mit fragendem Blick.

«*Pápa, pápa!*», rief sie plötzlich auf Ungarisch.

Sie machte ein Kreuzzeichen in die Luft, zeichnete die Form der Tiara. So. Und so. Und so.

«*Pápa*», stöhnte sie.

«Papa?»

«Si!»

«Papa Paolo VI?»

«Pápa … Kirche … Monument …»

«*Monumento di Papa Clemente? Piazza del plebiscito?*»

«Si!»

Das war es, etwas mit vielen Ps.

«Si?»

«Si.»

«Okay.»

Der Fahrer gab Gas, die kleinen Zahlen auf dem Zählwerk neben dem Lenkrad setzten sich in Bewegung. Bori drehte sich um und blickte durch das Heckfenster. Jenseits des weiten Hafenplatzes stand das Schiff, groß und weiß, und wurde kleiner. Vor einer Stunde hatte sie dort auf dem Deck gestanden, den blauen Horizont, das glänzende Meer vor sich, Seite an Seite mit Attila. Mit einem Schlag wurde es dunkel um sie, sie waren im Tunnel. Warum musste es so sein, dass Attila hinter ihr war und der Talisman vor ihr, warum konnten nicht beide am selben Ende des Tunnels sein? Warum konnte das Schiff nicht warten, damit sie mit dem Talisman zurückkehrte und alles wieder so wurde wie noch vor einer Stunde.

Es hellte auf, sie bogen links aus dem Tunnel und fuhren bergauf, durch enge Gassen links und rechts, die Zahlen drehten sich, und Bori erinnerte sich auf einmal, wie ihr Vater letzten Sommer nach seiner Rückkehr aus Deutschland mit ihrem Auto am Südbahnhof heimlich Fahrgäste mitgenommen und abends das verdiente Geld gezählt hatte, und dann zeigten die laufenden Zahlen vorn sicher die immer größere Summe, die sie am Ende der Fahrt würde bezahlen müssen, obwohl sie nicht eine Lira bei sich hatte.

Sie lehnte sich vor. Der Fahrer war dick, er würde sie nie einholen können, wenn sie ihm davonlief.

Als sie aufsah, glitt rechter Hand gerade ein offener Platz an ihnen vorbei. Sie erkannte ihn sofort.

«Da! Halt, halt, halt!», schrie sie.

Der Fahrer grummelte etwas, aber er hielt nicht, warum hielt er nicht?

«Halt!», schrie sie wieder.

«Uno momento, prego!»

Endlich zog er rechts heran, hielt in einer Einbuchtung am Straßenrand. Er tippte auf den Zähler, und das war das Letzte, was Bori von ihm sah, bevor sie die Tür aufriss und hinaussprang. Ein gellender Schrei ertönte hinter ihr, aber sie war schon in der Menge der Fußgänger eingetaucht, rannte die Straße hinunter, zwischen den Passanten hindurch, gleich hätte sie ihn, den Talisman, an nichts anderes konnte sie denken. Sie lief auf die Straße, um die anderen zu überholen, sprang hin und her, die Vespa, die plötzlich rechts hinter einem Auto hervorschoss, bemerkte sie erst, als es schon zu spät war. Der Fahrer konnte das Lenkrad noch herumreißen und streifte sie dennoch, Bori spürte einen Schlag und dann nichts mehr.

12.

Sie öffnete die Augen. Der Himmel über ihr war blau, ein schmaler Streifen zwischen schattigen Fassaden und fremden Gesichtern, die sich rufend und gestikulierend über sie beugten. Sie war wieder bei Bewusstsein, und mit dem Bewusstsein kam der Schmerz, die Erinnerung. Hände griffen zu, halfen ihr auf die Beine. Ihr linkes Hosenbein war zerrissen, ihre rechte Hand blutete und brannte heftig. Sie biss sich auf die Zähne, ließ sich humpelnd auf den Bürgersteig führen. Immerhin konnte sie auftreten, also konnte nichts gebrochen sein, nur der Schock ließ sie so zittern, sagte sie sich, sie winselte nur leise.

Der Verkehr rollte wieder, ängstlich blickte sie die Straße hinauf. Eine Frau reichte ihr ein Taschentuch, Bori hauchte *grazie*, bückte sich, um ihr Knie abzutupfen, und schlüpfte mit einer flinken Bewegung durch den Ring der Menschen um sie.

Sie humpelte um die Ecke und atmete auf: Vor ihr lag der Platz. Da war die Kirche, das Denkmal, das Café schräg gegenüber, das Bild des Clowns neben der Tür, das Fenster, dahinter der Tisch, an dem sie mit Attila gesessen hatte, die goldenen Buchstaben an der Fassade.

Bar Arlecchino.

Kein Wunder, dass sie das Wort vergessen hatte.

Sie trat ein. Das Café war voll besetzt, Kellner liefen umher. Den Kellner am Ausschank erkannte sie sofort wieder, auch er würde sich an sie erinnern. Sie ging geradewegs auf ihn zu.

«Talisman … prego …»

Er hob fragend die Augenbrauen.

Sie holte von neuem Luft.

«Talisman, prego … Telefon …»

Sie machte eine Geste des Telefonierens, ein großer, dunkler Blutstropfen fiel auf die silbern glänzende Theke. Mit einer schnellen Bewegung und einem verstohlenen Blick in die Runde wischte der Kellner den Tropfen weg und schob ihr eine Serviette hin.

Bori bemerkte es nicht.

«Talisman, prego …»

Es tropfte weiter auf die Theke, der Kellner wischte nach, redete mit gedämpfter Stimme und zeigte in Richtung der Toilette. Er verstand sie offenbar nicht, warum verstand er sie nicht, warum sprach in ganz Italien gerade ihre Sprache niemand, dachte Bori. Und warum sprach sie kein Italienisch? Nicht einmal Rock oder Kleid konnte sie sagen. Aber der Kellner, er hätte sie doch verstehen müssen, ahnen müssen, was sie meinte, wenn er doch gerade mit Attila telefoniert und den Rock aus dem Abfalleimer geholt hatte.

Sie griff sich an den Mund.

Es sei denn … Es sein denn, er hatte den Rock gar nicht aus dem Abfalleimer geholt. Weil Attila ihn gar nicht angerufen, sondern nur so getan hatte. Weil er die Nummer des Cafés doch gar nicht gewusst haben konnte. Aber dann, dann musste der Rock noch im Abfalleimer vor dem Café stecken.

Sie bedankte sich und machte kehrt, lief zur Tür, öffnete sie und stieß mit jemandem zusammen.

«Scusi!»

Der Mann füllte die ganze Breite der Tür aus, er packte sie an der Schulter und schob sie vor sich her. Sie zeigte durch die offene Tür auf den Abfalleimer hinter ihm.

«Signor … prego …»

Er hielt sie fest, sie starrte ihn an, es war ihr Taxifahrer. Sie senkte den Blick, er war aufgebracht, mit lauter Stimme schimpfte er auf sie ein, während er mit Daumen und Zeigefinger die Geste des Zahlens machte. Die Gespräche ringsum verstummten, die Gesichter wandten sich ihnen zu. Hilfesuchend sah Bori von einem zum anderen, in ihren Ohren hallte die Stimme des Fahrers, *Carabinieri, Carabinieri, Carabinieri.*

An einem der Tische erhob sich eine junge Frau und fragte sie etwas auf Italienisch, dann auf Englisch oder Deutsch, Bori wusste nicht, was es war. Auch andere mischten sich ein, alle redeten durcheinander, redeten über sie. Bori ließ den Kopf hängen. Mit einem Mal fühlte sie sich unendlich müde. Die Frau nahm ihre Hand und betrachtete ihre Wunde, sie ließ es geschehen, es war ihr egal, jetzt war ihr alles egal, sie war nur furchtbar müde, das war alles.

Durch das verzierte Glas der Tür sah sie den Abfalleimer, zum Greifen nah und doch unerreichbar. Der Taxifahrer hielt sie noch immer am Arm fest, er dachte sicher, dass sie türmen wollte. Wenn sie nur jemandem, irgendjemandem, hätte klarmachen können, dass sie nur zehn Schritte machen wollte. Das hatte sie nun davon, dass sie auf ihren Talisman nicht aufgepasst hatte, mit ihm hatte sie nun alles verloren, ihre Familie, Attila, das Glück.

Sie schloss die Augen. Das Café, die fremden Gesichter, der Taxifahrer, die Frau mit dem Taschentuch, der Clown an der Wand, das Schiff, das Meer, die Kabine, alles stürzte auf einmal auf sie ein und verschwamm zu einem großen, wirren Lichtball der Erinnerung, drehte sich und drehte sich, bis alles mit einem Schlag schwarz wurde.

13.

Der Anruf erreichte sie kurz nach ein Uhr. Sie hatten am Morgen sofort die Polizei informiert, den Wagen bepackt und gewartet.

Der Anruf kam von der Polizei in Ancona. Dort habe man ein junges Mädchen aufgegriffen, sie habe Borbála Kallay als Namen und die Ungarische Mission in Rom als ihren Wohnort angegeben. Ob die junge Frau dort jemandem bekannt sei?

Ja, sie sei wohlauf.

Teréz schloss die Augen.

Sie solle dort bleiben, wo sie ist! Nicht weggehen, nirgendwohin gehen, rief Károly im Hintergrund.

Teréz hielt den Hörer zu.

«Sie *darf* gar nicht weggehen, man hat sie verhaftet.»

«Man hat *was*?»

Teréz schrieb mit zitternder Hand die Adresse auf.

Károly suchte Ancona auf der Karte. Ancona lag am Meer. Aber nicht hier im Westen, sondern auf der Ostseite, an der Adriaküste.

Es dämmerte, als sie die Stadt erreichten.

Bori saß in der Ecke eines schummerigen, dunkelblau gestrichenen Warteraums der Polizeistation, auf einer hölzernen Bank, direkt unter einem großen, halb herabhängenden Stück Wandfarbe. Sie trug eine zerrissene Jeans und einen Pullover, den Teréz noch nie gesehen hatte, ihr Gesicht war mit Wimperntusche verschmiert, ihre rechte Hand verbunden, sie wirkte blass und dünn und krank, aber Teréz tat, als bemerke sie von alledem nichts, auch das vergitterte Fenster nicht.

Als Bori sie sah, stand sie auf und stellte sich zu ihnen. Sie hob ihre Hand und las etwas, das mit Kugelschreiber auf ihre Handfläche geschrieben war.

«*Piazza del plebiscito*, wir müssen dahin, ganz schnell», sagte sie leise, fast stimmlos.

Teréz nickte, sie fragte nichts.

Sie warteten, während man ihre Papiere prüfte, höflich und ein wenig verschüchtert, wie immer, wenn sie in einer Behörde waren oder einem Beamten gegenüberstanden. Der Carabiniere schilderte, dass ihre Tochter laut eigener Aussage am selben Morgen in Begleitung eines Mannes, Attila Farkas mit Namen, in dessen Auto in Ancona angekommen sei, mit ihm in einem Café gefrühstückt und gegen elf Uhr eine Fähre nach Jugoslawien bestiegen habe.

Teréz riss die Augen auf.

«Wohin?»

Nach Jugoslawien. Wenige Minuten vor dem Ablegen habe sie das Schiff aber wieder verlassen.

Teréz und Károly unterschrieben eine Erklärung, dann durfte Bori gehen. Während Károly von dem wenigen Geld, das sie noch hatten, die ausstehenden Taxikosten beglich, entschuldigte er sich bei dem Taxifahrer immer wieder für die Unannehmlichkeiten, die Bori ihm gemacht hatte, liebend gern hätte er noch hinzugefügt, dass sie so etwas noch nie getan habe, dass sie ein durch und durch anständiges, herzensgutes Kind sei, aber mehr als ein *scusi, Signor*, *mille scusi* brachte er nicht heraus.

Der Fahrer schien auf einmal peinlich berührt, er bestand darauf, ihnen bis zur *Piazza del plebiscito* vorauszufahren.

Misi saß vorne auf Teréz' Schoß, ab und zu schielte er zu Bori. Als sie den Platz erreichten, stieg der Taxifahrer aus und steckte ihnen das Geld durch den Fensterschlitz wieder zu, und als Károly es wieder hinausschob und sich kategorisch weigerte, es anzunehmen, warf er es ihm in den Schoß.

«Buon viaggio!»

Bori war aus dem Auto gesprungen und wühlte mit beiden Händen, der heilen und der verletzten, im Abfalleimer auf dem Gehsteig, zog Flaschen, Zigarettenschachteln, Essensreste heraus. Dann kam eine Zellophantüte zum Vorschein, Bori griff hinein, zog ihren Rock heraus, riss den Reißverschluss der Tasche auf und nahm etwas heraus.

Als sie einstieg, lächelte sie.

«Fast hätte ich meinen Talisman verloren», sagte sie wie beiläufig, streckte sich auf dem Rücksitz aus und schlief im selben Augenblick ein.

Teréz stieg schnell aus und warf den zerstreuten Müll in den Abfalleimer zurück, sie schämte sich des Eindrucks, den die Passanten von ihnen, den Ungarn, bekommen könnten. Károly zählte indessen ihr verbliebenes Geld, er war restlos erleichtert, dass ihnen der Fahrer seine Fahrtkosten zurückgegeben hatte, und doch wäre ihm irgendwie lieber gewesen, er hätte sie behalten, Bori hatte ihm doch einiges an Schwierigkeiten bereitet.

Teil sieben

IM SCHNEE

1.

Am späten Abend erreichten sie Rimini und nahmen in einer billigen Pension ein winziges, unbeheiztes Zimmer für die Nacht. Das Zimmer ging zur Uferstraße, irgendwo dahinter, jenseits des Strandes, brauste im Dunkeln das Meer.

Bori und Misi, die schon im Auto geschlafen hatten, streckten sich auf den Klappbetten aus, die ihnen die Wirtin ins Zimmer gestellt hatte, und schliefen dort weiter. Teréz nahm die fremden Kleider, die Bori auf einen Stuhl geworfen hatte, weg und legte ihr für den nächsten Morgen wieder ihre alten Kleidungsstücke hin, einen Rock, eine Strumpfhose, eine Bluse und einen Cardigan, so als hätte es den vergangenen Tag nie gegeben. Als sie die Jeans hochhielt und betrachtete, fiel Boris Reisepass aus der Tasche.

Teréz hob ihn erstaunt auf, sie hätte schwören können, dass die Pässe in ihrer Handtasche waren.

Sie sah nach, die Pässe waren da, alle vier.

«Károly!»

Károly starrte die beiden Pässe an.

«Wo hast du das her?»

«Der war in der Hose, die er ihr gegeben hat.»

Sie traten unter die Lampe am Tisch, durchblätterten ungläubig den zweiten Pass.

«Das Geburtsdatum ist falsch», sagte Károly verblüfft, «4. November 54 statt 56.»

Reglos standen sie da, zwischen den schlafenden Kindern.

«Und sie waren nach Jugoslawien unterwegs», murmelte Károly nach einer Weile.

Er starrte unentwegt auf einen Punkt in der Ecke, als ginge dort etwas Ungeheuerliches vor sich.

«Wie konnten wir so blind sein?»

«Wieso?»

«Ist dir eigentlich klar, dass … dass sie beinahe …»

«Was?»

«Bori zurückgeholt hätten? Es muss einer von der Staatssicherheit gewesen sein.»

«Das kann nicht sein.»

«Er sollte sie nach Hause bringen. Sie wussten, dass wir dann auch zurückkehren würden. Er war der Lockvogel.»

Teréz war, als fasste eine kalte Hand sie an, sie stand auf, schloss mechanisch die Tür ab, zog die Vorhänge zu. Mitten in der Bewegung erstarrte sie. Selbst in Capua hatte der lange Arm der Staatssicherheit sie also erreicht, selbst dort, am Ende der Welt, waren sie beobachtet und ausgespäht worden.

Sie blickte sich um. Bori lag an der Wand gegenüber, in Tiefschlaf versunken, doch um ein Haar wäre sie jetzt nicht mehr dort, um ein Haar hätten sie ihre Tochter verloren, wäre alles schiefgegangen.

Teréz schloss die Augen, als könnte sie die Vorstellung dadurch bannen.

«Sie darf das nie erfahren», flüsterte sie endlich.

«Es ist die Wahrheit …»

«Gerade deshalb.»

«Vielleicht ahnt sie schon …»

«Dann soll es eine Ahnung bleiben. Sie muss ihren Glauben an die große Liebe bewahren.»

Teréz glaubte an die Kraft und Güte spendende Macht der Illusionen und der Ideale und fürchtete die lähmende, verrohende Macht der kalten Illusionslosigkeit, des Zynismus. Sie glaubte nicht an Aufklärung und Abklärung, nicht an Wissen und Bewusstmachung, nicht an große Aussprachen, die alles nur verschlimmerten, den hässlichen Bodensatz aller Dinge zutage beförderten, der besser ungerührt blieb, der, einmal aufgerührt, alles besudelte. In ihren Augen war jede Beschäftigung mit dem Negativen ein Sieg des Negativen.

Als das Licht erlosch, öffneten sich im Dunkeln zwei Augen. Bori starrte vor sich hin. Hinter dem zugezogenen Vorhang leuchtete der Mond, ein geheimnisvoller Schimmer, der unmerklich von links nach rechts durch das Fensterquadrat zog. Als er irgendwann verschwunden war, lag sie immer noch wach, allein mit dem monotonen Schlag der Brandung in der Ferne.

Sie war froh, dass sie jetzt die Wahrheit über Attila kannte. Sie würde es ihrer Mutter nicht verraten. Sollte sie ruhig glauben, dass sie ihre Illusionen noch hatte, diese Illusion wollte sie ihr nicht nehmen.

2.

Bori ging nicht mit an den Strand.

Aus dem Fenster sah sie ihre Eltern und Misi über den breiten Sandstreifen auf das Wasser zugehen, mit flatternden Haaren und Mänteln, umkreist von kreischenden Möwen, und als sie stehen blieben, musste sie an drei gerupfte

Vogelscheuchen im Wind denken, die man dort in den Sand gerammt hatte, Vater, Mutter, Kind.

Sie war froh, allein zu sein. Sie zog sich die Kleider an, die auf dem Stuhl lagen, zwängte sich in ihre Strumpfhose, die zu eng war, als wäre sie über Nacht eingegangen oder sie selbst gewachsen, den Reißverschluss ihres Rocks konnte sie kaum schließen.

Sie stellte sich wieder ans Fenster. Sie dachte an die vielen Lügen und Täuschungen, den Urlaub am Plattensee, den gefälschten Pass, den Anruf in der Bar, sicher hatte er sie auch beim Hütchenspiel gewinnen lassen, damit sie stolz darauf war, dass nur sie, sie allein, ihn besiegen konnte. Lüge und Blendung war alles gewesen, das Jonglieren, der Seiltanz, die Zauberei, alles nur, um sie für ihn einzunehmen. Und vielleicht gab es in der Welt noch viele andere Tricks und Lügen, die sie noch nicht durchschaut hatte, vielleicht war jedes Wort, das aus dem Mund eines Erwachsenen kam, das ganze Leben eines Erwachsenen nur eine Lüge und auch die Notwendigkeit der Lügen nur eine Lüge. War die Wahrheit wirklich so schlimm, dass man sie verheimlichen musste? Sie fand nicht, dass die Wahrheit so schlimm war.

Wie eintönig, wie gleichgültig ihr plötzlich alles erschien, wie fremd. Wie vergossenes Quecksilber lag unter den bleiernen Wolken das Meer. Konnte es dasselbe Meer sein, das sich gestern noch wie ein funkelnder Teppich vor ihr erstreckt hatte? Alles war noch da wie gestern, und doch war nichts mehr so wie gestern, etwas fehlte und würde fortan immer fehlen, die Inseln, die gestern noch am Horizont auf sie gewartet hatten, waren plötzlich weg, das war es.

Aber wenn es die Inseln nicht mehr gab, sollte ihr auch der Rest egal sein.

Sie frühstückte nichts.

Sie fuhren über Land, am Fuß des Apennin entlang, vorbei an Bologna und Parma und Piacenza und über den Po, sie redeten nicht über das Vorgefallene, als wäre es gar nicht vorgefallen, und dann war es das auch nicht, sie redeten über tausenderlei anderes und begannen zu vergessen. In der Nacht tauchte eine milchige Helligkeit am Himmel vor ihnen auf, das müsse Mailand sein, meinte ihr Vater. Er wollte nicht rasten, für eine weitere Übernachtung reiche das Geld nicht, sagte er, er müsse durchfahren. Er musste todmüde sein, dachte Bori, aber er hielt durch, wie es sich für einen Vater gehörte, er dachte nicht an sich, genau wie er ihnen bei Tisch immer das Beste überließ, und das war keine Lüge und keine Verstellung gewesen.

Später spürte Bori, wie jemand eine Decke über sie breitete, vorsichtig, damit sie nicht erwachte, und sie erwachte auch nur kurz, ihre Armbanduhr zeigte Mitternacht. Die andere Hälfte der Decke bekam Misi, sie war zu klein für sie beide, sie zogen sie sich im Schlaf gegenseitig weg, aber immer wieder griff eine Hand nach hinten und rückte sie zurecht.

3.

Teréz zündete sich ihre letzte Zigarette an. Sie überquerte den weiten, sonnigen Platz und blieb am Ufer des Sees stehen, bis ihre Zigarette zu Ende geraucht war, den glühenden Stummel warf sie in den Schnee. Es war früher Morgen, Károly und die Kinder schliefen noch im Auto.

Ruhig lag der See im Ring der schneebedeckten Berge vor ihr. Die Gipfel reckten sich in den Himmel und spiegelten sich auf der Oberfläche des Wassers. Teréz stockte der Atem, sie war überwältigt von der Schönheit und Erhabenheit des Anblicks, als wäre alle Dummheit und Eitelkeit und Engherzigkeit der Menschen plötzlich ganz weit weg.

In einem Café am Platz kaufte sie zwei Schachteln Zigaretten, für die sie ein paar letzte Lire aufgehoben hatte, ging zur Toilette, füllte die Feldflaschen mit Leitungswasser auf und kehrte zum Auto zurück. Károly schlief noch, als sie die Tür öffnete, aber Misi streckte sich, und da schlug auch Bori die Augen auf. Teréz legte den Finger auf die Lippen, sie sollten ihren Vater nicht wecken.

«Ich gehe kurz in den Dom», flüsterte sie. «Wollt ihr euch nicht ein bisschen bewegen?»

Bori schloss die Augen wieder. Misi schüttelte den Kopf.

«Wo sind wir?»

«In Como.»

Teréz machte leise die Tür zu.

Misi lehnte sich an Boris Ohr.

«Ich weiß, warum Mama in die Kirche geht.»

Bori stieß ihn weg.

«Geh weg, du bist so schwer.»

«Ich weiß es echt … Sie muss beichten, darum. Und ich weiß auch, was.»

«Behalte es für dich.»

«Tu ich auch, es ist nämlich ein Geheimnis. Niemand weiß es außer mir, weil nur ich es gesehen habe …»

«*Was* hast du gesehen?»

«Verrat ich dir nicht!»

«Dann halt den Mund.»

«Ich habe es aber echt gesehen, was Mama und der Diret-to-re gemacht haben.»

Bori öffnete die Augen.
«Was?»
«Ich habe sie durch das Schlüsselloch gesehen. Sie waren auf einem Bett, und weißt du, wie?»
«Wie?»
Misi flüsterte ihr etwas ins Ohr.
Bori starrte ihn nur an.
«Du lügst, das hast du bloß erfunden, wie immer.»
«Hab ich nicht, ich habe sie durchs Schlüsselloch beobachtet.»
«Du sollst nicht durch Schlüssellöcher gucken, das bringt Unglück!»
«Es war alles wegen dir! Ich musste Mama suchen, um ihr zu sagen, dass du wieder zu deinem Mann gelaufen bist.»
«Ich bin nicht zu ihm gelaufen!»
«Bist du doch! Ich wette, ihr lagt auch nackig auf einem Bett und habt euch geküsst.»
«Halt den Mund, du weißt gar nichts!»
Sie war plötzlich hellwach. Misi nickte.
«Ich habe es aber gesehen.»
«Und was geschah dann?»
«Weiß ich nicht, hab mich nicht hineingetraut.»
«Aber was hast du gesehen?»
«Der Direttore hat sie geküsst. So …»
«Schwöre es!»
Misi hielt die rechte Hand vor seine Stirn.
«Pionierehrenwort!»
«Das ist kommunistisch, das gilt in der Schweiz nicht.»
«Wir sind erst in Como, hat Mama gesagt, und das ist in Italien», rief er. «Und außerdem habe ich es doch gesehen!»

«Leise, du Idiot, du weckst noch Papa auf.»

Bori beugte sich vor, sie hatten ganz vergessen, dass ihr Vater auch da war. Zum Glück schlief er.

Und wenn er sich nur schlafend stellte, um heimlich zu horchen, wie sie es zu Hause immer getan hatte, dachte sie plötzlich erschrocken. Aber ihr Vater atmete ruhig und gleichmäßig. Erst als ihre Mutter kurz darauf die Tür öffnete, hob er den Kopf und sah sich schlaftrunken um.

«Ich war im Dom, es war wunderbar», sagte Teréz.

«Hoffentlich hast du den Klingelbeutel mitgehen lassen, wir werden das Geld brauchen.»

Misi lachte, Károly setzte seine Brille auf und ließ den Motor an. Teréz sah sich wie beiläufig nach Bori um, und zum ersten Mal, seit sie am *Piazza del plebiscito* mit ihrem Talisman ins Auto eingestiegen war, trafen sich ihre Blicke.

4.

Ultima uscita per l'Italia.

Als Károly an der Grenzstation vorfuhr, überkam ihn wieder ein mulmiges Gefühl. Obwohl er wusste, dass sie alle nötigen Dokumente besaßen und nichts fehlte, dass sie als anerkannte Flüchtlinge unter dem Schutz der Genfer Konvention standen und die rote Flagge, die über dem Gebäude flatterte, in der Mitte diesmal keinen hässlichen Stern, sondern ein harmloses, weißes Kreuz trug, wollte er fast automatisch zur Seite fahren.

Der Grenzposten prüfte ihre Pässe, blickte in den Wagen und gab das Zeichen zur Weiterfahrt.

«Fahr», sagte Teréz.

Der Beamte winkte.

«Fahr doch, worauf wartest du?»

Károly gab Gas.

«Wir sind durch», hauchte er.

«Du tust, als wären wir Verbrecher.»

Er ballte die Faust und blickte sich um.

«Wir sind durch … Wir sind in der Schweiz, Kinder … in der Schweiz!»

«Wo soll man auch sonst sein, wenn man die Schweizer Grenze überquert?»

«Wir haben es geschafft!»

Er schlug mit der flachen Hand gegen das Lenkrad, drehte sich zu Bori und Misi um.

«Na, was sagt ihr dazu?»

Teréz wischte mit einem Lappen die angelaufene Scheibe vor seinem Gesicht ab.

Er beschleunigte, es war ein klarer, blauer Tag, wie ein erster Frühlingstag, jetzt würde es für sie keinen Halt mehr geben. Teréz maß mit ihrem Daumen die Entfernung auf der Karte aus, bis Zürich waren es zweihundertfünfzig Kilometer und von dort nur noch ein paar Stunden bis nach Deutschland. In Bellinzona nahmen sie die Abzweigung Richtung Gotthardpass, das Tal des Ticino hinauf. Tiefer und tiefer in die Berge hinein schlängelte sich die Straße zwischen glänzenden Schneehängen dahin. Károly hielt sich an den Fahrbahnrand und ließ die anderen Wagen vorbeiziehen, das Auto hatte nur Sommerreifen.

Am Mittag machte Teréz Brote mit Leberwurst aus ihrer letzten Konserve, sie schnitt die Scheiben besonders dünn, damit es für alle reichte. Es reichte dennoch nicht ganz, zum Glück wollte Károly nichts essen. Misi kaute schweigend, das Gesicht ans Fenster gedrückt, noch nie hatte er so riesige Berge gesehen, hinter jedem erhob sich ein noch höherer, und die obersten waren so hoch, dass ihre Spitzen in den Wolken lagen.

Auch Bori aß nichts.

Sie war unruhig. Ihr wollte die Vorstellung nicht aus dem Kopf, dass ihr Vater vielleicht doch nicht geschlafen, sich doch nur verstellt und alles mit angehört hatte. Aber er benahm sich wie immer, und auch ihre Mutter lächelte wie stets ihr rätselhaftes, weltbeschönigendes Lächeln, nichts deutete darauf hin, dass etwas Ungewöhnliches passiert sein könnte. Ihre Mutter war glücklich, sie sah es ihr an, glücklich, weil sie in ihren geliebten Bergen war und weil es Attila nicht mehr gab, weil alles wieder einmal nach ihrem Willen gegangen war, alles, wie immer.

Károly fuhr lange, ohne zu halten, er war hungrig und müde, aber er schwieg, beobachtete nur immerfort den Himmel. Der Himmel war klar, aber etwas an dieser Klarheit war ihm nicht geheuer. Der Wind war stärker geworden, er merkte es beim Lenken, und bald an den heraufziehenden Wolken.

Trotz des strahlenden Sonnenscheins roch es für ihn nach Schnee. Aber er sagte nichts. Wie immer behielt er sein Wissen für sich. Sein ganzes Leben hatte er geschwiegen, schweigend geduldet und unerforschlich gelächelt.

Am späten Nachmittag erreichten sie Airolo, die letzte Ortschaft vor dem Gotthardpass, und legten vor der Überquerung eine kurze Rast ein.

5.

Als Misi zum Auto zurückkehrte, wartete sein Vater ungeduldig. Die Sonne war hinter den Bergen abgetaucht, die Luft mit einem Mal schattig und kalt, nur die Hänge und Gipfel waren noch von hellem Licht beschienen. Vor ihnen schlängelte sich die Straße bergan, mit offenem Mund betrachtete Misi die kühn in den Hang gesetzte Serpentine.

«Fahren wir *dort* hinauf?»

Er bekam keine Antwort. Sein Vater prüfte den Dachgepäckträger.

«Müssen wir über den Berg?», fragte er wieder.

«Anders geht es nicht, der Tunnel ist nur für Züge.»

Misi schlüpfte ins Auto, legte sich flach auf den Rücksitz und zog die Decke über seinen Kopf, er hatte Höhenangst. Der Motor brummte, Misi klammerte sich an die Sitzkante und starrte in die Schwärze vor sich. Jetzt fuhren sie bergauf, er hörte das Stöhnen des Motors, spürte die Neigung der Straße, die Kurven, links, rechts, links, rechts, es kam ihm vor, als drehten sie sich im Kreis, mit jeder Kehre verkrampfte er mehr und mehr, ihm war, als müssten sie längst in den Wolken sein, und doch ging es immer weiter hinauf.

Er schloss die Augen und hielt sich die Ohren zu.

«Kein Auto mehr hinter uns», murmelte Teréz.

«Natürlich nicht», sagte Károly, «normale Menschen haben Geld für ein Hotel, wenn es Nacht wird.»

Er umklammerte das Lenkrad mit beiden Händen, versuchte, möglichst viel Abstand zum Fahrbahnrand zu halten. Im weiten Zickzack führte die Straße den schneebedeckten Hang hinauf, mal schirmten Tannen den Blick zum steilen Abhang ab, mal tat sich wieder die Leere neben ihnen auf, winzig klein lagen das Tal, die Häuser und Gleise, die zerstreuten Lichter in der Tiefe. Waren es noch die Häuser Airolos oder schon ein anderer Ort? Károly wusste es nicht. Er war sich nicht einmal mehr sicher, ob sie überhaupt noch auf dem richtigen Weg waren. Die engen Kehren waren ihm auf der Karte wie eine kurze Strecke erschienen, nun dämmerte ihm, dass sie Zürich am Abend nicht mehr erreichen würden. Teréz hatte recht, schon lange, seit sie auf der Passstraße fuhren, war ihnen kein Auto mehr begegnet, sie waren allein, inmitten der großen Abgeschiedenheit.

Plötzlich öffnete sich das Gelände, die Straße führte, ebener als bisher, über einen Vorsprung dahin. Böen stießen den Wagen, Károly hielt dagegen.

«Sind wir schon oben?», fragte Teréz leise.

«Ich weiß es nicht … vielleicht … das wäre die Rettung …»

«Ist das nicht herrlich!»

Im Osten leuchteten noch die Gipfel im letzten Abendrot, im Westen war die Sonne bereits hinter grell gefärbten Wolken versunken, bald würde Dunkelheit herrschen.

«Sieh mal, Misi, wir sind am Dach der Welt.»

Teréz sprach beiläufig, liebend gern hätte sie Misi seine Angst vor der Höhe genommen. Sie mochte die Faxen und Allüren, die der Kopf machte, nicht, sie liebte die gesunde Stimme des Bauches, die unbeirrbar war, die immer wusste, was richtig und falsch, was natürlich und unnatürlich war, aber Misi rührte sich nicht, um nichts in der Welt hätte er den Kopf gehoben.

«Die Welt hat kein Dach», murmelte Bori. «Kein Dach, keinen Boden, keine Wände. Die Welt ist kein Haus, die Welt ist ein löchriges Boot im Ozean.»

«Was redest du da, Bori?»

«Pech gehabt», murmelte Károly.

«Was ist denn?»

«Nichts. Es beginnt zu schneien.»

Davor hatte er sich gefürchtet.

Es knisterte und knackte, eisige Flocken sprangen gegen die Windschutzscheibe. Er schaltete die Scheibenwischer ein. Vor ihnen, am Ende der ebenen Strecke, stieg die Straße wieder an.

«Was sollen wir tun?», flüsterte er nervös.

Teréz beugte sich über die Karte und studierte sie beim Licht der Taschenlampe.

«Kann es noch weit sein?»

«Ich weiß nicht … eigentlich nicht …»

Károly machte die Scheinwerfer an und, geblendet vom wilden Gestöber der Schneeflocken, sofort wieder aus. Er gab Gas und fuhr die nächste Kehre an, die Lichtkegel schwenkten ins Nichts und zurück auf die Straße. Von der Felswand über ihnen sprühte Schnee in dichten Schleiern. Teréz zog die Karte näher an ihr Gesicht, betrachtete sie im fahlen, flimmernden Licht der Taschenlampe.

«Was heißt eigentlich Autoverladung?»

«Was weiß ich … Du fährst mit dem Auto auf den Zug … warum?»

«Das steht hier, in winzigen Buchstaben.»

«Wo?»

«Bei Airolo … Vielleicht verkehren hier deshalb keine Autos mehr.»

«Weshalb?»

«Weil die mit dem Zug durch den Tunnel fahren. Vielleicht ist der Pass im Winter unbefahrbar …»

«Und das sagst du jetzt?», rief Károly.

Er sah sich sofort zu Bori und Misi um.

«Keine Angst, es ist nicht mehr weit, wir haben es bald geschafft.»

«Warum sollten wir Angst haben?», fragte Teréz fröhlich.

«Vielleicht weil wir gleich abstürzen und alle krepieren, vielleicht deswegen! Wisch das Fenster ab … hier … hier …»

«Hör auf zu schreien, *du* machst den Kindern Angst.»

Bori lehnte sich vor, plötzlich war es mucksmäuschenstill. Die Straße vor ihnen stieg steil an, Károly gab Gas und schlug das Lenkrad ein, gab noch mehr Gas, aber das Auto verlangsamte, die Räder drehten durch, er schaltete zurück, gab wieder Gas, aber umsonst, der Wagen ruckte und würgte ab.

Er zog die Handbremse hoch.

Ein paar Sekunden lang standen sie auf halber Höhe in der Kehre, dann begann der Wagen langsam abwärts zu rutschen. Károly zündete, der Motor heulte auf, sie schlitterten, er trat auf die Bremse, der Wagen scherte aus, rutschte weiter, seitlich auf den Abgrund zu, ihre Stimmen schrien durch die Dunkelheit.

Das rechte Vorderrad glitt in den Schnee am Straßenrand, die Lichtkegel der Scheinwerfer erstarrten, sie kamen am Rand des Abgrunds zum Stehen. Ihre Schreie erstarben, es wurde totenstill um sie.

6.

«Rührt euch nicht!», flüsterte Károly.

Misi hob den Kopf. Die Scheinwerfer zeigten ins schwarze Nichts.

«Was ist denn?»

«Sei still!»

«Mein Gott!»

Die Scheibenwischer zogen kratzend über die eisige Scheibe, Károly machte sie aus.

«Steigt aus, schnell», flüsterte er, noch immer reglos, das Lenkrad umklammernd.

Teréz öffnete ihre Tür einen Spalt. Schnee wirbelte durch die Öffnung. Sie standen schräg zur Fahrbahn, einen Meter hinter der Tür endete sie.

«Es geht nicht, wir sind zu nah …»

Sie zog die Tür wieder zu.

«Hier, auf dieser Seite», flüsterte Károly.

Die Tür klickte. Károly lehnte sich nach vorne und klappte seine Sitzlehne vor.

«Nimm die Decke mit, Bori … langsam … beeil dich!»

Bori schlüpfte durch.

«Misi, jetzt du … Schau nicht nach unten!»

«Ich bleibe hier.»

«Steig aus!», schrie Károly.

«Nein!»

«Komm!», schrie ihn Bori an.

Misi kroch aus dem Wagen, auf allen vieren, mit geschlossenen Augen.

«Geht rüber, rüber, zur Wand. Teréz, jetzt du …»

Bori stockte das Herz. Und was, schoss es ihr plötzlich durch den Kopf, wenn ihr Vater doch alles gehört hatte?

«Steig nicht aus, Mama!»

Károly blickte Bori an.

«Steig nicht aus!», schrie sie noch schriller. «Papa weiß es, wenn du aussteigst, fährt er in den Graben.»

«Wovon redet sie? Ist sie verrückt geworden? Komm, hier durch die Mitte, steig über die Handbremse …»

Teréz sah geradeaus, rührte sich nicht. Das Nichts, das Ende, das unsichtbar immer da war, jetzt sah sie es, spürte es klar und deutlich vor sich.

«Tu es nicht, Mama!»

«Passt du hindurch?»

«Ich steige nicht aus, Karcsi.»

Károly sah sie verständnislos an.

«Was du auch weißt, Karcsi, du weißt nichts.»

«Mach dir keine Sorgen um mich, steig aus.»

«Geh du zuerst, ich folge dir. Wir lassen das Auto stehen und gehen zu Fuß zurück.»

«Wohin zurück, *wohin*?»

«Ins Dorf, und morgen holen wir Hilfe.»

«Wir haben kein Geld, um Hilfe zu holen, wir haben kein Geld, verstehst du? Ich fahre das Auto hinunter, ich will nicht wieder alles verlieren.»

«Wir haben nur uns zu verlieren, Karcsi.»

«Steig aus, jetzt!»

«Es ist nicht, wie du glaubst, ich werde dir unten alles erklären.»

«Mama!»

«Du zuerst, Teréz. Ich schaffe das allein.»

«Du stürzt ab, Karcsi … Wir sind doch fast durch, wir haben es doch fast geschafft.»

«Fast … fast … Wir waren schon immer knapp daneben, mit unseren Träumen und Idealen, alle lachten über uns, nur wir haben es nicht bemerkt, Idioten, die wir sind. Anstand und Ehrlichkeit, sich nicht verbiegen lassen, seinen Mann stehen, die Pflicht tun, erhobenen Hauptes … blabla. Deswegen krepieren wir jetzt hier oben, damit du es weißt!»

«Wir stürzen nicht ab, Karcsi, sonst wären wir schon abgestürzt. Es fängt doch alles erst an, das Leben hat mit uns noch etwas vor.»

«Siehst du, wir hätten bleiben sollen, wo wir waren, ich habe es immer gesagt. Steig jetzt aus! Oder willst du die Kinder umbringen?»

«Schließ die Tür und hör mir einen Moment zu!»

Die Tür klickte, die Deckenleuchte erlosch.

Bori wischte sich über die Augen. Es war aus, ihr Vater hatte recht, sie fühlte es. Sie sah durch den Schnee, sah das Auto über den Rand kippen, im Abgrund verschwinden, so wie Krapek verschwunden war. Und sie selbst war schuld daran. Oder Misi. Oder ihre Mutter. Oder ihr Vater. Nein, er nicht.

Sie zog Misi die Kapuze über den Kopf und die Decke um die Schultern.

«Halt das fest!»

Misi hielt sie fest.

Sie warteten, traten von einem Bein aufs andere. Das Auto stand da, Bori konnte in der Dunkelheit hinter den schneebedeckten Scheiben nichts erkennen, nichts regte sich, als wären ihre Eltern längst ausgeflogen.

7.

Plötzlich ging die Tür auf, ihr Vater stieg aus, vorsichtig, ihre Mutter rutschte über den Fahrersitz und folgte ihm, die Tasche mit den Dokumenten in der Hand. Sie stellte sich an die Felswand zu ihnen, schirmte sie gegen den Wind ab.

Ihr Vater besah das Auto, die Straße.

«Ich rolle zurück», rief er.

Teréz sagte nichts, sie wusste, dass sie keine Wahl hatten. Sie brauchten den Wagen, zu Fuß hinunterzugehen war unmöglich, ein stundenlanger Marsch durch Schnee und Kälte, sie würden irgendwann entkräftet zusammenbrechen und erfrieren.

Károly ließ die Autotür offen. Teréz schloss die Augen, der eisige Wind biss ihr ins Gesicht. Die Kupplung knatterte, der Schnee knirschte unter den Reifen, Teréz konnte nicht mehr wegsehen. Der Wagen rollte rückwärts, wie in Zeitlupe, Zentimeter für Zentimeter weg vom Straßenrand. Das Heck beschrieb einen leichten Bogen nach unten, Károly zog vorsichtig die Tür zu, das Auto schmiegte sich an die Felswand und hielt. Károly stieg aus, lief suchend die Straße hinab, hob einen schweren Stein aus dem Schnee und legte ihn vor das Vorderrad.

Eilig stiegen sie ein und machten die Türen zu.

Es war kalt im Auto, aber zumindest vor den frostigen Böen waren sie geschützt. Ihr Vater ließ den Motor laufen, damit die Heizung die Luft erwärmte. Der Wind blies, ein schreckliches, dünnes Pfeifen, Schnee schlug gegen die Scheiben und deckte sie langsam zu, Flocke für Flocke verschwand die Welt draußen. Bori und Misi saßen eng aneinandergelehnt unter der Decke, hauchten in ihre durchfrorenen Hände, rieben sie, um sie aufzuwärmen.

Ihre Mutter sah sich nach ihnen um.

«Morgen wird alles gut», flüsterte sie. «Wenn es hell ist, fahren wir hinunter und nehmen uns ein Zimmer im Dorf, ein schönes, warmes Zimmer.»

Sie zündete sich eine Zigarette an, kippte das Fenster einen winzigen Spalt und rauchte, ihre Anspannung begann sich allmählich zu legen.

Bori schloss die Augen, aber sie schlief nicht. Sie wartete, wartete auf die Wahrheit, aber ihre Eltern sprachen nur über den nächsten Tag, wie es weitergehen solle, wie sie nach unten gelangen könnten, wie viel Geld sie noch hätten und wie weit es bis zur deutschen Grenze sei, lauter langweilige Sachen.

Dann machte ihr Vater den Motor aus.

Bori gähnte, ihre Lider schlossen sich. Im Halbschlaf überkamen sie die Erinnerungen, an sonnige Tage, an Liebkosungen und Küsse. Die waren echt gewesen, und wenn alles andere in der Welt eine Lüge war, so waren die doch echt gewesen, die konnte ihr niemand nehmen.

Teréz sah sich wieder nach den Kindern um.

Bori schlief, lächelte im Schlaf, was mochte ihr durch den Kopf gehen? Teréz drückte ihre Zigarette aus. Alle schliefen, sie war allein, allein wie in all den anderen durchwachten Nächten ihres Lebens, allein mit den Schritten, die lautlos und doch lauter als das Brausen und Tosen des Windes waren und näher kamen und kamen und kamen, mochte sie tun, was sie wollte, sie senkte den Kopf und drückte die Augen zu, aber die Schritte verstummten nicht.

8.

Sie schritt aus.

Es hatte zu dämmern begonnen, und in dem Waldstück, das sie jenseits der Brücke durchqueren musste, war es noch dunkler als auf den Feldern. An einer Wegbiegung musste sie zur Seite springen, um zwei voll besetzte Militärjeeps passieren zu lassen. Die Soldaten trugen runde Helme, einer rief ihr etwas zu, sie blieb stehen und drehte sich um, weil sie ihn nicht verstanden hatte, die Soldaten lachten und winkten, und sie winkte höflich zurück, obwohl das aufspritzende Schlammwasser ihre Strümpfe beschmutzt hatte. Das waren sicher amerikanische Soldaten gewesen, dachte sie, diesseits der Demarkationslinie.

Nach etwa einem halben Kilometer ging es vom Waldstück auf ein schneebedecktes Feld, hinter dem sie im abendlichen Licht bereits die ersten Häuser sehen konnte. Eine Krähe hob am Wegesrand aus dem Schnee ab und schwang sich davon, in Richtung des Waldes. Sie lief auf das Dorf zu.

Gröbming, las sie auf dem Schild. Im Ort wimmelte es von Menschen und Fahrzeugen; Pferdekarren, Jeeps, Militärlaster verstellten die Straßen, alles eilte durcheinander. Teréz erkundigte sich nach dem Rathaus und stellte sich in die Warteschlange für Lebensmittelkarten. Man unterhielt sich in allen möglichen Sprachen, die meisten Leute redeten deutsch oder ungarisch. Vor der Brotausgabe musste sie wieder anstehen, die Schlange schob sich langsam vorwärts, sie flehte bei sich, dass das Brot nicht ausging, bevor sie an die Reihe kam.

Sie hatte Glück.

Sie nahm das Brot entgegen, wog es in ihren Händen.

Das Wasser lief ihr im Mund zusammen, sie musste sich bezwingen, nicht sofort ein Stück abzureißen und hineinzubeißen. Sie wickelte das Brot schnell in ihr Tuch und vergrub es im Rucksack. Erst mit ihrer Mutter und Jolán würde sie davon essen dürfen, so gehörte es sich, so hätte es ihr Vater gewollt.

Sie trat auf den Dorfplatz, atmete tief ein und machte sich auf den Weg zurück. Am Dorfrand begann sie zu laufen, über das Feld und durch den kleinen Wald, bis zum Fluss blieb sie gar nicht stehen. Sie fühlte sich unbändig stark, als hätte ihr die Vorfreude auf das Brot oder die Erleichterung über das erreichte Ziel Flügel verliehen.

Vor der Brücke verstellte ihr einer der Soldaten mit rundem Helm den Weg.

Keuchend blieb sie stehen.

An beiden Brückenenden wachten Soldaten, in der Mitte befestigten gerade zwei weitere eine lange, weiße Stange am Geländer. Ein paar Leute sahen ihnen vom Ufer aus zu.

Der Wachtposten winkte ihr, dass sie umkehren solle.

Sie starrte ihn an.

«Ich, ich muss hinüber …»

Sie verstummte, er konnte sie ja nicht verstehen.

«Passierschein», rief ihr einer der Männer am Ufer in gebrochenem Ungarisch zu.

«Ich muss hinüber, meine Mutter und Schwester sind auf der anderen Seite», sagte Teréz zu ihm.

«Braucht Passierschein. Gibt's im Dorf, bei Amerikanern.»

Auf der Brücke kletterte an der gerade aufgestellten Stange die rot-weiß gestreifte amerikanische Flagge empor. Teréz blickte sehnsüchtig zum anderen Ufer, es war so nah, einen Steinwurf entfernt, und doch plötzlich unerreichbar.

Sie blickte sich hilfesuchend um.

«Passierschein», wiederholte der Mann und deutete erneut in Richtung Dorf.

Teréz seufzte und machte kehrt.

«Háború ... vége», rief ihr der Mann hinterher.

Teréz drehte sich um, als hätte sie sich verhört.

«Vorbei? Der Krieg ist vorbei?», stammelte sie.

«Vége, aus, aus, vorbei!»

Konnte das sein? Teréz rannte, auf ihrem Rücken wippte der Rucksack, das Brot, die Pistole in der Seitentasche, sie wollte unbedingt diejenige sein, die ihrer Mutter und Jolán die gute Nachricht brachte. Nach dem Wald verlangsamte sie ihre Schritte. Ihr war plötzlich die Pistole eingefallen und was passieren könnte, wenn die Amerikaner sie in ihrem Rucksack fanden. Sie würden vielleicht glauben, dass sie den Kommandanten erschießen wollte, und ihr dann keinen Passierschein ausstellen. Vor ihr am Wegesrand zeichnete sich die Silhouette einer entwurzelten Tanne ab. Sie bückte sich und schob die Pistole in ein Loch im Wurzelwerk.

Als sie das Dorf erreichte, sah sie in den Fenstern bereits die ersten Lichter. Dürre Rauchsäulen stiegen auf und zerstoben im Wind. Das Haus, in dem die Kommandantur untergebracht war, fiel ihr sofort auf, dort gingen viele Soldaten und andere Leute aus und ein. Als ein Wachsoldat sie abzutasten begann, errötete sie und musste doch lachen, weil es so kitzelte, vielleicht aber auch, weil sie immer wieder daran dachte, dass der Krieg vorbei war. Sie musste auch ihren Rucksack öffnen, dann durfte sie eintreten.

Im Vorraum stand eine Schlange von Wartenden, sie stellte sich hintenan. Am liebsten hätte sie sich sofort auf eine der Bänke an der Wand gelegt, aber die waren alle besetzt. Immer wieder ging die Tür auf, jemand kam heraus, jemand verschwand dahinter, sie tippelte vorwärts, kämpfte mit aller Kraft dagegen an, im Stehen einzuschlafen. Endlich stand sie ganz vorne, jemand stupste sie an, sie blickte hoch, die Tür war offen, sie trat ein.

Das Zimmer war groß, an der gegenüberliegenden Wand stand ein Tisch, dahinter saß zurückgelehnt ein Soldat. Er hatte seine Füße auf den Tisch gelegt, die Stiefelsohlen zeigten direkt auf sie. Sie stutzte, erstaunt, dass einer, der so schlechte Manieren hatte, Offizier werden durfte. Links und rechts saßen zwei andere Männer, und als sie zu erzählen begann, übersetzte der eine von ihnen. Der Offizier nahm die Füße vom Tisch und setzte sich nach vorn, während der Mann sie aufforderte, die Namen der Leute zu diktieren, für die der Passierschein gelten sollte.

«Sebestyén Teréz, Sebestyén Róza, Sebestyén Jolán.»

Der Offizier tippte auf der Schreibmaschine, zog das Blatt heraus, unterschrieb es, stempelte es ab und reichte es ihr.

Teréz bedankte sich.

Er nickte und zeigte auf eine Schüssel voll kleiner, grün-weiß-roter Packungen. Sicher Süßigkeiten, dachte Teréz, sie waren ihr schon beim Eintreten ins Auge gefallen, *Wrigley's* stand auf ihnen geschrieben.

Sie sah ihn fragend an, er nickte ermunternd. Sie fischte eine Packung heraus, sah ihn wieder an, dann traute sie sich und hielt zaghaft zwei Finger hoch.

Der Offizier grinste, griff in die Schüssel und drückte ihr eine Faustvoll Süßigkeiten in die Hand.

Sie steckte alles in ihre Manteltaschen, Jolán würde große Augen machen.

Sie war stolz auf sich. Sie hatte alles geschafft, hatte eine Lebensmittelkarte ergattert, ein Brot ergattert, einen Passierschein ergattert und auch noch erfahren, dass der Krieg zu Ende war, es war ihr Glückstag. Nur mit der Brücke hatte sie Pech gehabt, hätte sie sich nur ein bisschen mehr beeilt oder wäre die Brücke nur ein paar Minuten später gesperrt worden, wäre sie noch hinübergekommen und müsste nicht unablässig hungrig an das Brot in ihrem Rucksack denken, denn sie hätten es längst alle gemeinsam aufgegessen.

Der Abend war sternklar. Sie ließ die letzten Häuser hinter sich, vor ihr lag das verschneite Feld, der Wald, der schwarze Bergrücken, über dem gerade der Mond aufging, eine fast runde, gelbliche Scheibe, sie versank ganz in seinen Anblick. Plötzlich hörte sie eine Stimme und zuckte zusammen. Ein Jeep fuhr langsam neben sie, der Motor brummte leise, sie hatte ihn gar nicht kommen gehört. Sie sah die Schatten der Soldaten darin, einer öffnete die Beifahrertür und rutschte auf den Sitz in die Mitte, um ihr Platz zu machen. Er rief etwas in seiner merkwürdigen Sprache, auch die anderen lachten ihr zu, streckten die Hände nach ihr aus. Sicher freuten sie sich, dass der Krieg zu Ende war, dachte sie. Sie starrte auf den freien Platz. Man durfte nie mit Fremden gehen, das hatte ihre Mutter ihr oft genug eingeschärft, aber diese Soldaten waren sehr freundlich, und mit dem Jeep wäre sie in ein paar Minuten bei der Brücke, und vielleicht würden sie sie, wenn sie sie höflich darum bat, sogar den ganzen Weg zu ihrer Mutter und Jolán zurückfahren und ihr vielleicht sogar noch Süßigkeiten schenken.

Sie machte einen Schritt vor, dann wieder einen zurück. Onkel Barnabás hatte einmal zu ihr gesagt, wenn sie sich nicht ganz sicher sei, ob sie etwas wirklich tun solle oder nicht, dann solle sie es lieber bleibenlassen. Sie schüttelte den Kopf und wandte sich ab, setzte ihren Weg fort. Der Jeep stand noch, der Motor lief, sie hoffte inständig, dass die Soldaten jetzt nicht verärgert wären. Sie beschleunigte ihre Schritte, irritiert durch das Licht der Scheinwerfer hinter ihr, sie verstand nicht, warum die Männer nicht weiterfuhren.

Endlich rollte der Jeep an ihr vorbei, lautlos die milchige Landstraße hinunter, zwei kleine Lichter zwischen den Feldern.

Als sie die entwurzelte Tanne erreichte, war Teréz plötzlich froh, dass ihr der Spruch von Onkel Barnabás eingefallen und sie nicht in den Jeep eingestiegen war – sonst hätte sie die Pistole vergessen, für immer verloren. Auch wenn sie sie jetzt nicht mehr brauchte, da der Krieg vorbei war. Aber sie wollte sie ihrem Vater zurückgeben, jeden Abend vor dem Einschlafen betete sie, dass er heimkehren möge. Sie bückte sich und griff in die Wurzeln, spürte einen Stich und sprang mit einem Schrei zurück. Kleine, dunkle Körper huschten neben ihren Füßen im Matsch der Straße davon. Ihr Finger blutete, sie steckte ihn in den Schnee.

Vor ihr klaffte das schwarze Loch zwischen den Wurzeln, sie kauerte davor und starrte hinein. Sie streckte die Hand aus und zog sie wieder zurück, sie traute sich nicht, noch einmal hineinzugreifen. Sie brach einen Ast ab, stieß die Spitze ins Loch und begann zu stochern.

Als sie die Pistole herausgezogen hatte, atmete sie auf, wischte die Waffe ab und schob sie in die Seitentasche ihres

Rucksacks. Sie war froh, dass sie sie nie hatte benutzen müssen, irgendetwas hätte sie dabei sicher falsch gemacht.

Sie wandte sich wieder dem Wald zu, blieb plötzlich stehen. Ihr war auf einmal, als wäre er größer geworden. Als wäre er näher gerückt, stünde direkt vor ihr, als müsse sie nur die Hand ausstrecken, um die ersten Bäume zu berühren. Sie schaute nach links, nach rechts, auch das milchige Grau der Felder kam ihr plötzlich schwarz vor. Sie blickte sich zum Dorf um, hilfesuchend, in der Hoffnung, dass von dort jemand auftauchte, ein Wagen, ein Mensch, irgendjemand, der sie mitnahm, fort von hier, weg von jener Finsternis, die sich vor ihr auftat.

Hinter ihr war alles still.

Eine ganze Weile stand sie reglos da, von einer nie gekannten Müdigkeit niedergedrückt. Sie lauschte dem Flüstern des Windes in den Wipfeln, ihr war, als spräche er zu ihr, sie wollte nicht weitergehen. Dann machte sie einen Schritt und setzte langsam ihren Weg fort, ihre Mutter und Jolán warteten.

Der Wald war hoch und licht, Mondschein fiel durch die Bäume wie durch die Fenster einer dämmrigen Kirche. Rechts stieg der schneeverwehte Hang an, wie steinerne Säulen standen die Stämme da. Sie sah nach oben, in die unermessliche Ferne, als wartete sie auf ein Zeichen am Himmel, eine geheime Losung, aber dort waren nur der Mond und Sterne, ein wirres Meer von Sternen, und das Rascheln in den Wipfeln war nur der Wind, nichts weiter, sie sah die Sterne, die Sterne aber sahen sie nicht.

Sie stand da, aufrecht im Wind, und schlief ein.

Als sie zu sich kam, lag sie auf der Erde, im nassen Schnee. Sie raffte sich auf. Sie war getaumelt, ein Sekundenschlaf, eine Ohnmacht muss es gewesen sein, dachte sie. Vielleicht war sie auch krank, vielleicht hatte Jolán sie angesteckt, vielleicht war alles nur ein Fiebertraum. Sie schüttelte den Kopf, sie träumte nicht, sie war bei sich, klar wie nie zuvor sah sie alles, als hätte eine Hand von oben einen Schleier gelüftet und allem seine wahre Gestalt gegeben.

Sie senkte den Kopf.

Warum hatte man sie angelogen, wenn es doch nur das war, was dahinter war? Dass sie allein war, dass es nur sie gab und den Himmel und die Erde und die Finsternis, keine Mutter und keinen Vater, keinen Freund, der sie bei der Hand nahm, keinen Schutzengel, nur die Finsternis am Ende des Weges. Warum hatte ihr Vater sie verlassen? Warum kämpfte er in der Ferne, wenn sie ihn doch bei sich brauchte? Wofür kämpfte er, wenn er nicht für sie kämpfte? Warum hatte er sie verlassen? Warum musste sie der Mann im Haus sein, wenn sie doch kein Mann war?

Sie wischte sich die Wangen ab.

Ein Ruck ging durch ihren Körper, mit einer abrupten Drehung bog sie vom Weg ab und lief los, tauchte in den Wald ein. Sie stieg den Hang hinauf, weg von der Straße, der Finsternis unten, wie berstendes Glas brach der Schnee unter ihren Stiefeln, wenn sie nur hätte fliegen, lautlos wie ein Vogel sein können.

Sie stampfte hinauf, blieb keuchend stehen.

Der Weg unten war nicht mehr zu sehen. Nur der schneebedeckte Wald, schweigend und verlassen, sonst nichts.

Und doch täuschte diese Verlassenheit, diese Ruhe, sie waren da, jetzt wusste sie es, sie hörte sie, ihre lautlosen Schritte, ihr Flüstern, ihr Huschen im Dunkeln, sie schlichen heran, von allen Seiten. Sie stürzte davon, quer über den Hang, sprang hinter einen Baum.

Vorne, tief unter ihr brannte ein Licht. Es war nur ein Punkt, sie konnte es nicht erkennen, aber es musste das Licht auf der Brücke sein, sie hatte die Richtung gehalten, sie konnte sich nicht verirrt haben. Sie tat einen Schritt vorwärts, blieb sofort wie angewurzelt stehen. Jetzt waren es zwei Lichter, zwei nebeneinander. Wie bei einem Auto.

Im nächsten Augenblick waren sie weg. Als hätte sie es sich nur eingebildet.

Sie blickte zurück, wie die Fährte eines Wildes zog sich ihre Spur über den mondhellen Hang. Es konnte nicht mehr weit sein, zweihundert, dreihundert Meter vielleicht, sie rannte los, schlitterte in eine Mulde, griff nach einem Zweig und kletterte heraus, Schnee fiel ihr ins Gesicht. Es wurde heller, die Stämme lichteten sich, schon erkannte sie unten die Brücke, die Laterne, die wehende Flagge, hörte das Rauschen des Flusses, schon viel näher, als sie gedacht hatte, sie hatte es geschafft, doch geschafft.

Ein Baum bewegte sich, sie lief geradewegs in ihn hinein.

Er fing sie auf. Sie starrte in die Dunkelheit, machte einen Schritt zurück, er hielt sie fest.

Über seiner Stirn erkannte sie den runden Helm der Amerikaner.

Sie warf stolz den Kopf in den Nacken.

«Englishman ... *gentleman!*»

Sie hörte ein Kichern hinter sich, erschrocken wandte sie sich um. Schatten lösten sich aus den Bäumen, fahle Gesichter im Mondlicht, Lippen, Nasen, Wangen, Haare, sie umstanden sie stumm, verwirrt blickte sie von einem zum anderen. Hatten sie sie nicht verstanden?

«Englishman ... *gentleman!*», wiederholte sie nachdrücklich.

Hände griffen nach ihr, sie streifte sie ab, stieß sie weg, schlüpfte zwischen zwei Schatten hindurch, eine Hand riss sie zurück. Sie drehte sich um, geblendet vom Mond, ein Schlag traf sie ins Gesicht.

Sie sank auf die Knie.

Alles wurde schwarz. Blut floss in ihre Kehle, sie schluckte. Sie lag auf dem Rücken, im Schnee, sie hielten sie fest, sie versuchte sich zu wehren, aber die Hände waren stärker. Sie packten ihre Beine und bogen sie über ihre Schultern, ihr Rückgrat knackte, sie brüllte auf, ihr Kopf fiel in den Schnee zurück.

«Mama …»

Sie winselte, ihr Kopf knickte zur Seite.

«Mama … Mama …»

Sie kamen über sie, einer nach dem anderen, sie wusste nicht, wie viele es waren, ihr Blick verschwamm in Tränen. Neben ihrem Kopf lag der Rucksack, dahinter schimmerte etwas, ein Licht, ein Schmetterling umflog es, sie konnte seine wild flatternden, rot-weiß gestreiften Flügel sehen, er klappte sie auf und zu, auf und zu, auf und zu. Sie spürte den Schmerz nicht mehr, ihr Körper war taub, er war nicht mehr da.

Ihre Lider schlossen sich.

Schritte knirschten im Schnee, leiser und leiser.

Alles war wieder still.

Sie ließ sich los, es war vorbei, sie starb.

Als sie die Augen aufschlug, sah sie den Mond zwischen den Wipfeln, direkt über sich. Der Mond war da, der Sternenhimmel, eine klare Nacht, klirrend kalt, auch sie war noch da. Sie lag auf dem Rücken und kaute, spürte die Bewegung ihrer Kiefer, sie hatte den Geschmack von Brot im Mund. Sie hob ihre Hände, sie hielten eine Brotrinde. Sie setzte sich auf, starrte mit Schrecken auf ihre Hände, mit einem Mal war sie bei sich. Sie hatte das Brot aufgegessen, ihr gemeinsames Brot, alles hatte sie gegessen, bis auf den kleinen Rest.

Sie griff nach einem Ast, richtete sich langsam auf. Vorne erkannte sie die Brücke, das Licht, die rot-weiße Flagge, so nah. Ihre Kleider, ihre Stiefel, ihr Rucksack lagen im Schnee. Sie zog die Strümpfe über ihre Beine, ihre Haut war blutverklebt, jetzt sah man es nicht mehr. Sie zog ihr Kleid an, die Stiefel, mit starren Fingern, ihr Körper ächzte, ihre Schläfen pochten, so schleppte sie sich den Hang hinunter.

An der Brücke war es ruhig, niemand zu sehen.

Warum war kein Wachtposten da?

Sie stöberte in ihren Taschen, suchte den Passierschein, um ihn vorzuzeigen, sie *musste* ihn vorzeigen, darum war sie doch umgekehrt, darum hatte sie sich verspätet, darum war es Nacht geworden.

Die Brücke war frei. Niemand da. Kein Soldat, kein Wachtposten.

Sie stand am Geländer und wühlte in ihren Taschen nach dem Schein, aber es kamen nur lauter kleine, grünweiß-rote Packungen zum Vorschein. Sie starrte sie an, ihr Atem stockte, dann beugte sie sich über das Geländer und warf alles ins Wasser, wie die Bomben, die sie über Budapest gesehen hatte, flogen sie in die Tiefe.

Als Letztes zog sie den zerknüllten Passierschein heraus. Sie hielt ihn hoch. Es war keiner da, aber sie hielt ihn hoch, drehte sich im Kreis mit dem Schein in der Hand, aber niemand war da. Dann faltete sie ihn und steckte ihn wieder ein, jetzt durfte sie die Brücke überqueren. Niemand kam ihr entgegen, niemand hielt sie auf, kein Schuss fiel, kein Schrei erklang. Der Wind hatte nachgelassen, schlaff hing die Flagge an ihrer schiefen Stange, hob sich leicht und fiel wieder in sich zusammen, ein lebloser, rot-weißer Fetzen, nichts war vom tanzenden Schmetterling geblieben.

Teréz warf den Kopf in den Nacken und ging unter der Flagge hindurch. Die Flagge war tot, aber sie, sie lebte noch, sie war noch da, dachte sie, und doch spürte sie, wie eine große Traurigkeit, ein nie gekanntes Gefühl von Leere sie überkam. Jetzt wusste sie, dass es keine Rolle spielte, auf welcher Seite man stand, dass beide Seiten gleich waren und die Sieger nicht besser als die Besiegten, dass die Demarkationslinie eine Lüge war, dass der Frieden eine Lüge war, dass die Befreiung eine Lüge war, dass Gut und Böse, dass alles, was Erwachsene sagten, eine Lüge war, jetzt wusste sie es, jetzt war auch sie erwachsen.

Fortan würde auch sie nur lügen.

Tränen und Rotz liefen ihr über die Wangen, sie wischte sie ab, verschmierte das trocknende Blut in ihrem Gesicht. Sie schluchzte leise, schämte sich, sie kehrte mit leeren Händen zurück, sie hatte ihr Versprechen gebrochen und das Brot, das für sie alle war, allein aufgegessen, so etwas hätte ihr Vater auch in größter Not nie getan.

9.

Bori öffnete die Augen.

Es war kalt, schummeriges Licht umgab sie. Sie saß gegen die Autowand gelehnt, an ihrer Schulter lehnte Misi, in die Decke gewickelt, die er ihr im Schlaf weggezogen hatte. Auf dem nach hinten geklappten Fahrersitz, mit seinem Mantel zugedeckt, schlief ihr Vater. Der Sitz neben ihm war leer.

Sie schob Misi weg, richtete sich auf. Die Fenster waren zugeschneit, nur ein matter Schimmer drang durch den Schneeschleier. Sie blickte sich schlaftrunken um, erstaunt, dass ihre Mutter nicht da war. Sie suchte nach einem Loch in der Schneedecke, es gab aber keines. Sie hievte sich hoch, schlüpfte zwischen den beiden Sitzen hindurch, öffnete die Tür und sprang hinaus.

Die kalte Luft verschlug ihr den Atem.

Der Sturm war abgezogen, der Himmel wolkenlos, jenseits der Gipfel hellte es auf, nur hier und da leuchtete noch verblassend ein Stern. Sie blickte die Straße hinunter. Schnee bedeckte alles, Schnee, wohin sie sah, sie konnte sich nicht vorstellen, wie sie am Abend hier heraufgefahren waren. Um das Auto herum war der Schnee zertrampelt, Spuren führten nach unten und zur Kehre über ihnen. Ihre Mutter war nicht zu sehen. Sie hätte sie gern gerufen, aber sie wollte ihren Vater nicht wecken, der Schlaf war heilig und ein Schlafender niemals zu stören, sagte ihre Mutter immer.

Jetzt war sie verschwunden.

Bori ließ den Blick umher schweifen, stutzte. Eine Spur führte quer über die Fahrbahn, direkt auf den Straßenrand zu. Sie folgte ihr langsam durch den knöcheltiefen Schnee, dachte an den nächtlichen Streit ihrer Eltern, an das, was Misi erzählt und ihr Vater vielleicht mit angehört hatte, dachte an das Gespräch, das ihr Vater und ihre Mutter im dunklen Auto geführt hatten, das außer ihnen niemand gehört hatte.

Mit stockendem Atem lehnte sie sich über den Schneestreifen, über die schwindelerregende Tiefe, und zog den Kopf sofort zurück.

Sie drehte sich wieder um, verwirrt betrachtete sie die vielen Spuren im Schnee, das Auto, das wie ein Iglu unter der Felswand stand.

Sie kehrte zurück, Schritt für Schritt, rutschte auf den Beifahrersitz.

«Papa!», flüsterte sie, «Papa!»

Sie hätte ihn am liebsten sofort wach gerüttelt, ihm ins Ohr geschrien, dass Mama verschwunden sei, dass sie sie sofort suchen müssten, weil ihr etwas zugestoßen sein könnte, aber sie traute sich nicht einmal, die Stimme zu heben.

Warum musste ihr Vater immer so tief schlafen, als würde er nie mehr erwachen. Sie musste warten, bis er zu sich kam, aber sie konnte vor Erregung kaum stillsitzen, immerzu musste sie an ihre verschwundene Mutter denken, an die Spur zum Abgrund.

Mit einem Mal wurde es hell, unheimlich hell, als drehte man draußen einen riesigen Scheinwerfer auf. Die schneebedeckten Fenster leuchteten auf, der Schnee erstrahlte, schien sich zu entzünden, plötzlich schwamm das ganze Auto in Licht.

Bori hielt vor Staunen den Atem an.

Sicher ging hinter den Gipfeln die Sonne auf.

Auf einmal war ihr, als hätte sie ein Krachen gehört.

Da war es wieder, Schritte im Schnee, sie hatte sich nicht getäuscht, Schritte näherten sich, jetzt waren sie ganz nah.

Sie starrte zur Tür.

Das musste ihre Mutter sein.

Wenn sie es nicht war …

Sie musste es sein. Nur sie konnte es sein.

Sie drückte die Augen zu, ihr Herz schlug heftig.

Wenn sie es jetzt nicht war, würde sie es nie sein.

Die Tür klickte, Licht fiel ihr ins Gesicht, grell und warm, sie spürte es auf ihrer Haut, durch ihre Lider, und mit einem Lächeln auf den Lippen, die Hand auf ihrem Talisman, öffnete sie die Augen.

MIX
Papier aus verantwortungsvollen Quellen
FSC® C083411

Das für dieses Buch verwendete Papier ist FSC®-zertifiziert.